读客悬疑文库
认准读客读悬疑，本本都是大师级。

グレイヴディッガー

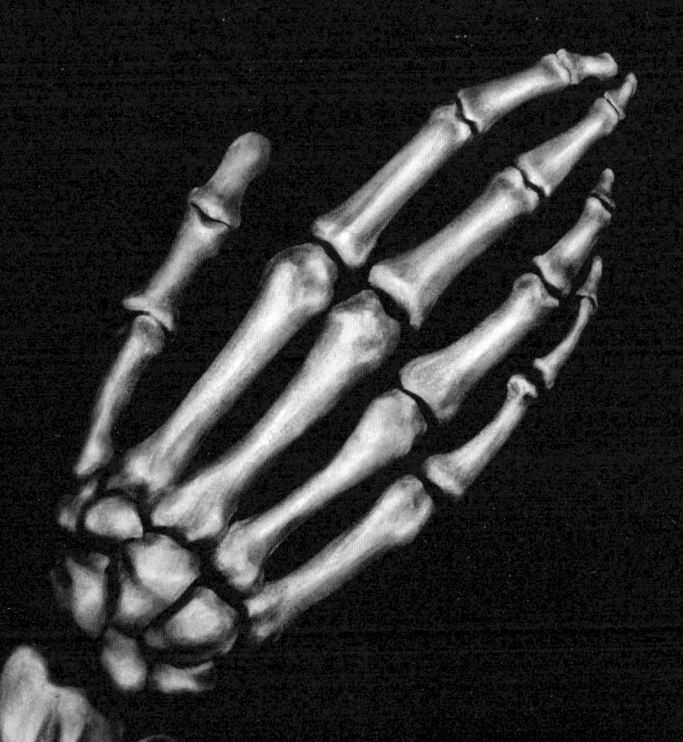

高野和明

恶徒的救赎

[日] 高野和明 著
徐建雄 译

北京日报出版社

图书在版编目（CIP）数据

恶徒的救赎 /（日）高野和明著；徐建雄译 . -- 北京：北京日报出版社，2023.3
ISBN 978-7-5477-4434-5

Ⅰ.①恶… Ⅱ.①高…②徐… Ⅲ.①长篇小说 – 日本 – 现代 Ⅳ.①I313.45

中国版本图书馆 CIP 数据核字（2022）第 227294 号

THE GRAVEDIGGER
by TAKANO Kazuaki
Copyright © 2002 by TAKANO Kazuaki
All rights reserved.
Originally published in Japan by Kodansha Ltd.
Chinese (in simplified character only) translation rights arranged with TAKANO Kazuaki, Japan
through THE SAKAI AGENCY and BARDON CHINESE CREATIVE AGENCY LIMITED.

Simplified Chinese translation copyright © 2023 by Dook Media Group Limited

中文版权：© 2023 读客文化股份有限公司
经授权，读客文化股份有限公司拥有本书的中文（简体）版权
图字：01-2023-0116号

恶徒的救赎

作　　者：	[日]高野和明
译　　者：	徐建雄
责任编辑：	王　莹
特约编辑：	张　齐　　顾珍奇
封面设计：	陈艳丽
出版发行：	北京日报出版社
地　　址：	北京市东城区东单三条8-16号东方广场东配楼四层
邮　　编：	100005
电　　话：	发行部：（010）65255876
	总编室：（010）65252135
印　　刷：	三河市龙大印装有限公司
经　　销：	各地新华书店
版　　次：	2023年3月第1版
	2023年3月第1次印刷
开　　本：	890毫米×1270毫米　1/32
印　　张：	11
字　　数：	238千字
定　　价：	49.90元

版权所有，侵权必究，未经许可，不得转载
凡印刷、装订错误，可调换，联系电话：010-87681002

目 录

序　章　　　　　　　001

第一部　捐赠者　　　015

第二部　掘墓人　　　181

终　章　　　　　　　335

序　章

案子将要在侦查无果的状态下终结了。

警视厅人事一课监察系的剑崎主任，此刻正坐在位于本部大楼十一层自己的办公桌前，强抑着内心的烦躁写汇报。他那敲打着电脑键盘的手指，老是敲错键。

"真是个莫名其妙的案子啊！"

属下西川那像是并不针对谁而说的牢骚话，清晰可闻。西川比剑崎大了十岁，平日里就时常会毫无顾忌地说些风凉话，今天也是如此。他在说完这话之后，还翻着白眼瞥了剑崎一眼。想来他就是故意说给剑崎听的吧。

邻桌的小坂——剑崎的另一位属下——抬起他那张娃娃脸，皱着眉头说道：

"这不是我们该查的案子啊！肯定弄错了。"

剑崎看了看他的两位属下：相貌如同历史剧中奸臣的西川，以及长着一张娃娃脸的小坂。而他自己呢，则是一副上市公司职员的模样。他们三人，没有一个看起来像刑警。给人的感觉更像是，他们所在的这个部门是有意找些不像刑警的人来做侦查员的——倒还不能轻易否定这样的猜想。因为，剑崎所率领的人事一课监察系的侦查班，执行的是侦查警察内部的犯罪行为的任务。一个班由三人组成，因此，办公桌排在一起的这三位，就是最小规模的侦查单位。而这次他们处理的是一个从未有过的、异乎寻常的案子。

异常死亡者尸体失踪案。

剑崎从电脑屏幕前抬起头来，将目光投向了窗外广阔的东京夜景。这是个人口超过一千万的、熙熙攘攘的大都市。而那个不知是何人的盗尸者，也正不动声色地栖息其间。

盗尸者是谁？又是为了什么作案？

近年来，无动机杀人案明显增多了。所谓"无动机杀人"，就是为杀人而杀人。一般而言，犯人大多以虐杀小动物为先兆。这些"猎奇杀人狂"会在真正的杀戮之前，反复地用猫、兔子之类的小型哺乳动物来做"彩排"。剑崎担心的正是这次的离奇盗尸案会不会成为这类恶性事件的前兆。如果不这么考虑的话，案件就解释不通了。而如果作案的是警察，那就更有必要在眼下就掐断这一延伸至将来的祸根了。

剑崎对两位属下说道：

"我们把这个案子从头至尾再捋一遍吧。最后一次。"

西川不耐烦地看了看剑崎。

"别以为这是轻而易举的事哦。"

剑崎对着已经四十岁出头的西川，毫不客气地说道："得最后确认一下这案子我们能不能放手。我们已经把事实关系倒推过一遍了。

现在，从前往后，按照时间顺序，再排一遍，看看到底有没有可疑之处。"

西川摇了摇头，那表情似乎在说："胡扯些什么呀？"

一如过去那样，他们三人之间又弥漫起不和谐的气氛了。而在如此紧张的氛围中让交谈得以继续下去，则是年龄最小的小坂的使命。

"好吧。那就由我先说吧！"

小坂开口后，剑崎歪了歪嘴角，挤出了一丝笑意。似乎他觉得，这也未尝不是一种团队合作吧。

"整个事件的开端就在于去年六月，发生在东京都调布北署辖区内的那起事件。"

剑崎点了点头。随即他就回想起了自己在调布辖区内走访过的那个发生在一年零三个月之前的案子。

一天夜里，在靠近植物公园的路边，正进行着一桩兴奋剂的秘密交易。卖家是二十七岁的野崎浩平，买家名叫权藤武司，是一个四十七岁的体力劳动者。他们俩以前交易过好多次了，可那天夜里却不知为何吵了起来。接下来的事情，就被偶然经过此地的总计十一个过路人，从头至尾地看在了眼里。

两人互相对骂了一阵过后，野崎就从屁股后面的口袋里摸出一把折叠刀来，对着跟前的权藤捅了下去。周围的目击者表示"简直不敢相信自己的眼睛"。一怒之下而行凶的野崎似乎也是在捅了权藤之后，才发觉周围还有人看着呢，于是他慌慌张张地把已瘫倒在地的权藤塞进小汽车里，就这么跑掉了。

接到报警后，赶来的警察根据目击者的证言画了肖像画，通过两个星期的走访调查,确定了野崎和权藤两人的身份。作为兴奋剂卖家的野崎很快就被带到了警察署,经过目击者的辨认后,警方就以他对权藤武司实施人身伤害与绑架的罪名对其进行了逮捕。但是,就在此时,由于侦查人员贪功冒进,在获得了口供之后,尚未发现权藤武司的尸体时,就对野崎实施了逮捕,因此给了野崎可乘之机。

后来,野崎浩平做了全面的翻供——这也是可想而知的。最终,由于未能确认权藤武司的死亡,侦查方以杀人罪送检后,一直未能立案。

"第一审,正在进行中。"

小坂继续说道:"下面说的是两星期之前的事情。辩护方要求审理延期,而这样的结果对于检方来说,也是求之不得的。"

"权藤的尸体看过了吧。"

"是的。"

瞟了一眼满脸不耐烦的西川之后,剑崎继续倾听着小坂的叙述。

第二年,也就是今年九月,在位于东京西部的奥多摩树林中,一个名叫"今生沼"的小湖泊内,打捞起了一具异常死亡者的尸体。原来是政府雇用的潜水员在调查水质时,在水深五米的湖底发现了一个用防水薄膜包裹着的大包裹。潜水员将其打捞到小艇上后打开一看,发现里面竟然是一具全裸的男性尸体。尸体全身布满了跌打伤痕,胸部带有被刀刺过后的伤口。

当时根据尸体的状况,警方判断死者刚死不久,还研究了设立警视厅搜查一课与奥多摩警察署联合侦查的搜查本部的事情。可在此之后,此案就开始朝着意想不到的方向而发展了。因为,根据指纹比对的结果,这具崭新的男尸,居然被断定为在一年零三个月之前被杀的权藤武司。那不就是被兴奋剂卖家野崎杀死的那位吗?而接下来发生的事情,对于原本就一头雾水的侦查人员来说,简直就是雪上加霜。就在等待司法解剖的那个晚上,放在医科大学法医学教室里的尸体不翼而飞了。也就是在那时,上级才对剑崎他们下达侦查命令。

"除了警方人员,没人知道尸体存放场所,是吧?"

"是的。"小坂点了点头,"监察室长也这么认为,所以才命令我们出动的……"

这时,西川像是十分吃力地从椅子上站起身来,说道:

"就是从这儿开始,才变得不合情理的嘛。要说这尸体的存放地,医科大学方面的人不是也知道吗?"

"可是,那所大学,直到现在为止从未发生过尸体被盗的事情。如果大学方面有什么精神变态者的话,应该反复出现同样的事情才对呀。"

"这次就是初犯也说不准呀!"西川说道,"还有,发现尸体的事情,经过媒体的报道,早就路人皆知了。而那一带,要是发现了有凶杀被害嫌疑的尸体,毫无例外都是送去那所大学解剖的。所以只要了解了这些基本情况,也就很容易找到尸体的保管场所了嘛。"

"你是说,"剑崎用不无嘲讽的口吻问道,"命令我们出动的室长,出现了判断失误?"

西川连表情都不变地回答道:

"恐怕室长是慎重起见,才采取这样的措施的吧。所以我们的工作不是'在警察中找出罪犯'来,而要证实'这事不是警察干的'。"

"既然这样，那真正的罪犯又是谁呢？他在哪儿？他为什么要这么干呢？"

"这些问题都不是我们监察系该考虑的。我们只要弄清楚不是警察内部的犯罪，其他的交给属地的警察去侦查就行了。"

西川的话恐怕是对的。可剑崎却不肯就这么表示赞同，他像是发邪火似的说道：

"难道就没可能是公安部[1]的家伙干的吗？"

"你说什么？"西川板起脸来反问道。

"被盗现场的门锁被十分巧妙地撬开了，"剑崎回想起自己亲眼所见的医科大学的门，以及尸体保管库的状况，"那是一把常见的键销弹簧锁。惯于撬锁的家伙，用不了一分钟就能撬开。"

"罪犯是个惯偷吧。"西川回应道。

"这种可能性确实比较大。可是，公安部的刑警，不是也都会撬锁吗？"

听了这话，西川的脸上露出了绝望的哂笑。因为他在被调到监察系之前，就是公安部的刑警。

"侦查结束了。我回去了。"

"等一下。"

尽管剑崎制止了他，可他却只当耳旁风。

---

[1] 也称为"公安警察"。以保卫国家安全为目的的日本警察部门。——译者注（本书中注释若无特殊说明，均为译者注）

"我可没工夫听主任讲童话故事。"

扔下了这一句，他头也不回地走出了办公室。

剑崎寻思着下次见到西川时该如何处罚他，同时也重新审视了一下这间监察系的办公室。

剑崎是主动要求调到这个部门来的。因为他觉得，再也没有什么工作比抓捕警察中的罪犯更能捍卫正义了。毫不容情地打击身处权力机关中的坏人——这正是剑崎最大的心愿。即便遭受同伴的怨恨，即便眼看着被捕警察的家庭四分五裂，剑崎也毫不动摇。

拥有警察证的人，犯了罪就能被网开一面——这种荒唐逻辑在他这里是绝对行不通的。

剑崎唯一失算的是，这个监察系正处于平日里势同水火的刑警、公安这两个部门对立的最前线。原本该部门全是由公安部的成员所组成的，大约从十年前开始，刑警部门的侦查员也调来了。其结果就是，原本势同水火的两部门成员，如今必须同舟共济地办案了。剑崎来自刑警部门。他先是负责盗窃案子，后来侦查新型犯罪。不过，西川和小坂这两位，却都来自公安部门。

"主任您来自刑警部门，可能不太了解吧……"

刚才一直故意不看两位上司做口舌之争的小坂，这会儿谨小慎微地说道："即便在公安部门里，从事秘密工作的人也仅仅是一小部分而已。并不是所有人都会去撬锁或窃听的。"

"那要是这次的盗尸事件，就是那一小部分中的人干的呢？"

"怎么着也不会去偷尸体吧！"

"看起来你自信满满嘛……你也在公安的秘密部队里待过吧？"

"不——"小坂含糊了一下，随即便继续说道，"关于权藤武司的尸体被盗一事，要说是警察内部的人干的，还是难以考究的。正如西川说的那样，估计还是哪个变态者干的吧。"

剑崎并未直接认同属下的意见，而是问道：

"你是说，要建议室长继续调查下去，还缺乏旁证？"

"是的。"小坂点了点头，可他又说道："若要说还有什么值得考虑的话，那就是尸体本身了。"

剑崎不由得看了下小坂的脸。这名属下的脸上，竟微微地呈现出了恐惧之色。

"你是说，那具尸体？"

"是啊。"

剑崎从桌上的文件夹里，取出了观察尸体时拍摄的彩色照片。这是一张胸部留有刀刺痕迹的、中年男性的尸体照片。死者就是权藤武司。要说怪异，也确实怪异。这个应该于一年零三个月前就被杀害的男人，被发现时居然还保持着与生前一模一样的状态。

剑崎他们赶到尸体发现地的今生沼旁时，遇到了一个白头发的老教授。

那老教授问他们："刑警先生，你们知道尸体有几种吗？"

"您是问尸体的种类？"剑崎不解地反问道。

老教授点了点头，说道：

"一般情况下，尸体腐烂后，就成一堆白骨了。"

剑崎终于领会了他提问的意图。于是回想着在警察学校课堂上学到的内容,回答道:"还有木乃伊和尸蜡[1]。"

"除此之外呢?"

老教授继续问道。可剑崎已经答不上来了。那时,西川就在一旁不怀好意地紧盯着剑崎。

"那我就不知道了。"

"木乃伊和尸蜡,因为能在人死后也保持原形,所以被称为'永久尸体'。木乃伊须在极度干燥的状态下,而尸蜡是在阻断了空气且水分较多的环境下形成的。后者是因环境造成的化学变化,使尸体内的脂肪变成了蜡。"

剑崎点了点头。

"可是,还有一种既非木乃伊也非尸蜡的尸体类型,叫作'第三种永久尸体'。"

这可是个首次听说的专业术语。

"第三种永久尸体?"

"是啊。指的是能保持刚死时状态的尸体。"

看到带着讶异与怀疑神色的三位刑警面面相觑,老教授从容不迫地继续解释道:"作为以人工方式制成的'第三种永久尸体',众所周知,就是浸泡在福尔马林中的尸体了。但也有因自然环境而形成的'第三种永久尸体'。距今大约五十年前,有人在德国的沼泽地中发现了一具少女的尸体。当时,警察判断死者遇害不久并展开了侦查,

---

[1] 一种特殊的尸体现象。尸体长期浸在水中或埋于湿地后,因不与空气接触,体内脂肪就会蜡化,从而使尸体保持原形。

可后来根据其装束调查发现，那竟是在一千年以前就已经横死的少女的尸体。那少女是因通奸罪而被处死的，并且在名为《日耳曼尼亚志》的古书中也有记载。"

小坂毫不掩饰其惊讶之色地问道："竟会有这种事情？"

"当然了，这种现象在全世界也仅有少数的几例。德国少女尸体那例，同时被处死的男人也沉没在沼泽里，只不过他已变成白骨了。就是说，仅仅相差几米的自然环境，就给尸体带来了截然不同的命运啊。"

"那这个案子里，"剑崎抑制着激越的内心问道，"这具从沼泽里打捞上来的尸体——"

"这具用防水薄膜包裹着的尸体，基本上就处在完全密封的状态之中。并且被抛掷的湖底附近就有一个泉眼，不住地喷涌着五摄氏度的地下水。可以说那儿就是个自然环境所形成的冷库。你看这张照片。"

老教授将尸体照片递到了他们三人的面前。那是一张尸体左肋部分的近距离照片。

"白色条状凸起的部分是死者的肋骨。就是说，仅有这一部分已经腐烂，变成了白骨。估计是防水薄膜的这一部分因受到日光的照射而温度上升，故而使这部分组织腐烂速度加快了吧。"

"照您这么说，这不是……"

老教授点了点头。

"这具位于沼泽底部的尸体，可以判断为'第三种永久尸体'。"

这时，饶是西川也难以掩饰其惊讶的表情了。他死死地盯着那张近距离拍摄的照片。

剑崎抬起头来,将目光投向了沼泽。权藤武司的尸体,在冰冷的水底保持被杀时的状态,等待着被人发现。此时,剑崎似乎感受到了某种像是死者的意志之类的东西,同时也觉得某种难以名状的恐怖紧贴着自己的后背。

哪怕是此刻在办公室里跟属下交谈的时候,当时那种不寒而栗的感觉也还清晰地烙印在剑崎的胸中。

"被杀的权藤武司,"剑崎说道,"他已有过四次前科了,是吧?"

"是的。分别是兴奋剂持有和使用罪,以及盗窃罪。他是个典型的毒品惯犯。"

也可称为人渣吧——剑崎心想。活在社会底层的兴奋剂上瘾者。即便被人杀死了,又有什么可抱怨的呢?——剑崎在心中鞭挞着死者。似乎他觉得,不这么做的话,就无法摆脱纠缠在自己身上的恐怖感。

"那家伙的尸体为'第三种永久尸体'……这事与尸体被盗有什么关系吗?"

"你看这么考虑怎么样——对盗取尸体的人来说,权藤武司的尸体在发现时并未腐烂这一点是出乎他们的意料的。而尸体上的某个地方,则是能揭示该刺杀事件中被隐藏的真相的。所以要在司法解剖之前将其偷走。"

"这样的话,那个叫作野崎浩平的兴奋剂卖家就应该有个同伙了。"

"是的，问题就在这里。野崎已经被捕，可根据调布北署的侦查，他有同伙的可能性为零。"

剑崎沉吟半晌，还是得出了不存在此种可能的结论。

"不大可能啊。"

"是啊。"小坂不无遗憾地说着，掏出了一个笔记本。

"还有，针对对尸体有兴趣的心理异常者，警方也进行了调查。据说有一种人拥有与尸体性交的异常性欲，称为'奸尸者'。可是，权藤武司是男性，这方面的可能性也很小。"

"是啊。"已经十分沮丧的剑崎，将手搭在了电脑的键盘上。虽说这是个连动机都没搞清楚的案子，可该研究的地方已经全都研究过了。作为监察系的职员，可以说该干的活儿全干了。

"至少可以说，并无警察参与医科大学盗尸案的可能性。是这样吧？"

"是的，没有任何可作为物证的东西。"

剑崎开始敲击键盘。小坂则老老实实地等着上司完成文件。

"无论是被害者权藤武司，还是加害者野崎浩平，他们的家庭关系都与警察无关？"

"是的。"

剑崎再次输入字符串。确认所输入的文字无误后，他又对着电脑屏幕看了一会儿，心想监察系放手此案的时候到了。

剑崎输入了汇报的结论部分。

基于上述理由，最终得出本案为警察作案的可能性极低的结论。因此，愚以为本案应交由警视厅奥多摩警察署刑事课实施侦查。

　　　　　警视厅人事一课监察系主任警部补剑崎智史

至此，监察系针对尸体失踪案的侦查，也就结束了。

第一部
捐赠者

-1-

镜子里，一张典型的坏蛋面孔正端详着自己。乌黑的头发往后梳着，窄窄的脑门，两根细细的眉毛与眼皮形成了两条平行线。

八神俊彦端详着自己的脸蛋儿，不禁叹了口气。

唉，我的脸是从什么时候起变得这么难看的呢？或许这就是所谓的"岁月之功"了吧？八神在心里嘀咕着。自打上初中一年级时在附近的文具店偷了一块橡皮开始，自己已经干了数不清的坏事。自己现在的这张脸，应该就是这么造成的吧。二十年的时光过去了。尽管自己只有三十二岁，可看着已像是四十二岁的中年人。人们说坏蛋和职业棒球手都显老，恐怕是这两者都劳神操心太过的缘故吧。

八神离开了一体化浴室的盥洗台，回到了不到十平方米大的西式房间。他入住这个单间公寓房间已经三个月了，由于没钱，所以连家具都没置办齐全。

他躺倒在直接铺于地板的被褥上，伸手拿起了枕边的传真纸。那是一份前去医院的路线说明。

六乡综合医院。京滨急行本线，六乡土手站下车后步行十分钟。

一想到明天就要去住院了，八神那张坏蛋脸上就不由自主地露出了笑容。

这可是个脱胎换骨的好机会。但愿后天就要做的那个手术，能让自己那肮脏的人生告一个段落。

差不多该做一下住院的准备了吧。正当八神坐起身来的时候，他的手机响了起来。一看来电显示，八神的内心就越发地激动了。因为这电话是六乡综合医院的主治医师——冈田凉子打来的。

"你好。我是八神。"

接听之后，电话里就传来了一个与医生这一职业不太相称的、十分甜美的嗓音。

"我是冈田。明天，你就要住院了。有劳了。"

"哪里哪里，应该我对您说这话啊。"

八神用平日从来不说的礼貌用语回答道。

"请问你现在的身体状况怎么样？"

"好极了。精力充沛得快要流鼻血了。"

冈田凉子轻轻地笑了。想象着电话那头美女的笑脸，八神越发地兴奋了。

"医生，我明天九点之前到医院就行了，是吧？"

"是的，我们医护人员全都等着呢。"

"哦，对了。"八神略严肃地问道，"能详细介绍一下接受我捐赠的那人的情况吗？"

"移植结束后，我们会把对方的性别、年龄等情况都告诉你的。"

"要是个美女就好了——"

八神半开玩笑地说了一句，试图套出话来，可对方没上当。

"那需要我现在就告知你住院时的探望规定等事宜吗？"

"不，不用了。没人来探望的。"

"你没告诉自己的朋友吗？"

"这种事就跟干坏事似的，得悄悄的……"

女医生又笑了。八神也获得了喜剧演员般的满足感。

"好吧。那我们明天在医院等你哦。"

"请多关照！"

挂断了电话后，八神就心情愉快地做起了入院的准备工作。他往波士顿手提包里塞着替换用的衣服，同时也为自己交上了好运而欣慰。似乎上帝正在用一种十分宽宏大量的方式迎接着他这个意欲改变自己人生的坏蛋。如果不是这样的话，怎么可能让一个有着圆脸蛋儿的可爱女医生来做他的主治医师呢？

收拾完毕后，就只剩下筹钱这一件事了。虽说四天的住院是免费的，可钱包里的零花钱太少了，怎么着也得翻个倍吧。其实，他已经跟可以借钱给他的人约好在下午四点见面了。穿上黑色皮上衣，将手机塞入口袋后，八神就走出了这个外面挂着写有"岛中"字样姓氏牌的房间。

八神现在要去的是自己租用的房间。因为他跟四个月前才认识的一个叫作岛中圭二的男人对调了一下住所。这样的话，即便警察找上门来，也可以说房间的主人不在，双方就都能保住了。至少也能争取到给对方打电话通风报信的时间吧。可以说，这就是他们这两个坏蛋绞尽脑汁后想出的一条苦肉计。

从最近的王子车站坐上京滨东北线的电车，六分钟后，八神就在赤羽站下了车。这儿是东京二十三个区的最北端。

八神走上有着"LALA花园"标志的带拱廊的商业街，并在到达其终点之前拐入了一条小弄堂。拐角过去第二幢公寓式住宅里，就有他用自己的名义租下，并让岛中居住的那个房间。

八神停下了脚步，抬头望了一下三楼的窗户。

只见晒衣杆上有一条蓝色短裤正在迎风招展着。

这是个表示"安全"的信号。

于是八神放心地走入了这幢建筑。上了楼梯，他就朝着三楼正中间的那个房间走去。站在挂着写有"八神"字样姓氏牌的房间前，他敲了敲门，但没人应答。

八神心想，是不是自己来得太早了。与此同时，他旋了一下门把手，发现门并未上锁。

"岛中，我进来了哦。"

打了一声招呼后，他就打开了房门。

由于玄关旁就是浴室，所以八神一进门就听到了燃气烧洗澡水的声音。

原来在洗澡啊——八神不由得笑了。仔细洗澡，这也是岛中的工作内容之一啊。对他来说，身体就是最大的资本。

"是我呀，我在里面等你。"

对着浴室的磨砂玻璃喊了这么一声后，八神就走进了西式房间。

这也是个不到十平方米的房间，但飘荡着古龙香水的味道。其中的三平方米大小的空间被一个带罩子的大衣架占据了。

岛中这小子会借给我多少钱呢？八神望着那排数不清的西服，心里嘀咕着。梳妆台上摆放的化妆用品也比两周前来的时候增加了不少，看来那小子混得不错。估计岛中这小子，又傍上了一个闲得发慌的富婆了吧。

八神在地板上坐了下来，打开了电视机。电视机里正在播放《买到就是赚到》的促销节目。

"与皮下脂肪做斗争，是现代人的永恒课题。"

"有了这个'脂肪克星'，只需运动两分钟，就能看着赘肉往下掉！"

哪有这种好事呢？八神笑着点了一根香烟。可当他用手摸索着去拿桌上的烟灰缸时，手指尖却触碰到了一些发涩的液体。什么玩意儿？扭头一看，发现自己的中指上沾了一些半干的血。

八神叼着香烟，停止了动作。他发现烟灰缸的周边，斑斑点点的，尽是些已经发黑的血迹。

鼻血，肯定是鼻血。八神马上想到了这个。估计有难得一见的肉感美女光临这个房间了，看得岛中这小子直冒鼻血——

可他仔细一看，却发现这血迹从桌上、地毯上，点点滴滴的，一直延伸到了浴室里面。

八神这才突然意识到，自己到现在还没见到岛中本人，并且，浴室里也没任何动静。他屏住呼吸，将脸转向浴室，侧耳静听了起来。这时，电视机里的主持人仍在大叫着："令人震撼的价格！"

八神慌忙按小了电视机的音量。然后，他终于听到了隔墙传来的"咕咚、咕咚"的洗澡水沸腾翻滚的声音。

八神站起身来，一边朝浴室走去，一边对自己说：

"镇静！要镇静！"

看来岛中这小子忘了正在烧洗澡水这事，出去买香烟了吧。

来到浴室前，八神便装作若无其事的样子——虽说压根儿就没人看他——拉开了门。

蓦地，一股令人窒息的热气扑面而来。透过弥漫在整个浴室中的水蒸气朝浴缸看去，八神立刻看到一个男人浸泡在"咕咚、咕咚"沸腾着的红色液体之中。

"啊！——"

他不由自主地叫出了声。倒退了一步之后，他又马上冲进浴室，关掉了燃气开关。

空气中飘荡着肉炖烂了似的强烈的气味。浴缸中，因高温而上下翻腾着的红色液体中，趴着一个全身赤裸的男人。那人整个脑袋都在水面之下，后脑勺上的黑发如同海藻一般漂荡着。不用说，这人已经死透了。

八神一下子慌了神，尽管身处燥热的水蒸气之中，却感到一股不合时宜的寒气，从脚尖直冲脑门。

八神拼命地在脑海中拼凑着一些临时冒出的思考的碎片。这也难怪,尽管他在此之前也干过不少坏事,可直接面对死人,这还是头一回呢。茫然不知所措地愣了一会儿之后,他终于意识到:必须先弄清楚这个死人到底是谁。

他将视线转向浴室之外,看到了洗衣机旁的橡胶手套。双手戴上手套后,他将手指伸进浴缸,钩住了底部的链子,将塞子拔了出来。随着被鲜血染红的热水不断从排水口流出,死者的身体也渐渐地显露了出来。

八神用双手抬起了死者的脑袋。这张脸已经因变形而显得十分丑陋,双眼紧闭着——对此八神表示感谢,灰褐色的舌尖露在外面。毫无疑问,死者就是岛中圭二。

他是被人杀死的!

八神此时所能想到的,只有这一点。

可是,是什么人杀的呢?

考虑到房门并未上锁这一细节,凶手极有可能是岛中的熟人。但也不能排除撬锁的可能。总之,是凶手进屋后,用刀逼着岛中,并像是出于恐吓目的而先刺伤了他身体的某个部位,然后将他带进了浴室——

浴缸里的水放空后,死者的全身就显露出来了。左胸有较大的刀刺伤口。估计这就是致命伤了吧。然而,尸体上还留下了一些奇怪的迹象。首先是,岛中左右手的大拇指分别与相反一侧的大脚趾用皮条绑在了一起。也就是说,岛中是以两条胳膊交叉在身体前面的姿势死去的。

这到底意味着什么呢?不得而知。其他地方有没有反常之处呢?

八神扫视尸体后，发现尸体右边大腿内侧，有像是用刀划出的伤口。乍一看，像是个X形印记，可仔细观察，就会发现这两条线中，有一条稍长一点儿。或许凶手画下的并非X，而是十字形印记亦未可知。

八神觉得这或许是一种用刑的方式吧，却又觉得心里没底。简单理解的话，说这是变态者所为，就是最能让人接受的解答了。岛中这小子是不是搞上了一个精神不正常的女人，最后因争风吃醋而送了命？

可是——

有一个不祥的念头在他脑海中挥之不去。八神摇摇晃晃地走出了浴室，为了抑制住恶心，他先走到厨房，在水槽处喝了几口水。

岛中真是被女人杀死的吗？这个房间可是用我的名义租下的。杀害岛中的凶手会不会是冲着我来的？

八神回到了狭小的房间，为了找到一些线索，他开始到处翻找了起来。

带传真功能的电话、活页手册……可无论哪个，都没能找出凶手的任何信息。除此之外，就是手机和岛中随身带着的那个B5大小的笔记本电脑了。这两件都从放在房间角落里的日用小背包里找到了。

首先查看手机，但录音电话里没有记录。看了一下通讯录，尽是些八神从未见过的女人名字。

接着就是笔记本电脑了，八神看着小背包思忖道。包里还放着电脑的一些周边配件，可问题是他压根儿就不会用电脑。只能在离开这里后去请教他人了。

这时，电话铃声陡然响起，吓得八神差点儿蹦起来。他赶紧朝岛中的手机看去，可响的不是那一个。随即他又在自己的口袋里摸索着，掏出了自己的手机。他想关掉电源，可看到来电显示是"峰岸雅也"后，就打消了这个念头。他慌忙接听后，耳边响起了一个熟悉的男人的声音。

"喂，是八神吗？我是峰岸。"

这位骨髓移植的协调人用明快的语调说道。

"我刚才接到了冈田医生的电话。一切似乎都很顺利啊。"

"顺利？"

八神站在居住人已被杀的房间里反问道。

"怎么了？有什么问题吗？"

"啊，不。没事。"八神吞吞吐吐地支吾了过去。

"那就好啊。后天的移植手术一定也很顺利的。"

这位代办了所有住院手续的协调人继续用明快的口吻说道。

但八神却焦躁不安起来了。因为他知道，任由目前的状况发展下去的话，恐怕是要出事的。

"我问一下，那个接受我捐赠的白血病患者，现在怎样了？"

"现在已到了移植准备的最后阶段，人已进入无菌室了。"

"身体状况呢？"

"之前我也说过了吧，由于用了大量的抗癌剂，并经过了放射性治疗，骨髓已空了。这都是为了接受你的骨髓移植嘛。"

"那么，"八神压低了声音说道，"要是我去不了医院的话——"

峰岸立刻反问道：

"你说什么？"

"我是说万一。万一我去不了六乡综合医院的话，又会怎样呢？"

"性命攸关！这是毫无疑问的。"移植的协调人用斩钉截铁的口吻回答道。

"在征得你最后同意的时候，不是详细说明过了吗？"

"哦，是的。我想起来了。"

"八神，你总不会——"

峰岸的话没说完，八神就听到外面传来了敲门声。

八神一哆嗦，仰起脸来。尽管峰岸的声音仍在耳边响着，可他说的话已经进不了八神的脑袋了。

眼望着玄关，八神转开了念头：有人来了。可是，来的是什么人？

隔了一会儿，沉重的敲门声再次响起。

八神下意识地背起了岛中的小背包，开始了逃跑的准备工作。

"八神，你在听吗？"

听到峰岸那带有责备口吻的声音后，八神心不在焉地回答道：

"哦哦，别担心。我一定会去医院的。你放宽心好了。再见。"

"啊？喂！喂！——"

顾不上峰岸仍在说话，八神就直接把手机的电源给关闭了。

门外到底是什么人？是杀害岛中的凶手又回来了吗？如果是，为什么还要敲门呢？要不，是警察？

一想到这儿，八神就意识到自己已陷入走投无路的境地了。租这个房间的人正是自己。自己的指纹在房间里也到处都是。尸体被发现后，警察肯定会追查租房人。

到了这一步，不管他自己是否愿意，八神的思绪都高速旋转了起来。"自己只是来借钱的"这样的解释，恐怕是不顶用吧。要是这样的话，那么对调居住人的事肯定会被追究。而一旦被警察盯上了，那么自己以前所干的坏事统统暴露也就是早晚的事了。而最糟糕的是，自己还可能被冤枉成杀害岛中的凶手并遭逮捕。

马上就要住院了，说什么也不能被警察逮捕。得逃！一定得逃走！

这时，敲门声第三次响了起来。

八神望着门口，突然想起自己刚才也忘了锁门。镇静！他在心里对自己说道。以防万一的逃生通道，早就跟岛中研究过了。只要上阳台开溜就行了。可是，在此之前，先得把鞋穿上啊。

八神蹑手蹑脚地朝玄关走去。在经过浴室的时候，他还默默地跟相交未久的岛中的尸体告了别。然后屏息静气地穿上了鞋子。这时，薄薄的房门外面，也已鸦雀无声。

他平安无事地系好了鞋带。说不定来人已经走了吧。不，不能粗心大意。还是将门锁上为好。他这么寻思着，就去看猫眼。

可就在八神将手搭上球形门把手的这一瞬间，门"嗖"的一声被打开了。

八神倒吸了一口凉气，直愣愣地站着。

他的眼前，站着一个上班族模样的中年男子。那人看到了八神之后，脸上的表情也纹丝未变。

"你这人怎么回事？"八神突然露出了凶相，"你怎么随便开别人家的门呢？"

随后他一把抓住球形门把手，想把门关上。可那个中年男子却将门再次拉开了——脸上依旧毫无表情。

看到对方那种茫茫然的眼神，八神立刻明白这家伙非同寻常。那是一种被神鬼附体似的眼神。与此同时，八神又发现在这人的身后还站着两个有着同样眼神的家伙。一个是学生模样的男人，还有一个像是高智商流氓模样的男人。这两个男人也同样毫无表情地看着八神。他还记得，以前审讯过他的刑警们也都有着这样的眼神。

八神想强行把门关上，可中年男子身后的那两个人也上来帮忙了。八神已经没时间考虑了，他照着中年男子的面门就是一拳。随即，他返身跑进了房间。这时，他身后响起了不止一个人的脚步声。

来到阳台后，八神想通过安装在墙上的紧急逃生用的太平梯跑到楼下去。不料逃生窗口上竟摆放着几盆盆景。岛中这小子真是个浑蛋！八神心里骂着，开始爬上通往楼上的太平梯。这时，从下面伸来的一只手揪住了他的裤脚管。他不免双脚一阵乱蹬，将想把他拽下去的学生模样的男人蹬了下去。紧接着，八神又用肩膀顶开了四楼阳台的逃生窗口。

爬上去后，八神发现四楼房间的玻璃门锁着呢。他就立刻用身体撞开了隔离板，来到了隔壁人家的阳台。

房间里，一个主妇模样的女人目瞪口呆地看着窗外的八神，傻傻地站着。八神忽地冲她笑了一下，想去打开窗户，不料他这张坏蛋脸上的笑容起了反作用，那女人惊恐万状，赶紧将窗户上的搭扣给扣上了。

被关在外面的八神扭头看了一下，只见从隔壁阳台的地板下伸出了一条细长的胳膊，随即又冒出了一个戴眼镜的脑袋。八神想朝相反方向逃去，可那儿已经没有房间了。不过，他看到了相邻建筑的屋顶，那里与这幢公寓住宅相距一点五米左右。于是八神爬上了阳台的栏杆，两条腿站在那上面，抑制住怕掉下去的恐惧，借助双手摆动的势头，朝相邻建筑的屋顶上跳了过去。

落下时，他的脚稍稍崴了一下，不过还能跑。八神一边往前跑，一边寻找着下楼的出口。

与该建筑相邻，且比其屋顶稍低一点儿处就是拱廊的顶棚。这个覆盖着商业街的、长长的顶棚，左右延伸出四百来米，现在就呈现在八神的眼前。看到顶棚上设有一条狭窄的通道，八神就跳到了拱廊顶棚上，抓住铁栏杆爬上了那条通道。

八神朝车站方向跑去，可他听到后面的脚步声越追越近。这样下去的话肯定会被抓住的。八神突然停下了脚步，回过头来，弯下腰，猛地朝跑在前面的男人撞去。那个戴眼镜的男人被撞得朝后飞去，连同他身后的中年男子一起倒下了。可他们后面的学生模样的家伙竟然踩着摔倒了的同伴朝八神扑了过来。

八神刚要转身逃走，可一看到对方手里拿着刀子，他就改变主意了。这人竟敢用刀威逼自己，八神不觉火往上蹿。于是，他用装有防震材料的电脑专用包挡住了刺来的刀子，随后揪住对方后脑勺的头发，往扶手上撞去。可就在这时，另外两人已经站起身来了。

就在八神这么一分神的时候，学生模样的家伙开始了反击。差点儿被刀划伤的八神抡起背包使劲朝对方的脸上甩去。

学生模样的家伙果然被抡倒了。只见他撞在通道的扶手上后，就跟在单杠上做空翻似的，身体打着旋儿凌空摔了下去，撞破了嵌在拱廊顶棚上的一块白板，落到了十二米之下的路面上。

紧接着，从路面传来了一声惨叫。

"正当防卫！"八神大喊一声之后，又开始拼命奔跑了起来。当跑到商业街正中间的上方时，他看到了一架通往地面的梯子。回头一看，见剩下的那两人也相距不远了。

八神抓住梯子，快速往下爬。可这架梯子在二楼的高度处就到头了。无奈之下，他只得抓住梯子最后一档儿，让身体吊在下面，然后跳了下去。落地后，八神抬头回望，不知为什么，刚才那两人并未追来。

"有人掉下来了！"

此时，从拱廊靠里处传来人们七嘴八舌的喊叫声。八神扒拉开看热闹的人群，跑出了商业街。他忽然想到现在去赤羽车站是很危险的，因为那儿有个派出所，车站里还装有摄像头。

出了"LALA花园"后，八神顺着大道往左拐，还没跑上一分钟，后面就驶来了一辆出租车。他往步行道上扫视了一下，没看到那两人的身影。

八神举手叫停了出租车，立刻钻了进去。

"去哪儿？"司机问道。

八神心想要不要回一趟位于王子站的公寓呢？随即他觉得还是不去为好。

"你先朝南开吧。"

"朝南？走明治大道可以吗？"

"随你的便。快开车，快点儿！"

"好吧。"司机说着，就启动了出租车。

八神回头看了看后面，见没人追来。于是他松了一口气，取出了手机。按照记忆中的号码打过去，对方立刻就接听了。

"你好！这里是六乡综合医院内科医疗处。"

听到这个熟悉的声音后，八神那绷紧的神经就放松了。

"是冈田医生吗？我是八神啊。"

"八神先生你好啊，有什么事吗？"女医生问道。

"我想改一下预定的时间。今晚就住院，行不行？"

"今晚？"

冈田凉子似乎有些疑惑："那要先看一下有没有空床位了。"

"如果病房没床，睡等候室也行啊。我到医院的话，能让我住吗？"

"我想应该可以吧。你怎么了？"

八神知道在电话里说自己目前的情况是不明智的。

"半夜跑路啊。"

"八神先生。"八神似乎看到电话那头的女医生已经柳眉倒竖了。冈田凉子是为数不多的从初次见面起就没被他那张坏蛋脸吓着的女性之一。

"半夜跑路？怎么可能呢？请别开这种不合时宜的玩笑。"

"不好意思。总之，我马上就上你那儿去。"

"大概几点钟到？"

八神看了下手表，现在是四点二十分。"六点以前。"

"知道了，那我等你来。"

挂断电话后，八神又拨打了另一个号码。是骨髓移植的协调人峰岸的。

"喂，我是八神。"

峰岸接听后，马上问道：

"刚才是怎么回事？慌慌张张的。"

"没事。不用担心。"

"那就好啊。我正在开车，等会儿打给你——"

八神赶紧拦住了他。

"别挂！马上就说完，你听着就行。我今晚就住院了。"

峰岸用担心的口吻问道：

"你到底怎么了？"

"保险起见嘛……我什么都没带，就直接这么去，行吗？"

"行啊。替换衣服什么的，医院里都准备好了。"

"明白。我大概六点钟到医院。"

"我这儿还有其他事情，只能明天去看你了。"

"反正我跟冈田医生也打过电话了，剩下的事情我自己料理吧。"

"好的，那就拜托了！"

八神挂了电话后，对司机说道：

"去六乡的综合医院。"

"您是说六乡？"

"就是大田区的六乡，东京的最南端。"

"好嘞!"

司机颇为得劲地答道,看来他总算逮着一个大客户了。因为这儿位于东京的最北端,所以这一趟得纵贯整个东京都了。

再次确认了后面并无追兵后,八神板起脸来陷入了沉思。

不管怎么着,我也得赶到医院。

要不然,那个等着用我骨髓的白血病患者就只有死路一条了。

-2-

时代变了!古寺巡查长有了危机感。他负责警视厅的巡查工作已有三十年,可在最后的五年里,国内的犯罪状况迅速恶化。

此刻,古寺正坐在机搜[1]车的驾驶座上,腰间除了手铐、对讲机、特殊警棍以外,又多了一柄沉甸甸的六连发左轮手枪。时隔三十九年,作为国家安全委员会规则之一的《手枪管理规范》得到了修改,并于明日开始正式执行。因此,跨日期二十四小时执勤的机动搜查队员接到指示,从本日起就开始常佩枪支了。

今后,遭遇紧急事态的警察,可以无须预告和警告性射击就直接朝嫌疑人开枪。与犯罪大国美国一样,日本也终于迎来了警察可以用

---

[1] 机动搜查队的简称,配属于东京警视厅以及各道府县警察本部刑警部的机动性组织,负责刑事案件的初期搜查任务。

枪指向市民的时代了。

考虑到当下"过路魔"[1]事件频发、暴走族凶残化，尤其是警察因犹豫未能及时开枪而殉职的事件屡有发生，采取这样的措施也确实可以说是迫不得已的。而眼下更让古寺感到郁闷，甚至想大发一通牢骚的是，与他搭档的新来的搜查队员居然请病假了。

我年轻那会儿，即便发烧发到三十九摄氏度，也照样来上班的。唉！时代真的变了！——这位第二机动搜查队里年龄最大的队员心里嘀咕道。

警车驶入练马区东大泉的住宅区后，古寺就将紧急行驶着的车慢了下来。在狭窄的小巷里拐了三个弯后，他终于来到了凶杀现场。在穿制服警察的引导下，看热闹的人群中让出一条道路，机搜车就这样驶入了警示带的内侧。

属地警察署的警车，以及与古寺所乘的同属于一个班的五辆机搜车都到达了案发现场。现场是一栋木结构的二楼住宅，比左右相邻的房子都要大上一圈。

古寺套上"机搜"的臂章下车后，立刻有两名机搜队员走了过来。他们分别是森田和井口。

"情况怎么样？"古寺俯视着他们俩问道。这位年龄最大的机搜队员，在身高上也同样不输于年轻人。

"受害人名叫田上信子，五十四岁。"井口回报道，"是个经营楼宇出租的资产家。独自居住在这栋房子里。"

---

[1] 指在街道无差别滥杀行人的凶杀案。

古寺将目光投向受害人的住宅。在刑事技术鉴定结束之前，他们是不能进入室内的。可是，为了展开初步侦查，他们又必须获得最低限度的信息。

"第一发现人是谁？"

"是受害人的弟妹。说是约好四点钟来访的，但没人应答，她觉得有些奇怪，就自己进去了。"

机搜车里坐着一个中年妇女，她正哭哭啼啼地跟警察说话呢。毫无疑问，她就是第一发现人。

"大门是开着的吗？"

"是的。"

"这么看来，是熟人作案或撬门的盗贼作的案了。"

说着，古寺又想起从警务电台里听到的，关于该案的首次报道。

"对了，听说被害现场是在浴室，是这样吗？"

"是的。"森田说道，"死者后脑部有被钝器击打的痕迹，当时浴池中的水还沸腾着。"

古寺皱起了眉头。

"断气后就一直被'煮'着吗？"

"好像是的。还有，尸体还被做了些奇怪的手脚。"

"什么手脚？"

"死者的双手、双脚的大拇指被交叉绑在了一起。也就是说，受害人即便恢复了意识，也是无法逃出浴缸的。还有，死者的后脖颈有个用刀子划出的十字形伤口。"

古寺咂了咂舌，下意识地将手放到了里面藏有手枪的上衣下摆处。

"凶手是精神变态者吗？"

"这种可能性很大。但也可能是出于仇恨。"

这时，有个技术鉴定课的人从受害人田上信子的住宅中走了出来，并对古寺他们说道："客厅和厨房可以进去了。"

"好的。辛苦了。"

说着，古寺与两名年轻的搜查员一起走进了院子。

从大门到玄关之间铺着踏步石。这是一所颇为风雅的住所。据说，受害人是经营楼宇租赁的资产家，恐怕其真正的生意跟高利贷也差不多吧。要真是这样的话，凶手的犯罪动机是出于金钱纠葛亦未可知啊。

古寺在玄关处脱了鞋，刚一走进位于走廊左侧的客厅，就看到了极尽奢华的装修和摆设：真皮沙发、毛皮地毯、精致的灯具。

古寺心想，一个五十岁出头的女人，就算再怎么有钱，独自住在这样的房子里，其人生恐怕也仍是孤单寂寞的吧。

见面朝院子的玻璃门敞开着，古寺就朝那边走了过去。院子的前面是用水泥预制块砌成的围墙，看来要翻墙而入也并非难事。

"凶手的进入路径知道了吗？"

古寺问一个正在桌子上摆放各种证物的鉴定课成员。

"还没确定呢。"

"这些东西，能让我看一下吗？"

古寺指着放入证物袋里的各种证物问道。

"请便。"

古寺低下头看着桌面。只见透明的证物袋里放着存折、印章等物。看来凶手的动机不是盗窃啊。其中还有一本红色封面的笔记本。那上面是否记有来访者的预定安排呢？想到这儿，古寺翻看了起来。

在"11月30日星期五"这一栏里没写任何安排。他又看了一下最后面的通讯录，只见上面写着几十个人的联系方式。这些人需要一个一个地去走访，不过这不是二机搜的队员该做的，而是本部和属地警署的专从搜查员的工作。

就在古寺正要将笔记本放回袋子里的时候，他又觉得这个本子有些硬邦邦的。古寺翻开封面，见内侧夹着一张塑料卡。卡上写着"器官捐赠卡"，一旁还写着"骨髓移植"的字样。古寺看到后，立刻皱起了眉头。刹那间，对凶手的憎恶和对受害人的同情同时涌上了他的心头。原来受害人不仅是个富婆，还是个慈善家啊！

可就在这时，他那个放在上衣口袋里的手机振动了起来。

"喂，我是古寺。"

接听后，手机里传来了待在分驻所里的副队长的声音。

"不好意思啊，古寺，你能去一趟赤羽吗？"

古寺听得一头雾水，反问道："赤羽？"

"那边也发现了一具浴缸死尸。作案现场很相似啊。"

"什么？难道那具尸体也在浴缸里'煮'着？"

"是啊。只不过，赤羽那边，浴缸里的热水已被放掉了。"

古寺朝门外的走廊看了一眼。

"可是，我这儿还没看到尸体呢……"

"跟鉴定课的人打个招呼，先看一眼吧。然后，你就立刻去赤羽调查一下两个案子的相关性。"

"明白。"

古寺挂了电话后,快步朝浴室走去。没想到,练马与赤羽连续发现了异常死亡者的尸体——

这难道是连环猎奇杀人事件吗?

"喂,开车的,"坐在出租车后面的座位上、已经恢复了镇静的八神开口道,"有人跟踪我们吗?"

五十岁出头的司机瞟了一眼反光镜,答道:"络绎不绝,数不胜数啊。"

"你说什么?"

八神吓了一跳,赶紧回头看去。

"道路拥堵嘛。"司机笑道,"您要问哪一辆是追我们的,我可就不知道喽。"

直到这时,八神才发觉他所乘坐的这辆出租车行驶得特别缓慢。他又看了一眼车上的计价器,发现费用已经超过一千日元了。想到自己钱包中的钱所剩不多,八神略带慌张地问道:"现在到哪儿了?"

"刚绕过环七,正从北本路驶向明治大道呢。"

八神凝神看了看步行道的电线杆子,见那上面的标记是"北区神谷"。八神咂了咂舌。从赤羽到这儿还没跑上一公里呢。考虑到自己现在全部身家都不满一万日元,他原本那个直奔医院的行动计划看来是实现不了了。他倒也不是没想过到了目的地就赖账的办法,只是担心万一惊动了警察,事情就更麻烦了。他心想,既然追兵已被老子甩掉了,从这儿坐电车去医院才是上策吧。

"我要下车！"

"欸，现在我们仍在东京的北边哦。您不是说要去南边的吗？"

"我想起自己是个穷光蛋了。"

即便如此，那司机似乎也不肯轻易放掉这个"大客户"。

"您要去住院什么的？现在下车，身体能挺得住吗？"

"我身体棒着呢！少废话，让我下车！"

话都说到这份儿上了，尽管不太情愿，司机也只得将出租车停靠在步行道旁边。

付过车钱下车后，八神数了一下钱包里还剩下的钱。七千六百日元。坐电车倒是足够了，可不知道最近的车站在哪儿。他搬到这儿也才三个来月，还有点儿搞不清方向。

他想去问一下过路的行人，可刚走了几步，就立刻打消了这个念头。因为他考虑到车站里安装着摄像头，一旦在凶杀现场附近乘坐电车，日后肯定会有麻烦的。

慎重起见，他停下脚步，打量了一下四周。只见与大马路平行的步行道上，并没有什么形迹可疑的家伙。

重新迈开了脚步之后，八神就开始思索了。到底是谁杀死了岛中？追赶自己的那三个家伙到底是什么来路？如果他们是刑警，应该出示证件并报上姓名才对呀！至少，是不会用刀子扎人的。照此看来，估计那几个人就是杀害岛中的那帮家伙吧？不知出于什么目的，他们又回到凶杀现场来了。

随即，八神又想起了自己的那个猜测，感到后背一阵发凉。恐怕是那帮家伙发现杀错了人，所以才再次回到公寓房间，打算杀死真正的租房人吧？

虽说正走在大道上，他却突然感到了危险。他想，还是应该坐电车。于是赶忙加快了脚步。可一看到汽车道对面的派出所后，他又立刻停下了脚步。

只见有个穿制服的警察站在那儿，正用手按着耳机，十分认真地听着什么。

由于过度紧张，八神差点儿出现神经性腹泻。那个巡警在听什么？

拐进一条小巷后，里面有个公园。从派出所那儿看过来，这里正好位于视线的死角，确认过这一点后，八神才在一条长凳上坐了下来。

这时，已经日近黄昏，天色开始暗了下来。

八神点上烟抽了一口，一边慢慢地喷吐着烟雾，一边回忆起往事来。性命攸关的险境，老子经历过几次了？

随着苦涩的悔恨回想起来的，是自己谎称演艺经纪人，诓骗十多岁的女孩子来试镜的那一回。他仅仅在相关的杂志上登了个广告，就出乎意料地来了二百多个应聘者。报名费一人三千日元，刨去租会议室的费用，还净赚了将近六十万日元呢。

可是，要说那些上了"假试镜"之当的女高中生竟会要老子的命，似乎也太过夸张了呀！仔细考虑之后，他就得出了真有性命之虞的坏事，自己曾干过两次的结论。

第一次，是"语音诈骗"那次。两年前，八神在看电视新闻时，发现有个政治家说话的声音跟自己很像。于是他就去书店买了本《国会便览》，查出了那个政治家的事务所后，假装政治家给那里打去了电话。

"是我啊，"八神开始了他的"语音诈骗"，"朋友有急用，马上给我准备五十万日元。"

接电话的那家伙似乎一点儿都没怀疑。于是八神又扮演那位"朋友"，去了一趟政治家的事务所，结果真的拿到了五十万日元的现金。当时，反倒是八神觉得有些莫名其妙。或许对政治家来说，五十万日元也就相当于一笔零花钱吧。

还有一次，是冒领了一个他看不顺眼的暴力团头目的住民票[1]。八神冒充该头目去区公所递交了迁出与迁入申请后，以迁居的名义拿到了新的"国民健康保险证"，并用其代替身份证到处借钱。在赚到五百万日元左右的时候，他就收手了。难道是这件事败露了吗？金融借贷公司的监控录像肯定拍到八神的脸了！

可是……这好像也不大对啊！猛追自己的那三个家伙，除了戴眼镜的那个，另外两个怎么看也不像是黑道分子啊……莫非是因为岛中那小子自作自受？而那三个家伙以为我看到了行凶过程，所以才非要灭我的口不可？

用脚踩灭烟头后，八神就从小背包里取出了岛中的手机。他将六乡综合医院的女医生和骨髓移植的协调人的电话号码输入并储存后，首先打给了前者。

---

[1] 日本政府发行的用于记载居民身份信息的卡片，上面有本人姓名、出生年月日、性别，以及户籍等内容。

"是八神先生吗？"接听电话的冈田凉子一开口就显得十分惊讶，"你怎么了？在往这儿来吗？"

"嗯，是的。不用担心。你能先教我一下怎么用电脑吗？"

"电脑？用上了电脑，人生的麻烦会翻倍的哦！"

"没事。我的麻烦已经够多的了，早就习惯了。你知道笔记本电脑怎么用吗？"

女医生立刻反问道：

"电脑OS[1]是Mac还是Windows？"

她这么问，八神自然是听不懂的。

"是个黑色的B5大小的机器。键盘旁凸出一块的。"

"估计是Windows吧。不巧了，我们医生用的一般都是Mac。"

"就是说，你也不清楚，是吧？"

"电话里说不清。协调人峰岸先生应该两种系统都会用。"

"明白。我打给他。"

八神刚要挂电话，冈田凉子叫住了他。

"等等。你现在在哪儿？"

"北区神谷町。我会去你那儿的，放心好了。"

"好的，我相信你！"

对这个坏蛋重重地叮嘱了一句之后，女医生挂断了电话。

八神立刻给峰岸打了电话。但从手机听筒中传来的，却是峰岸自己录制的留言录音："由于我现在位于医疗机构内，无法使用手机——"

---

[1] 英语Operating System的缩写，意为操作系统。

关掉了手机电源后,八神无奈地站起了身来。他只得把调查杀害岛中之真相的事情束之高阁了。眼下要做的只有一件事,那就是,纵贯整个东京都,尽快进入医院。由于骨髓移植之事没告诉任何人,所以不用担心暴露目的地。探寻笔记本电脑里有用信息的事,只能在潜入足够安全的医院之后再做了。

现在需要考虑的就是交通方式了。他必须离凶杀现场再远一些,才能进入设置了监控摄像头的电车站。

目前,除了步行移动已经别无他法了。就在做出了这一决定,并准备走入岔道的时候,他却又停下了脚步。

因为他看到有一块牌子正指向他正要去的隅田川方向,上面写着"水上巴士停靠站,三百米"。

- 3 -

"有人从拱廊屋顶上掉下来摔死了?"

赶到第二个凶杀现场的古寺,听到出乎意料的报警信息后,不由得在公寓式住宅的大门口停下了脚步。

名叫中泽的属地刑警在大个子古寺的俯视之下,不免有些缩头缩脑。他回答道:"是的。最先接到的报警就是有人说,有个年轻男子摔死了。"

一名二十来岁的男子坠落于商业街上——接到如此内容的报警后

不久，警方又接到了另一个报警电话，称同在赤羽署辖区内，有四名形迹可疑的男子闯进了公寓阳台。于是刑警们便如同回放录像带似的，按照时间顺序分析了一下情况。

那个摔死了的家伙恐怕就是四个可疑男子之一吧。那么，他们又是从哪儿来的呢？从阳台上的逃生窗口，刑警们又循迹来到了公寓三楼的一个房间。房间里只有少量的血迹，而在浴室里，却躺着一具胸部被刺的男性尸体！

"这到底是怎么回事？"

与中泽一起走在通往三楼的楼梯上，古寺情不自禁地问道。

"那四个男人，就是杀人凶手吗？"

"根据报警的家庭主妇的陈述，他们四人中，一个在逃，另外三个在追。"

"摔死的，是哪个？"

"估计是追人那一边的。"

"身份呢？"

"不清楚。死者身上没带身份证之类的证件。"

古寺心想，要是被追的那个是凶手，那么追他的那三人，估计就是受害人的朋友了吧。可要是这样的话，还活着的那两个人为什么不将浴室凶杀事件通知警方呢？另一种可能就是情况正好相反，那个三人组才是凶手，他们是为了再杀一人而去追那一个的……那么，逃的那个人是否已被他们抓到并杀害了呢？

来到三〇二室的门前，古寺看着姓氏牌问中泽："这个房间的主人是姓八神吗？"

"是的。"

古寺在记忆中搜寻着说道：

"那人的名字，不会是俊彦吧。"

中泽像是吃了一惊，立刻回答道："是啊！就叫八神俊彦。"

古寺举手拍了一下自己的额头。

"老天爷啊！"

"您认识他吗？"

"我还在少年课的时候，就处理过一个同名同姓的家伙。现在，他也应该年龄不小了吧。"

"这么说来，他原先是个'不良少年'了？"

"是啊，是个'资深坏蛋'。"

古寺双手戴上塑料手套后，缓缓走进了屋子。只见屋里有十多名技术鉴定课的成员正忙活着。有的在采集指纹，有的正蹲着，在地毯上滚动着黏性滚筒。

"劳驾，能让我看一下吗？"

打过招呼后，从靠里处走出了一位相识的鉴定课成员。

"哦，是古寺啊！来看看这个吧，蹊跷着呢。"

于是，古寺和中泽看了一下他手里拿着的钱包、邮寄物品等东西。

"租住这个房间的签约人是八神，可住在这儿的，像是另外一个啊。从这些东西看来，实际的住户是个叫作岛中圭二的'牛郎'。"

古寺皱起了眉头，说道："我去看一下死者。"

说着，他就踏进了浴室。

才看了一眼浴缸，古寺凭直觉就知道这是一起连环杀人案。尽管他还没仔细地检查过尸体,却已经在这个赤羽的凶杀现场感受到了与练马区独栋建筑浴室里同样的氛围。那是一种野兽特有的氛围。

古寺弯下他那高大的身躯,开始查看这具全裸着的尸体的下肢部分。捆住死者手脚的皮条,还有大腿上的十字形刀伤——这些都与练马区受害人身上的一模一样。

毫无疑问,是同一个凶手作的案。古寺心想,等专案组的管理官来了,必须向他提议,设立针对这两起猎奇杀人事件的联合搜查本部。

最后,古寺用食指抵住尸体的额头,向上抬起了死者那已经开始僵化的头部。看到受害人的脸部后,古寺立刻脸色阴沉地说道:"有好消息,也有坏消息啊……"

"那就先听好消息吧。"中泽说道。

"这个家伙不是八神。看来死掉的这个应该就是那个叫岛中的'牛郎'吧。八神还活着。"

"能断定吗?尸体已经变化很大了。"

"要是八神的话,我一眼就能瞧出来的。他那张坏蛋面孔,再怎么变,也不会是这样的。"

古寺说着,将手从尸体身上缩了回去。

"那坏消息是……?"

古寺叹了口气,说道:

"立刻通缉八神俊彦。那小子是重要参考人[1]。"

---

[1] 指刑事案件侦查中,接受调查的嫌疑人以外的案件相关人员。

远处传来了警车的警笛声。

八神一边十分警觉地扫视着四周，一边走到隅田川的岸边。水上巴士的停靠站就在这混凝土浇筑而成的河岸旁。从河底伸出了四根坚固的立柱，支撑着一块长约二十米、宽约四米的极厚的板子。可是，通往那儿的道路却被一道金属栅栏挡住了。环视四周，也没看到有类似指示牌之类的标记物。

这时，环七线的大桥上开过去了两辆警车。

八神焦躁不安地返身走上台阶，终于发现了一间小房子。小得就跟单独将电影院的售票处切割出来了似的。里边坐着一个像是公司职员的小老头。

"我要坐水上巴士。"

听八神这么一说，小老头就问道："要去哪儿？"

八神看到了小屋墙上的时刻表。可那上面罗列了许多线路，十分繁杂，让人一下子理解不了。

"今天，就只剩下去两国[1]的一条线了哦。"

"两国？"

八神在脑海里飞快地检索起相关道路来。就眼下的东京北部来说，那儿要偏东许多。隅田川流域这儿我不熟悉，可到了两国就能坐JR[2]线的电车，换乘两次不就能到六乡了吗？再说，那里离岛中的公寓也足够远了。到了那里就不必在意车站里面的监控摄像头了。

---

1 指日本东京都隅田川上两国桥一带的地方。东侧属于现在的墨田区两国，通称东两国；西侧属于中央区东日本桥，称为两国西广小路。
2 日本铁路集团Japan Railway的缩写。

"到两国要多少钱？"

"一千日元。"

"船什么时候开？"

"四点五十分。还有十五分钟。"

"好嘞。就坐这个了。"

八神掏出了钱包，却被小老头伸手制止了。

"上船后再付钱。到点后，我会带你去码头的。"

"好，我知道了。"

八神在售票处又待了一会儿，盯着简介牌看了一会儿。这个公交公司的正式名称似乎是"东京水边航线"。而八神现在所处的地方叫作"神谷停靠站"，到两国的时间则是下午六点六分。

看来七点前能到医院了。虽说比预定的时间晚了一小时，但这也是没办法的事情。如果不坐这水上巴士，为了避人耳目而大兜圈子的话，恐怕还得多花两小时呢。

八神回到河边，在一条木制长凳上坐了下来。眼前，隅田川波澜不兴，正缓缓地流淌着。几只水鸟浮在水面上，随波逐流，自在逍遥。近距离这么一看，河面还是相当宽的。从这儿到用混凝土筑成的河对岸，居然有一百五十来米。

八神正茫然眺望着日近黄昏的景色，发现河对岸似乎有所学校。围墙中，身穿体操服的女高中生的身姿隐约可见。

原先被我骗过的，就是那么大的孩子啊。

八神的脑海里，那些想忘也忘不了的记忆又复苏了。

那些梦想被毁灭了的孩子的眼神——

伴随着苦涩的悔恨，八神回想起了自己曾经做过的坏事。

跟他提起这事的，是个自称电影导演的家伙，也即所谓的"业内混混"吧。那家伙说，有个来钱快的活儿，于是八神马上就参与了。

他们在电影试镜的杂志上打了个广告——"招募V类电影[1]的女一号"，下面写着征集想在演艺界出人头地的女孩子。对象仅限于初中生和高中生。试镜费用一人三千日元。

他们之所以将年龄和费用都设定得这么低，完全是因为考虑到，女孩子们即使发觉自己上当了，想到这个数额也只会忍气吞声。

不久之后，在那个挂出"演艺公司"招牌的公寓里，他们就收到了两百多份简历。浏览后，八神不由得暗暗吃惊。因为超过一半的应聘者都是来自单亲家庭的孩子。这些拥有不幸命运的少女都在做着自力更生的美梦吧！但她们竟然遭受了来自自己毫无责任感的欺骗……照片上一张张笑脸是那么灿烂，简直是看了都叫人心疼……可是，即便是外行，看着这一张张脸蛋儿也知道，她们想在演艺界一鸣惊人，简直就是痴心妄想。

预定的试镜日很快就到了。试镜是在一个租金为每小时五千日元的会场里进行的。那些付了三千日元现金的女孩子，一定是心潮澎湃、满怀希望的吧！

冒充导演的八神与那个"业内混混"，先是搞了个"一面"，一下子就淘汰了一百五十来人。

---

1 日本的一种不在影院放映、主要靠录像带发行的电影。由东映公司于1989年率先推出。

在"二面"时，他们又刷掉了四十来人。

剩下的十人，则一个地被叫到另一个房间里进行"终面"。她们根据八神瞎编的剧本，表演了一些莫名其妙的小品。那些女孩子表演起来十分卖力，可她们的演技只有校园活动级的水平。看得出来，她们没一个接受过真正的表演培训。

于是"业内混混"便教训她们"太天真了"。然后再把她们一个个地叫到隔壁房间里，单独宣布"不合格"的结果。

十个女孩子中，有三个当场就哭了。另外七个，不是呆若木鸡，就是差点儿背过气去。三千日元的零花钱打了水漂，自己的梦想也碎了一地。这意味着，她们才十几岁就被告知自己是"毫无价值的垃圾"。

八神心想，我从什么时候起成了加害者的呢？想当年，自己不也是个因为他人的毫无责任感而惨遭不幸命运的少年吗？可现在呢，自己居然成了主动伤害他人的加害者了。

女孩子们垂头丧气地回去之后，八神就与那个"业内混混"平分了到手的六十万日元的现金。这时，那个诈骗搭档竟然用不堪忍受的口吻说道："一个个的，尽是些丑八怪啊！"

八神一听这话，无名火冒穿了天灵盖，将那个"业内混混"暴打了一顿，还把所有现金都卷走了。后来，突然良心发现的八神还想用这些钱去帮助一些不幸的孩子。但他拖拖拉拉的，结果那笔钱就全被当作生活费用光了。就在这时，他得知了骨髓捐献登记一事。

"船来了！"

抬头一看，只见刚才小屋里的那个老头，已经来到了水上巴士的停靠站，正在挪开金属栅栏呢。

八神站起身来，见一艘有点儿像近现代那种画舫模样的、船体扁平的船，正从隅田川的上游方向缓缓驶来。这条船的船身上写着"大波斯菊"几个字，整艘船宽约七米、长约三十米。驶到停靠站附近后，船先是停止前进，然后横向移动着靠了岸。

八神走在舷梯上时，心里还在想：接受捐赠的人要是个孩子就好了——他希望接受他骨髓捐赠的白血病患者是个小女孩。此时他的眼前已经浮现出了被医生告知痊愈而喜出望外的母女俩的身影，以及解除了生命危机、对未来充满希望的少女的笑脸。

上船后，一位年轻的女乘务员微笑着迎了上来。

"欢迎乘坐'水边航线'。"

"就在这儿交钱吗？"

"请到那边的前台去付款。"

说着，女乘务员指了指占据了船体前半部分的客舱。

八神通过一道自动门，进入客舱，见左手边有个十分窄小的前台，另一位女乘务员正在那儿等着呢。付过了到两国的船费之后，八神就在最后一排座椅上坐了下来。

到了这会儿，八神才注意到这条船并不是日常的交通工具，而是一条以旅游观光为目的的游览船。船体的左右两侧为了便于观光，安装了整面的玻璃墙。窗边是三人长凳，而船中央则排列着四人长凳，共有十多条。照此看来，最多能承载两百来人吧。可让人吃惊的是，眼下除了八神，只有四名乘客。

大船缓缓地离开了停靠站，开始朝隅田川的下游驶去。船速大概跟人跑步时差不多。船内的广播里断断续续地播放着导游录音带。

八神看了一阵子河两旁那连续不断的混凝土岸壁。或许是此刻太阳已经落山了的缘故吧,两边的护岸工程似乎已变成两面无穷无尽的黑色屏幕了。过了一会儿,八神才像突然想起似的看了一下船舱的顶棚——没看到监控摄像头之类的东西。慎重起见,他又站起身来,穿过自动门,来到了后甲板上。

暖风阵阵,可吹在脸上并不怎么受用。甲板上排列着长凳,上面虽然也有顶棚,但左右船舷都是与后甲板相通的。嗡嗡作响的引擎声中,螺旋桨搅起的水花打破了河面的平静。

见这里也没有监控摄像头,八神这才放下心来。他先去上了个厕所,然后回到船舱,在原先的座位上坐了下来。

大约过了五分钟,窗外右前方,出现了一个亮着橙色电灯的停靠站。有四个男人的身影,如同剪影一般浮现在那儿。其中一个摇晃着手电筒,像是在发信号,估计是停靠站的管理人员吧。

"荒川游园停靠站到了。"

船内的广播声简短播报之后,船就慢慢地靠岸了。

透过窗户可以看到,有三个男人走过舷梯上船来了。还好,这三个男人不是在赤羽拼命追他的家伙。

解除内心的紧张之后,八神心想:假如能这么着直达两国,也就算是平安无事了吧。估计在两个小时之内,就能到医院了吧。

船又开动了起来。现在是下午五点十分多一点儿。

听到了像是泡沫破灭似的声响后,八神抬头看去,见坐在与他隔着一条通道的邻座上的中年男子,刚刚打开了罐装啤酒的盖子。许是察觉到八神的视线了吧,这个身穿灰色西服的男人朝他看了一眼。

八神用眼神跟他打了个招呼。

对方也对八神点了点头。随即便微笑着递给八神另一罐尚未打开的啤酒。

"怎么样?喝点儿吧。"

"欸,这样好吗?"

"有什么不好啊,我一个人也喝不了啊。"

倒也正用得着啊。

"不好意思了。"

说着,八神就伸出手去,打算跟他做个伴。

可随即,八神又说:"算了。我还是不喝了吧。"

"怎么了?"

"正减肥呢。"

中年绅士听了微微一笑,将已经递出的啤酒罐又放回到折叠式桌子上。

八神装作观赏周围风景的模样,不动声色地观察起这个能毫不在意地与长着典型坏蛋面孔的自己搭话的中年男人。结果发现对方并没有喝那罐已经打开了的啤酒。而原先递过来的那一罐也仍放在桌上,纹丝未动。

这时,广播里响起了女播音员的声音:

"为了便于乘客们观赏夜景,请允许我们将船舱里的照明灯调暗一些。"

话音刚落,顶棚上的电灯就熄灭了,船舱里顿时暗了下来。八神将那个小背包挎在肩上，站起身来。

他心想：我可能轻敌了。说不定在赤羽坐出租车那会儿，我就被什么人给盯上了。想必那家伙看到我坐上水上巴士后，就通知同伙在下一站等我。当然了，这也可能是我在疑神疑鬼……但在眼下这种情况，再怎么小心也不为过呀！

来到了后甲板上之后，八神看到有个像是自由职业者的家伙正坐在长凳上抽烟呢。现在明明已是日落黄昏了，可他却还戴着墨镜。八神从他面前经过后，站在水花四溅的船尾处。

这时，他感到有股淡淡的刺激性气味钻入了他的鼻子。用视线朝这股药水味道寻去，八神从那人的长裤口袋边缘，看到了一块白色的纱布。

八神想起，船上的两名乘务员都是女性，真要出点儿什么事，是一点儿也依靠不上的。他朝一旁看了一下，见几十厘米之下就是隅田川那黑乎乎的水面。

可是，眼下是十一月底，要他跳进混浊的河里，还是鼓不起勇气的。于是八神决定赌上一把：先发制人！现在，后甲板上只有自由职业者模样的这么一个人，且不管他是好人还是坏人，先把他揍趴下塞进厕所再说。要是搞错了，就干脆将他打晕算了，免得他啰里吧唆地喊冤枉。

八神离开了船尾，开始朝那个男人走去。

可就在这时，客舱的自动门开了，走出来两个乘客。一个就是刚才请八神喝啤酒的中年男人，另一个则是个三十岁出头，但没什么显著特征的男人。

在那两人靠近之前，八神就已经来到了自由职业者模样的男人跟前。

那人扬了扬眉毛，像是在墨镜下眨了下眼睛，并做出了惊讶的表情。然而，他的右手却若无其事地伸向了裤子的口袋——这个动作自然也没逃过八神的眼睛。

八神飞快地抓住了那人的手腕。那人的手里已经攥着一块纱布了。八神用双手将他的胳膊往上扭，并让白色的纱布顶在他的鼻子上。

强烈的药水味冲入了鼻孔，刹那间连八神也觉得头晕目眩。而与此同时，那个自由职业者模样的男人更是浑身无力，当场瘫倒。

看到这一幕的另外两个男人，立刻直奔八神而来。八神脚步踉跄地逃向船边。因为他很清楚，按照自己眼下的状况，是怎么也敌不过两个人的。选择了游泳而非打斗的八神，以长凳为跳台，纵身跳向河面。

可就在此时，从其背后伸来的两只手抓住了八神那已经凌空的右脚脚踝。结果，他就倒挂在船舷之外，脑袋则浸泡在了河水之中。

周围水声滔天。在水下旋转着的螺旋桨的声响，剥夺了八神的听觉。他拼命地吐气，可河水还是毫不容情地流进了他的鼻孔。

这样下去，必死无疑！正当八神即将陷入恐慌之际，或许是不堪其重的缘故吧，抓住他脚踝的两只手中，居然有一只松开了。八神赶紧用尚能自由活动的左脚，猛踢还揪着他右脚踝的手。

蓦地，随着脚踝上压力的消失，八神全身都沉入了河水之中。一阵巨大的轰鸣声过后，他知道螺旋桨已在他脑袋左侧不远处过去了。

随后，那个积满了空气的小背包就起到了救生圈的作用，把他的身体托到了水面。

浮出水面后，八神就拼命咳嗽，尽量将吸入肺部的水都吐出来，与此同时，也紧盯着逐渐远去的水上巴士的后甲板。

他看到袭击他的那两个男人像什么事都没发生似的离开了船舷，又看到有个女乘务员从里面跑出来。那两个男人笑着，像是在照料醉汉似的扶起那个戴墨镜的男人，回客舱去了。

八神踩着水，让自己镇静下来。隅田川的水黑漆漆的，但并不臭，或许是心理作用吧，觉得有些滑腻腻的。随后，他打量了一下四周，就朝较近的左岸游去。距离约有五十米吧。

混凝土护岸上固定着一架金属梯子。八神抓住梯子往上爬，一会儿就爬过了两米来高的岸壁，来到了地面。

八神坐在地上大口大口地喘着粗气，同时也窥视了一下四周。那儿像是一条修在隅田川河边的步行道。路面很宽，铺设得很好，前后都在黑暗中延伸出去老远。但空空荡荡的，看不到一个人影。步行道上方还有一道土堤，而再往上，就是高速公路的高架桥了。

八神拼命转动脑筋。要讲地名的话，这儿到底是哪里呢？一点儿都摸不着头脑。但有一点是肯定的，老在这里待着是绝对不行的。敌人尽管来历不明，但显然他们是专业的，他们很快就会把网撒到这一带来的。

事不宜迟，必须马上离开这儿。八神立刻站起身来。由于衣服吸足了水分，身体变得异常沉重。然而，或许是神经极度兴奋的缘故吧，他竟然一点儿也不觉得冷。

怎么着也要逃出生天，非得赶到六乡综合医院不可，因为我的生命之上，现在还驮着另一条生命呢。

八神踉踉跄跄地在黑暗中迈开了脚步。

– 4 –

下午六点之前，练马区大泉署警察署二楼的大会议室里，正快速地布置着特别联合搜查本部。总务课员们放置好了够八十名专从搜查员[1]坐的桌子与钢管椅。与此同时，也设置好了电话与传真机。装着搜查资料的纸板箱，也一个个地被搬进了会场。

会议室最靠里处，一面还没有写上任何字样的白板前，搜查本部的四名干部，正在研究搜查方针。

"两具尸体的死亡推定时间出来了。"

报告此信息的是越智警视——一个就模样而言，还能被称作青年的管理官。他这个职务，相当于搜查本部长和副本部长的助理，同时也是现场指挥的一线责任人。他学历高，又通过了高级公务员考试，直接进入了政府机关，属于所谓的"精英组"，所以未满三十岁就已经做到这个职位了。所属部门为警视厅搜查一课内，专门负责打

---

[1] 专从搜查队队员。专从搜查队是由日本警视厅部署的特殊侦查队伍，拥有自由搜查、独自判断的权力，专门应对恶性犯罪及难以破解的刑事案件。

击恶性犯罪的"强行犯五、六系"。不过，这次组织上已决定接受其他系的增援，要建立大规模的搜查体制了。

"田上信子的死亡推定时间为下午三点半前后，推定为岛中圭二的男性，则判断为四点至四点半之间被杀。"

"时间间隔很短啊。这倒是出乎意料的。两起案子是练马案在前，赤羽案在后吗？"

担任特别搜查本部长的警视厅刑事部部长河村警视监说道。他身穿藏青色的制服，身材魁梧，仪表堂堂。

"盗窃？"

"排除了盗窃作案。受害人的钱包、贵金属、存折等，全都被留在现场了。"

担任搜查副本部长的警视厅搜查一课课长的梅村问道："两名受害人之间的关系呢？"

"目前并未发现有任何关系。两人的通讯录上也都没记录对方的名字。"

"是无差别杀人吗？"同样担任搜查副本部长的大泉署署长古堺问道。

"这种可能性比较大啊。"河村神情黯然地说道，"有关杀人动机，依旧什么都没发现吗？"

"是的。"越智答道。

事实上从事件发生到现在，也只过去了两个小时。不要说受害人尸体的司法解剖了，就连划定区域侦查和遗留品侦查，也没发现任何线索。因此，此时所能追究的，只有一点。

"从犯罪手法来看,将精神变态者追求快感的'快乐杀人'纳入考虑范围还是比较稳妥的吧?"

"要叫'科警研'[1]的心理研究官来吗?"

见河村沉下脸来如此问道,越智便略带慌张地回答道:

"已经以部长的名义提出申请了……"

委托警察厅[2]科警研做出鉴定,必须以警视厅刑事部部长的名义提出申请。越智对自己冒失的行为稍稍有所反省。因为,心理研究官的名为"犯罪心理分析"的搜查手法尚未被正式采用,而且在现场搜查员中,也有不少人对其有效性存在颇多怀疑。

"行啊。"河村说道,"不过,可不能让他们扰乱了现场。"

"明白……对了,关于犯罪的时间间隔,还有个令人不解的问题。"

说着,越智就在大家的面前摊开了一幅东京都的地图。练马和赤羽的那两个现场处已经写上了死亡推定时间。

"这两起凶杀案之间的时间间隔,即便算多一点儿,也只有六十分钟。可是,从第一凶杀现场到最近的车站,还是有相当长的距离的,凶手要是利用铁路列车逃跑的话,是怎么也来不及的。"

"那么,凶手是利用汽车了?"

---

1 "科学警察研究所"的简称。日本警察厅的附属机关,以心理分析、DNA鉴定、枪械的弹道鉴定、爆炸物残留分析之类的犯罪预防和犯罪搜查为主要任务的大型综合研究部门。
2 不同于管辖东京都的警视厅,警察厅是直接接受日本中央政府管理的高级行政机构,主要对日本全国警察机构进行业务督导。

"可是，今天是'五十日'[1]，并且还是周末，都内各处堵车都很严重。我们咨询了交通管制中心，说是要在一个小时之内完成这两个地区间的移动，恐怕是不可能的。"

"那么，骑摩托车呢？"

"这的确是一种可能，不过，还有一种可能，那就是多人作案。"

河村仰起脸来，看着越智问道："多人作案的可能性大吗？"

"尽管现在什么都说不准，不过，多人作案的猎奇杀人，似乎也难以想象啊。"

"极端宗教团伙呢？就跟'曼森家族'[2]似的？"

"有可能。可是，如果是有组织犯罪的话，这两起凶杀案应该同时发生才对呀。就扰乱警方的调查而言，这样才比较有效吧。"

河村低低地哼了一声，便陷入了沉思。

古堺副本部长开口道："要是单个凶手作案，那就是利用摩托车来移动。可这样的话，N系统就逮不到他了。"

所谓"N系统"，是指警察秘密设置的用于监视主干道上车辆行驶情况的摄像系统。它能自动读取位于车体前部的车牌号，并将其保存在警察内部的数据库里。由于摩托车的车体前面没有车牌，所以凶手要是利用摩托车移动的话，"N系统"自然就监视不到了。

"如果真的是利用摩托车移动，就说明凶手是了解我们的内部情况的。"

---

1 指每月的5日、10日、15日、20日、25日、30日这些逢"5"或"10"的日子。在日本，由于许多公司在这些天需要交付款，故而道路比较拥挤。
2 美国人查尔斯·曼森于20世纪初通过邪教理念、毒品和性控制的一个反社会团伙。

河村说道："不管怎么样，摩托车这一点要重点戒备。请把这个情况转告第五方面本部长。"

"好的。"越智点了点头。

"最后一个大问题是，"河村指着地图上的赤羽现场道，"从凶杀现场跑掉的那四个人到底是些什么人？"

"是啊。"越智翻开手头的横格笔记本，说道，"关于从拱廊上掉下来的年轻男子，目前其身份尚未判明。但有一点是明确的，他肯定不是租公寓的八神俊彦。"

"这是怎么知道的？"

"指纹不符。"

"指纹？"

河村颇觉意外地反问道。

"我们查了一下犯罪经历档案，发现八神俊彦有五次前科：未成年时有'盗窃''恐吓'等共三次犯罪记录，成年后又犯了两起轻微的诈骗罪，最后分别被判为'免予起诉'和'简式起诉'。"

"将八神俊彦作为'参考人'加以通缉。"

"已经安排了。"

"可是，这到底是怎么回事呢？"梅村副本部长说道，"根据目击人证言，那四人是一人逃、三人追的呀。"

"给目击者看了照片后，已确认逃的那一个为八神。"

"那我说一下我个人的推测，仅仅是推测，"河村说道，"这两起凶杀，都是八神作的案。他在第二次作案，即在杀害岛中时，正巧遇上岛中的三个朋友来访，所以就出现了一幕追踪剧情。会不会是这样的呢？"

"那三个人——除去从拱廊上摔下来的那一个，现在只剩两个人了，为什么他们在那之后不报警呢？"

"受害人是'牛郎'，他朋友中有暴力团成员也不奇怪。这些黑道分子追上了杀害自己同伙的八神，将其灭口了亦未可知啊。"

说完之后，河村又以轻松的口吻补充道："当然，这也只是一种可能性而已。总之，将八神定为'重要参考人'是没错的。尽力搜捕吧！"

"是！"

"那么，我们就回本部去吧。"

河村、梅村、古堺这三名干部站起身来。接下来，他们将会同巡警部长以及第五方面本部长，重新研究大范围紧急部署的计划。

"这里就拜托你了。"

越智鞠了一躬，将那三位上司送走后，他回到了搜查本部靠里边的桌子旁。

此时，窗外的天色已经完全黑了。他在钢管椅上坐了下来，心想，这是一起"连环杀人"吗？他脑海里浮现了美国联邦警察定义的恶性犯罪者的分类规定。

虽存在杀人"冷却期"，却在三个以上场所杀人的，为"连续杀人犯"，也叫连环杀手；仅在一个场所但杀害四人以上者，为"大规模杀手"；没有杀人冲动的"冷却期"，在两个以上场所不断杀人的为"疯狂杀手"。

越智心想，这次的凶手，应该算是第三类的无差别持续兴奋型的疯狂杀手吧。一个嗜血成性的家伙,凭着杀人冲动在东京这个大都市里反复地杀戮着。要真是这样的话,凶杀不会停止作案的。只要凶手持续兴奋,出现第三个、第四个受害人只是时间问题罢了。东京的夜晚才刚刚开始,直到明天清晨之前,到底还有多少市民会被夺去生命呢……

正当越智黯然神伤之际,眼前的电话突然响了起来。由于刑警们全都出动了,越智亲自接听了电话。

"喂,这里是搜查本部。"

"是管理官吗?我是古寺。"

"哦,后来怎么样了?"

越智向这个老资格机搜队员问道。

"我还在赤羽现场。我发现了值得注意的情况——"

"什么情况?"

"我们在练马和赤羽这两个现场,都发现了骨髓移植的捐赠卡,并且都是受害人名下的。"

"骨髓移植?"越智反问着,迅速拉过来手边的横格笔记本。

"是的。田上信子和岛中圭二这两人似乎都做了捐赠者登记。"

越智皱起了眉头。

"骨髓移植,就是用于白血病治疗的那个吗?"

"我也不太清楚。"好像古寺也有疑惑,"反正这是两名受害人之间唯一的一个共同点。"

看似无差别杀人的凶手,其实是盯上骨髓捐赠者了?可另一个疑问却立刻浮现在越智的脑海中:这又会发展为什么事件呢?

"这是巧合吗？"古寺问道。

"我先排出有关骨髓移植的走访名单来。古寺，请你继续留在现场。"

"明白。"

挂断了电话之后，越智看了一眼墙上的挂钟。现在是下午六点零五分，此时去走访相关人员的话，恐怕他们都已经回家了吧。不管怎么说，还是先联系厚生劳动省吧。脑子里这么琢磨着，越智又嘀咕了一声："骨髓移植？"

此时的八神正面临着一个十分紧迫的抉择：是像只落汤鸡似的继续逃跑；还是冒着被敌人发现的风险，去一趟投币式自动洗衣机店。因为含有大量水分的衬衫和长裤，还有黑色的皮大衣，正在快速地夺取八神的体温。

这样下去可不行啊。在最终确认成为骨髓捐赠者的时候，女医生和协调人都严厉地嘱咐过他：千万不能感冒！

因此，八神在此刻得出了"必须寻找投币式自动洗衣机店"的结论。否则，一旦患上感冒，即便平安抵达医院，骨髓移植失败的可能性也很大。因为被病毒污染过的骨髓是绝对不能移植给患者的。用干燥机将衣服烘干，就意味着要停下三十来分钟的脚步。但这也是无可奈何的事情。如果敌人真的找来了，就只能将洗衣机扔过去应战了。

离开了隅田川，从大铁桥的桥头处上了汽车道，见那里有个"水神大桥"的标志。八神并未沿着河往下游走去，而是往东改变了行进方向。

他加快脚步,寻找着商业街,一会儿就来到了单向三车道的大路上。这是一条与隅田川平行的南下道路。往南走了没多久,八神很快就发现了救星。不过并不是他所要找的投币式自动洗衣机店,而是一家廉价服装店。店门口排了一溜儿挂着"实价一千日元"标牌的夹克衫。

"欢迎——"

一个上了点儿年纪的店员将这位落汤鸡似的顾客迎入店内后,就把表示欢迎的后半句给咽了下去。

"我掉到隅田川里去了。"八神说道。见店员仍是满脸狐疑,他又补充了一句:"我去摸斑嘴鸭母子的脑袋来着。"

"隅田川里的斑嘴鸭母子?"

见店员提出了疑问,八神干脆就不理他了。他直接跑到卖男式西服的柜台,尽可能地选了便宜的衣服和毛巾,然后他问那个店员:"总共多少钱?"

"嗯,这些的话——"店员的手指在半空比画着,像是拨着看不见的算盘,"三千七百日元。"

八神迅速付了钱,马上跑进了试衣室。

他先用毛巾将全身都擦干,然后将包括内裤在内的六件新衣服全都穿上。再用手将前发往额头下捋了捋,看着就跟换了个人似的。看到这个出乎意料的换装效果,八神不由得暗自发笑。他上身是类似于黑缎面的宽松夹克,下面穿了一条人造革的皮裤,要是再抱上一把电吉他,简直就是个不良中年摇滚歌手。

拉开门帘出了试衣室,八神将脱下来的几件衣服往店员的手里一塞，说道："你把这些处理了吧。"

"好的。"

八神出了服装店，十分小心地环视了一下四周。见路灯成排的大道上，车辆稀少。人行道上的行人也屈指可数。路的一侧有成片的高楼大厦，也有大商场和杂货店，可就是没有他要找的书店。

稍稍走了一段后，他发现了一家便利店。八神走入店内，终于找到了地图。

这里卖的是东京都全图和墨田区区域两种地图。八神将两份地图都拿在手里走到了收银处，顺便又买了盒香烟。出了便利店后，他就借着从店里射出来的灯光看起了地图。

找到了刚才看到的那个"水神大桥"后，他就知道自己应该是在墨田区的北部上岸的。而现在所处的位置，则是被夹在贯通南北的隅田川与东武伊势崎线之间的一个狭长地带。

他决定首先朝南走。他一边走，一边琢磨着敌人的情况：在船上袭击我的那三个人估计会先到水上巴士的下一个停靠站吧。而在赤羽追击我的家伙中还剩下两个，所以说敌人至少有五个人。

考虑过逃跑路线后，八神觉得离他最近的两个车站和通往都心铁桥的这一路都是十分危险的。如果自己是追人的一方，肯定也首先盯上这些地方。而穿行于密如蛛网的狭窄街巷之中往南走，反倒是敌人难以发觉的，因为对方尽管人多，也不可能监视每一条小巷。不过，必须马上实行这一方案。他觉得现在这么走着，也随时都有被刚才那三人挡住去路的危险。

还有，要想抵达六乡综合医院，就非得在什么地方跨过隅田川上铁桥不可。如果一直往南走的话，过了江东区就会被东京湾挡住去路的。在什么地方改变行进方向比较好呢？还是等安定下来之后再考虑吧。

前方左侧有一家日式家庭餐馆。八神突然觉得饿得不行了。稍稍犹豫之后，他还是走上了餐馆的台阶。走进位于二楼的店堂内，他装作等店员前来招呼的样子，将目光投向了靠里处的厨房。一旦有事，他可以从厨房的后门逃走。拿定主意后，八神就决定在这儿吃饭了。

"我可以坐那儿吗？"

他指着离厨房最近的桌子，对走上前来的店员问道。随即便自己走了过去。慎重起见，他又扫视了一下店内。没发现什么可疑的家伙。客人占了店内三分之一的座位，但全都是拖家带口的。里面的包厢里还传出了孩子奔跑、嬉笑的声音。估计都是这一带的工人家庭吧。他们都在享用一人一千五百日元的、稍稍有点儿奢侈的晚餐。

将脑袋里微微冒头的针对普通家庭的羡慕排除掉之后，八神叫来店员，点了单。随后，他查看起岛中的小背包里的东西来。

岛中的笔记本电脑和电脑周边配件，还有两部手机都像是被水泡坏了。手机的液晶屏已经不亮了。八神取出电池，用餐巾纸擦干了接口处的水。他想起以前手机掉厕所里时，是花了半天时间才把水分全都阴干的。他心想，是不是该给女医生和协调人打个电话？但又觉得暂时还是不打为好。

接着，他又查看了一下钱包里的钱，一千五百日元。付了刚点的天妇罗荞麦面的钱，剩下的就连一千日元都不到了。

接下来的交通费还有多少呢？八神一边吃着店员端来的天妇罗荞

麦面,一边看着墨田区的地图,开始研究起了逃跑路线。

从现在的位置往南走约四公里就是浅草。到了那儿,我的方向感就恢复了。那儿是都内有名的闹市区,混在人群里应该比较容易吧!从浅草坐地铁,到上野后换京滨东北线,再到品川换乘京滨急行本线,然后一直南下,直奔六乡土手站就行了。

但是,要完成这个计划也有个前提。那就是,先得平安无事地到达浅草。为此,必须走过可能有敌人埋伏的隅田川上的铁桥。看来能否过桥,就成了胜负之关键了。

狼吞虎咽地吃完了天妇罗荞麦面后,八神收拾好行李,去账台付了钱。出了店门,他扫视了一下四周,没发现可疑的家伙,却看到眼前有大量被人抛弃的自行车。

他立刻将步行的计划改变为骑自行车。

-5-

大学教授井泽在住宅之外,另有一个工作场所,那就是位于中野公寓楼里的一个房间。井泽教授的专业是西洋宗教史。眼下,他正坐在书桌前,用一台老式的文字处理机写一部面向普通读者的新书。

突然,电话响了。估计是编辑打来的吧。可拿起听筒来一听,却是个陌生的女声。

"请问您是京叶大学的井泽先生吗?"

教授彬彬有礼地回答道："是的。"

"我是警察厅科学警察研究所的后藤。"

"啊？您是警察吗？"井泽教授有些吃惊地反问道。

"是的。属于法科学第一部心理第二研究室。我是研究犯罪心理的。"

"我们的专业似乎不一样啊。"井泽教授委婉地说道。他一边内心祈祷着自己别卷入什么案子，一边申明道："我是学习历史的呀。"

"我想请教您一些问题，"后藤说道，"请问您现在有时间吗？"

"可以啊。"

"好的。"于是对方就用学者般冷静的口吻，叙述起了一个奇怪的事件。

"假定发生了一起案件：凶手将受害人的大拇指与大脚趾绑在一起，并将其浸泡在沸腾的热水里……请问井泽教授作为西洋宗教史的专家，会联想到什么？"

井泽教授先是听得目瞪口呆，可随即就不得不对对方的调查能力表示赞叹。

"看来您已经查到我的专业领域了。"

"是的，因为我听人说起过您。"

"没错。您所说的这种杀人手法，正是'猎杀女巫'时的一种用刑方式。"

"哦，既然是这样，"女心理学家用兴奋的口吻说道，"那么受害人尸体上用刀划出的像是打叉似的伤口,又是怎么回事呢?那也是'猎杀女巫'用刑时会留下的吗?"

"'打叉似的伤口'?"井泽教授突然感到一阵心慌,就跟背后站着什么人似的。他不由自主地回头看了一下,当然,背后什么也没有。

"不是个'十'字形吗?"教授问。

"也可能是十字形……反正是由一长一短两根直线呈直角交叉的图形。"

"您刚才所说的,大拇指与大脚趾绑在一起的状态,是左右两边交叉绑着的吗?也就是说,受害人是双手交叉着被害的吗?"

"一点儿没错!"

"啊,真没想到啊,"井泽教授停顿了一会儿,又说道,"真没想到这种事情会在现实中发生啊……"

"这件事还请您保密。"对方间接予以肯定,"您想到了什么吗?"

"是啊。"井泽教授对着电话听筒点了点头,说出了一个英语单词。随即就简要介绍了一起发生在几百年前的事件。

"这次的事件,简直就是模仿性犯罪啊。"后藤像是非常惊讶。

"也许吧。"

"不好意思,还想再麻烦您一下。可以让警视厅的侦查人员去拜访您一下吗?我想让他们也详细了解一下您刚才所说的内容。"

"可以。十点之前,我一直在这个工作室。"

说着,井泽教授又回头看了一下背后,然后说道:"这次的事情,可真不好处理啊。"

"机搜二三九。"

车载无线通信中传来这样的呼叫声。正在凶杀现场的公寓前,听取同僚汇报区域侦查进展的古寺,慌忙回到了车上。

"喂,我是机搜二三九。"

"我是越智。"

"哦,是管理官吗?"

古寺心想,不是分驻所的副队长,而是管理官直接呼叫自己,莫非指挥系统已经混乱不堪了吗?

"古寺警官,你已被编入特搜本部直属的预备班了。今后由我直接指挥。"

"明白。"古寺心想,还好对方是越智。这个年轻的管理官,不仅没有"精英组"特有的坏习气,也从不掩饰自己现场经验不足的短处。他十分注意倾听现场侦查员的意见,态度认真诚恳,没有一点儿"精英组"常有的把办案当作打游戏的轻浮样儿。

"你那边的侦查情况怎么样?"

"还没得到什么有用的信息啊。对了,刚才说的那个骨髓捐赠者的事,怎么样了?"

"我先问你一下吧。对于世界历史,你有所了解吗?"

"啊?世界史?"古寺有些狼狈,"你是说,古代罗马什么的吗?"

"再往后一点儿,中世纪的黑暗时代。"

"精英组"警官到底要跟机搜队员讲什么？古寺差点儿笑出声来。

"一无所知。"

"明白了。"管理官依然用郑重其事的口吻说道，"古寺警官，那就请你去骨髓移植的协调人那儿走访一下吧。下面，我开始报对方的手机号码。"

古寺拿出了笔记本，将协调人峰岸雅也的名字和电话号码记下来。

"这个时候，也亏你找得到啊。"

"说是明天就有捐赠者住院，他正在外面跑着呢。我已跟对方联系过了，你马上就去跟他见面。"

"明白。"

无线通话结束后，古寺马上就用手机跟那个叫峰岸的协调人取得了联系。对方用严谨的口气说，现在因工作关系，正在世田谷区的一家医院里，如果古寺能到那里的话，他们是可以见面的。

古寺应允后，对方又问道："请问警官，您带着手机吗？"

"是啊。"

"这样的话，我们还是在医院的停车场见面吧，因为使用手机有可能影响医疗器械的操作。"

听他这么说，古寺由衷地感到佩服，心想：这家伙还真专业啊。

随后，古寺就发动机搜车离开了赤羽的凶杀现场。或许是平时总在身旁的搭档请病假了，并且自己又被编入了预备班的缘故吧，他感到一种莫名其妙的解脱感。

可是——他握着方向盘寻思着，管理官又为什么要提起什么世界史的话来。他明白自己迟早会知道其中的缘由，可还是觉得刚才要是问一下就好了，故而不免有些后悔。

古寺十分想获得破案的线索。他不愿意将此案设想为八神俊彦所为。留在他记忆中的这个姓八神的不良少年无疑是个坏蛋，但不是个穷凶极恶的罪犯，更别说是什么会犯下猎奇杀人罪行的精神异常者了。那家伙还长着人类的心，这一点是毫无疑问的。与此同时，他也反思了一下自己为什么会这么想。得到的答案是，因为八神有种难得的素质。那家伙有种别具一格的幽默感。人，与人面兽心之辈的区别就在于有没有幽默感。

古寺持续了十分钟的紧急行驶，到达了目的地。

在指定的大学附属医院的停车场上，有个三十岁出头、端端正正地系着领带的男人，站在从病房的窗户里射出的一片亮光前。这位骨髓移植的协调人，有着一张深目高鼻的面孔。看到机搜车顶上的旋转式警灯后，他像是马上就意识到自己等着的人到了，于是稍稍放松了一下那张十分诚实的脸，轻轻地点了点头。

"我是警视厅的古寺。"

古寺下车后，出示了警察证。见到了身材高大的警官后，那人略显被震慑住的样子，也立刻自我介绍道："我是峰岸。"

"不好意思，百忙之中打扰您了。可是，我必须紧急了解一下有关骨髓移植的知识——"

"发生了什么案件吗？"

峰岸那张一副西洋人长相的脸上，露出了担忧的神色。

"例行公事而已。"古寺敷衍了一句之后，立刻就开始提问了。

"骨髓移植，是为了治疗白血病吗？"

"是的。不过，也不仅限于白血病。也适用于再生不良性贫血和免疫缺陷。"

"所谓移植手术，是那种大型手术吗？"

"不是，不是。"峰岸的脸上，露出了专家特有的那种微笑。想来他经常纠正一些外行的错误吧。

"说是手术，或许给人一种大动干戈的感觉吧。其实根本不必将捐赠者的身体切开。捐赠者全身麻醉后，用较粗的注射针刺入其腰部，抽取出腰椎骨中的骨髓就可以了。然后，通过输液的方式移入患者的体内。这样，移植就完成了。"

"没想到竟然这么简单啊。"

"嗯，骨髓移植最大的困难，不在于手术本身，而在于找到HLA匹配的捐赠者。"

"HLA是什么意思？"

"是血型的一种。"

"我是A型血。"古寺故意这么说道。

峰岸微笑道："那是红细胞的血型。骨髓移植时看的是白细胞的血型。这方面的种类可是数以万计的。患者与捐赠者的HLA如果不一致，移植就难以完成了。"

"就是说，几万人中只有一个对得上号？"

"是啊。如果是兄弟姐妹的话，就有四分之一的概率。除此之外，要找到匹配者可就难了。我再说得详细一点儿吧。"

峰岸关注着古寺的表情，继续说道："遗传基因，分为A、B、

DR三个领域。分别继承于父母两个方面，因此A两个，B两个……共有六个种类。可是，这六个A、B、DR，又可以再分为几十个种类。比如A1、A2之类。骨髓移植时，就需要这些完全匹配的捐赠者。"

"如果不匹配而移植了，又会怎样呢？"

"会发生免疫障碍，患者的生命就危险了。A、B、DR之中，至少要有两个领域是完全匹配的，否则就不能移植。"

"是这样啊。"古寺不露声色地开始将话头拉向当下的案子，"经常听说捐赠者登记的事情，就是登记HLA血型吗？"

"是的。那些捐赠者可真是愿意救人性命的志愿者啊。"

这位骨髓移植的协调人尽管态度十分低调，却也在话语中带出了一丝自豪感。

古寺对他越来越有好感了。

"那么，登记者都是心怀善意的普通市民吗？"

"是啊。"峰岸用热切的口吻继续说道，"登记时，跟献血一样地抽一下血就可以了，十分简单。之后，就要对照HLA，出现了匹配的患者后，还要做更为详细的确认工作。一旦确定可以移植，捐赠者就要经过体检等过程，最后做出'最终同意'。不过，我们是绝不会强迫捐赠者的。因为我们的原则是从健康人身上提取骨髓，所以捐赠者直到最后都有拒绝的权利。并且，做移植手术需要捐赠者住院四天。如果捐赠者在政府机关或公司里工作，有些工作单位会提供补偿。如果捐赠者是个自营业主，那就要自己承担一定的经济损失了。"

"如果是警察的话，这方面倒是没有问题的。"

"是啊。"峰岸微笑道，"您觉得怎么样？"

"这个嘛，倒是可以考虑。"古寺确实有一多半已经动心了。不过他还是把话头给拉了回来。

"捐赠登记者的名单什么的，是对外公开的吗？"

"不，一般都是保密的。因为，一旦HLA泄露出去的话，就有可能出现向白血病患者强行推销骨髓的事。"

"您说'一般'是什么意思？"

"由于我们与各国的骨髓移植公司形成了信息互通网络，有些数据在他们那边是共享的。当然，我们与国内的相关机构也同样有交流。"

古寺沉吟半晌。他思考了一下与案子有关的事情。被杀的两名受害者都是骨髓捐赠登记者，是偶然的巧合吗？如果不是偶然巧合，那就说明凶手在作案前就已经知道受害人为骨髓捐赠登记者了。

"登记者的名单，难道就不会泄露出去吗？"

"还没发生过这样的事呢。"峰岸略感意外地说道。

如此说来，凶手就是从内部获得名单的了？

"还有一件事需要说明一下。捐赠者的信息是分作两部分分别保存的。一部分是能确定捐赠者身份的住址、姓名和ID（身份）编号；另一部分仅有捐赠者的ID编号和HLA血型。这么做，就是为了防止有人根据HLA立刻就能找到捐赠者。"

可是，要是这两部分同时得到的话……古寺想到另一种可能性。由电脑加以管理的信息，是经常面临着黑客入侵的风险的。事实上，包括防卫厅在内的政府部门，几乎全都受到过黑客的攻击。由此看来，捐赠者名单被人从电脑中盗出也是完全有可能的。必须立刻与本部的高科技犯罪对策中心取得联系。

"最后一个问题。从患者方面,我们有可能得知捐赠者是谁吗?"

"不可能。因为无论是针对哪一方,我们都不会公开对方信息的。"

"是这样啊……"

看到古寺沉默不语,峰岸有些担心地问道:"捐赠登记者方面,出什么事了吗?"

"啊,不。"

古寺摇了摇头,可峰岸继续说道:"总不至于跟刚才收音机里播报的大案有什么关系吧?"

"收音机?"

"是啊,说是都内发生了连环杀人案。"

古寺紧盯着峰岸的脸,不由得寻思道:就目前而言,捐赠者成为作案对象还仅仅是猜测而已。应该说,偶然的可能性更大一些吧。可是,一旦这个猜测成为现实,恐怕就要将捐赠者纳入保护范围了吧。

"医院这边有可能向警察提供捐赠者的名单吗?"

峰岸脸上的表情一下子就严峻了起来。

"这么说,还真跟这个有关系?"

"在目前这个阶段还不好说啊。"

"关于提供捐赠者名单,我是无权决定的。您得问一下我的上级。"随即,峰岸看了一眼手表,又说道,"现在夜已深了,估计要到明天才能出决定了吧。"

"顺便问一下，捐赠登记者大概有多少人？"

"仅东京都内就有几万人。"

古寺愁眉不展地点了点头。这么庞大的人数，不要说派人保护了，就连一一予以警告也是不可能的。

"请问，您问完了吗？"峰岸问道，他的口气略带慌张，"我必须马上打个电话。"

对方的态度骤变，倒引发了古寺职业上的兴趣。

"方便的话，能告诉我打给谁吗？"

"为了做移植，有一位捐赠者现在正往医院赶呢。谨慎起见，我要提醒他小心一点儿。"

"请代为致意。"古寺说道。随后，他又用尽可能平静的口吻补充了一句："请他走夜路时一定要当心。"

人手严重不足。

手握着公车的方向盘，越智管理官正在考虑人员补充情况。

针对两起猎奇杀人案，仅用于初步侦查的侦查员，包括机动鉴定警员在内，就有一百六十名。加上在各地设岗盘查的紧急配置警员，就是将近三百人的大部队了。可即便如此，考虑到事件的紧迫性，这个人数恐怕还是杯水车薪。杀人凶手仍在这个大都市里肆意妄为，警察却连两名受害人的交友关系都还没掌握呢。

来到了目的地——位于中野区内的某幢公寓前后，越智听了一下车载无线通信，发现活跃于侦查一线的侦查员们似乎仍未获得任何有用的信息。

将车停在位于环状七号线旁的警察学校近旁后,越智就快步跑入了十一层楼的公寓。这里就是科警研的心理研究官告诉他的,某大学教授的工作场所。越智上了七楼,敲响了西洋宗教史专业学者的房门。

"我是警视厅的越智。"

他隔着门自我介绍后,房门马上就打开了。眼前出现了一个瘦瘦的、五十岁出头的男人。眼镜背后那细长的双眸,似乎正诉说着他长时间大量阅读的人生经历。

"我是京叶大学的井泽。请多关照。"

越智踏入了这位学者的工作场所。这是个十六平方米大小的单间公寓房,里面不要说墙面了,就连厨房都被书籍占领了。

"请进!请到这边来。"

遵从邀请进入房间后,越智看到的是放着电脑和电话机的办公桌,以及为来客准备的折叠椅。

"抱歉,这里比较昏暗,"井泽教授说道,"这样的话,工作效率比较高啊。"

越智环视了一下仅靠墙上一个白色灯泡照明的室内。心想:中世纪那烛台上点着蜡烛的图书馆,估计也就是这么个氛围吧。

越智抑制着焦躁的情绪,开始切入正题。

"我已经听科警研的后藤简单介绍过了。她所说的那种作案手法,可以理解为源自'猎杀女巫'运动吗?"

"非常相似啊。"井泽教授用十分平静的口吻答道。

"那么,在进入正题之前,就请您介绍一下'猎杀女巫'运动的概要吧。"

"嗯,如果要讲清楚这个运动的全貌,整个夜晚都不够用。"

"这样啊,"越智沉吟片刻,又说道,"那么,就由我来提问吧。先从时代背景讲起吧!所谓欧洲中世纪的黑暗时代,那还在宗教改革之前吧?"

"是的,不过'猎杀女巫'运动的高潮期却是在黑暗时代结束之后的文艺复兴时期。"

"啊?"越智没想到话题刚开了个头,就已经出乎他的意料了。

"就连那个马丁·路德[1],也是个'猎杀女巫'运动的急先锋啊。"

这时,许是井泽教授已察觉出这位因公来访的警官正在跟时间赛跑吧,他换了一种干净利落的叙述方式,继续说道:"简而言之,远在基督教出现之前,欧洲原本就有所谓的'女巫崇拜'。这是一种土著的民间传承。相当于日本民间传说里的河童、天狗之类的吧。即便后来基督教的天主教派取得了统治权,这种传承也依旧被保留着。"

"有点儿像童话故事啊。"

"是的。"井泽教授点了点头,"随着天主教会的力量不断增强,权力不断加大,其系统性的腐败也愈演愈烈了。自十二世纪上半叶起,就出现了对其加以纠正的运动。后来就演变成了所谓的'宗教改革'。但就天主教会一方而言,为了保卫其组织,是必须对此加以排斥的。于是就出现了所谓的'异端审判'。开始是以基督教的名义

---

[1] 1483—1546年,16世纪欧洲宗教改革运动发起人、基督教新教的创立者、德国宗教改革家。

对违反教义者加以处罚。"

"仅仅以宗教的名义，就能获得法律意义上的处置权了吗？"

"是的。不过，在那时，近代意义上的法律制度还远没有建立起来呢，所以站在现在的高度对其加以批判也并不合适。毕竟如今的社会结构已有了长足进步了嘛。"

"不好意思，"越智接受了井泽教授的批评，"那请您继续讲吧。"

教授带着微笑，继续说道："最初，受处罚的都是一些冒犯了教会权威的人，可渐渐地，处罚对象就扩展到普通民众了。教会怀疑有人通过邪恶的仪式招来魔鬼，怀疑有人通过咒语陷害他人。总之，他们开始以各种莫名其妙的嫌疑处罚起普通民众来了。从该阶段起，女巫审判就成为燎原之火，在整个西欧的大地上熊熊燃烧起来。可是，这种审判本身是受到极其荒谬的逻辑所支配的。一方面，经过严刑逼供获得虚假口供之后，嫌疑人就被认定为女巫；另一方面，他们又认为，只有女巫能挺过严刑逼供而死不开口。在该运动最为疯狂的时期，曾出现过多个村庄完全被毁灭的现象。根据当时的记录，无数的行刑台看上去就跟森林似的。"

越智将井泽教授的叙述与自己眼下所处理的案子结合起来考虑后，问道："被判为女巫的，仅限于女性吗？有没有男性遭处决的情形呢？"

"当然也有的。说是'女巫'，其实是指违背天主教教义的人。只不过当时女性所从事的工作中，涉及使用药草等容易被想象为魔法的领域，所以比较容易被指认为女巫。总之，在'猎杀女巫'运动肆虐的十四至十七世纪，被处决的人数尽管并不怎么确切，但有学者认为是超过十万人的。"

"是什么原因导致'猎杀女巫'运动发展到如此地步的呢？"

"原因很多——正如我一开始所说的那样，主要是为了铲除敢于触犯教会权威的人，但也存在着可没收被处决之人财产的实际利益。再进一步来说，在那些异端审判官中，恐怕也不乏出于猎奇心理或变态性欲而实施刑罚的人吧。还有可能是社会不稳定，加之民众的女巫妄想所导致的群体性歇斯底里。不过我认为，'猎杀女巫'的原动力，恐怕还在于人类所拥有的控制欲能在此运动中得到集中体现吧。"

"控制欲。"越智低声嘟囔道。这可是治理国家的政治家与凶恶的罪犯所共有的特质啊。还不仅限于他们，其实在遇到与自己意见相左之人后，几乎每个人都会感到敌意，并意欲对其加以攻击、排斥。"猎杀女巫"的土壤，并未从我们的社会中消失。

"下面我想了解一些具体的内容。"越智抑制住个人的好奇心，开始探寻一些对破案有利的信息，"就是处决女巫的具体方式。"

"关于处决的方式，花样并不多。通常都是火刑。将女巫绑在行刑台上，在其脚边用小火慢慢地烤着。"

说到这里，井泽教授像是眼前浮现出了那种残酷场景似的，不由得皱起了眉头。他继续说道："据说受害人由于痛苦难耐，都会恳求加大火力的。"

越智点了点头，继续往下问道："绑住手、脚大拇指的做法呢？"

"那不是处决的方式，是实施异端审问时的刑讯手法。这类手法倒是花样繁多，甚至可以说是数不胜数。将怀疑对象的手脚捆住并浸入水槽，仅是水刑的一种而已。由于浮起来会被判作女巫，所以要想摆脱嫌疑，就只有沉入水中淹死一条路了。"

"也有用热水的吧。"

"是的。"

"也有用刀划伤怀疑对象身体某一部分的做法吗？"

"有啊。无论采用哪种刑讯方式，首先将怀疑对象剥得一丝不挂都是最基本的手段。'女巫'的身上一旦被认定有恶魔的标记，就将其全身的毛发全都剃光，浑身上下无一遗漏地仔细寻找。这时，他们不仅会将瘖痣等视为女巫的标记，还会故意用针或刀对其加以伤害。"

越智想将话题转移到从心理研究官那里听来的怪异故事上去，可又觉得自己的知识储备尚且不足。因为凶手还没抓到，第三次行凶也可能采用不同的手法。

"作为参考，能再介绍一些别的刑讯手法吗？"

"我所了解到的最为恐怖的刑讯手法是……"井泽教授脸色阴沉地说道，"将人的双手绑住并吊起，再从高处推下去。由于受刑者脚上还捆绑着重物，吊在半空中的受刑者的身体受到上下两方面的牵引，导致其全身关节脱臼。据说如此这般地重复三次之后，就几乎没人能活命了。"

越智觉得自己仿佛听到了受刑者临终时的惨叫。

"除此之外呢？"

"给人穿上一种叫作西班牙靴子的、老虎钳似的金属长筒靴，将受刑者的腿骨夹碎；强迫受刑者坐在满是钉子的椅子上；用铁橇棒剥离肌肉；等等。除此之外还有许多。总之，凡是人所能想到的残暴手段，几乎全都用过了。"

越智点了点头，压低声音问道："类似于'猎杀女巫'这样的事情，现在还有吗？譬如，举行如此仪式的宗教团体什么的——"

"没有。"井泽教授立刻加以否定，"'猎杀女巫'运动在十七世纪就已经终结了。历史上唯一实施过该运动的宗教团体，也就是基督教天主教会，也在后来的大公会议[1]上承认了错误并谢罪了。所以已经没有实行'猎杀女巫'行动的团体了。"

"也包括被称作Cult（邪教徒）的家伙吗？"

"没听说过啊。"

"好的。最后，我想请教一下您跟科警研的警官说过的发生在英国的事情。"

井泽教授点了点头。许是为了用唾沫润一下空腔的缘故吧，他的喉咙里发出了"咕咚"声，随即便开始叙述道："当时的欧洲仅英格兰一地免遭'猎杀女巫'的浩劫，可以说是个例外吧。受刑者被控制在数百人以内。那里与欧洲大陆不同，有着不接受刑讯逼供的法律体系。这可以说是原因之一吧。但还有一个被掩埋在历史黑暗中的怪事。那就是'Gravedigger'的传说。"

这倒是个冷僻的单词啊。但一听就觉得颇为沉重，其发音会在耳

---

1 基督教世界性主教会议，也称作"普世会议"。现专指天主教会召开的最高教务会议。

边回响。

"'Gravedigger'？"

"是啊。这是个英语单词，意思是'掘墓人'。'猎杀女巫'的风潮波及英格兰的时候，发生了异端审判官被人虐杀的事件。所用的手法是与处决女巫时一模一样的。据说在后来，异端审判官就是因为害怕这个，才在'猎杀女巫'上谨慎从事的。当然了，事到如今，真相已无从得知了。但在当时，有传言说，那是受刑而死的人在坟墓中死而复生，对杀害自己的人实施了报复行为，并将死而复生的人称作'Gravedigger'。"

"Gravedigger？死而复生者？"

念叨了几遍之后，越智就闭口不言了。

死而复生者——

他曾听到过有关尸体的怪异事件。记得是发生在警视厅内的。好像是异常死亡者的尸体被人偷走了，具体情况就想不起来了。同时他也觉得，自从来到大学教授的这个工作场所，就跟误入了魔界似的，自己的脑子也变迟钝了。

越智回忆了一下事件的前后过程，提出了自己的疑问："在我们正在侦破的案件中，说凶手模仿"Gravedigger"的手法的根据是什么呢？那些异端审判官，也用过同样的刑讯手法吗？"

"将胳膊交叉捆绑的手法，以及在受刑者身上画十字标记的手法，都是'Gravedigger'的杀戮特征。无论哪个，都代表着十字架。'Gravedigger'在杀害异端审判官们时，是以基督徒的标记来代替女巫标记的。"

说完,井泽教授站起身来,走到成排的书架前,从其中的一个书架上抽出一本书来,翻到某一页后递到了越智的面前。好像是一本在英国刊行的古书。在英语正文的旁边,印着一幅像是版画之类的插图。

一个身披斗篷的黑色人影,伫立在深夜的墓地里。那人戴着面罩,面罩里的两只眼睛闪着怪异的光芒。而那人垂在左右两侧的手中,则握着弓箭和战斧。

这幅白描插图的下面,印着"The Gravedigger"。

越智的目光被这幅插图牢牢地吸引住了。好像这就是一张通缉犯的照片似的。眼下出没于东京都内的连环杀人犯,与这个死而复生者所犯的罪行十分相像。传说中的大规模杀戮,居然在东京这个大都市里复活了。

"非常感谢!您的说明非常有参考价值。"

"最后还有一点,"见越智要站起身来,井泽教授赶紧将他拦住了,"除了刚才讲的那些,'Gravedigger'还有一个特有的、怪异的处决手法,连异端审判官都没用过。"

"哦,那是什么?"

"当然了,这也仅仅是传说而已,"做了这么个铺垫之后,井泽教授压低声音说道,"他们是用地狱业火将异端审判官们烧死的。那种火焰与地上的不同,是肉眼看不见的。"

越智不由得皱起了眉头。

"看不见的火焰?"

"是的。被这种火焰燃烧后,受刑者不知道自己身上发生了什么，莫名其妙地就被活活烧死了。"

戴在手腕上的小手表，在黑暗中很难看清楚。

夜幕下，春川早苗走在路灯间距较大的小巷里，眯缝起眼睛来，想要看清手表上的数字。

七点已过。

早苗不免有些担心：还能及时回复好朋友发来的邮件吗？

她加快了脚步，同时也想起了那些仅靠电子邮件维系着的朋友们。他们用热情的笑脸接受了孤独的早苗。所以对她来说，他们都是十分重要的人。领头的，正如大家称呼的那样，是个魔术师，那人总能抚慰自己那颗焦躁不安的心。

细长的小巷前端已经能看到那个成排公寓之后的拐角了。早苗又看了一眼手表。没问题。就这么走的话，就能在跟平时一样的时候到家了。

可是，早苗突然又放慢了脚步。她觉得好像听到了轻微的脚步声，并且声音就是从自己身后传来的。

她踮起脚尖来走路，不让鞋跟发出声音，然后屏息静听。没错。后面确实传来了鞋底摩擦地面的声音。

其实，她刚刚走过写着"警惕抢包贼和流氓"的警示牌。这一带住宅区，一到做晚饭时，街上就一下子变得空空荡荡的了。

现在，精神高度紧张的早苗，已经连衣服的摩擦声都能听得清清楚楚。来人已十分贴近。

怎么办？要跑吗？早苗心想。即便跑，能跑出小巷吗？

不能害怕！她对自己说着，想起了放在包包里的报警器。拐过下一个转角后，将报警器拿出来。然后回过头去，看清对方的脸。

早苗勉强移动着有些发软的双脚，总算来到了丁字路口的拐角处。然后，她将手伸入包包内，抓住了拉绳，回过头去。

面前站着一个形容古怪的男人。吃惊之余，早苗居然忘了拉响报警器。这个男人披着一件带帽子的斗篷，不过，令早苗吓得呆若木鸡的不是这件黑色的斗篷，而是男人隐藏在斗篷阴影中的那张脸上的银色面具，那面具正在夜里反射着暗淡的光。一般提到面具，通常会让人联想起假面舞会或嘉年华之类的词汇，但这个男人戴的面具却十分吓人，叫人联想起中世纪欧洲骑士所戴的那种面甲。

那男人缓缓地走上前来。早苗只觉得喉咙发紧，连喊都喊不出声来。她极力鼓起勇气，拉动了报警器的拉绳。

然而，由于报警器还在包内，发出的警报声要比想象中的小得多。正当她慌慌张张地要将报警器从包里拿出来的时候，男人已经来到她面前两米处，他突然从斗篷下伸出了两条胳膊来。

早苗不由得目瞪口呆。那男人双手握着凶器！那是一柄已经搭上了利箭的机弩，笔直地对准了早苗的身体。

"回答问题。"

面甲下面发出了毫无抑扬顿挫的呆板的说话声。这简直就是发自地狱冤魂的声音。

早苗拼命点头。因为她觉得，要是摇头的话，那支利箭即刻就会发射出来。

那男人提出了一个问题。

可是，早苗答不上来。

那声尖厉的叫声戛然而止了，简直叫人反应不过来。

正在给上补习班回来的孩子准备晚饭的家庭主妇关掉了炉火，仔细确认自己到底听到了什么……

是惨叫吗？

侧耳倾听之下，似乎还有微弱的报警器的声响。

怎么回事？

家庭主妇在围裙上擦着手，穿过客厅，跑到了阳台上。

从二楼的阳台上朝路面望去，只见一个年轻女子正疯狂地手舞足蹈着。她激烈地挥动着双手，一圈又一圈地转动着身子，仿佛已经将自己的身体托付给了某种只有她自己才听得到的音乐。

唉，现在的这些孩子啊——家庭主妇的心里不由得冒出了一句老生常谈。可是，她刚刚厌恶地皱起了眉头，立刻就惊愕得合不拢嘴了。

突出于那女孩身体前后的那根棍子可不是什么新潮装饰品。那竟是一支刺穿了她身体的箭！可是，她那种忍受疼痛的样子又是十分怪异的。她为什么要这么乱舞乱转呢？

正注视着那个女孩的家庭主妇突然意识到，自己现在所看到的是在这个世界上不应有的光景。

女孩的全身笼罩在一种像是雾气似的飘飘摇摇、往上升腾着的东西之中。跟一团炽烈的热气似的，使背景都扭曲、变形了。女孩像是被封闭在透明的薄纱里，只看到她张大了嘴，却听不到她的喊声。而那个仍在响着的报警器已经开始走调了。

塑料包包自己裂开了,报警器与化妆品等一齐掉了出来。这个小小的器械在地面上弹跳了几下,就不作声了。小巷突然安静了下来,贯穿女孩身体的金属利箭则像是受到了高温而软化了似的,开始耷拉下来。

这人正燃烧着呢!突然意识到这一点后,家庭主妇就禁不住用双手捂住了自己的嘴巴。没错!这人正被肉眼看不见的火焰燃烧着呢!

女孩的头发被热气蒸腾着在头上飘扬了起来。与此同时,她那原本白皙的脸蛋儿却红肿起来,随即又渗出了体液,转眼间就变成黑色焦炭。而她身上烧焦了的衣服一片片地掉了下来,露出了已经烧烂了的身体。

"我回来啦!"

背后响起了从补习班回来的孩子的喊声。

"不要过来!"家庭主妇的身子动弹不了,可嗓子还是叫得出声的,"把门锁上,到厨房去。快!"

"干吗?"

听得出,孩子这话是噘着嘴说的。可他妈妈一点儿也不放松:"听话!照我说的做!"

妈妈身后,孩子的脚步声远去了。就在吩咐孩子的时候,街上那个女孩的身体,已经倒在了地上。女孩的脸黑漆漆的,像个木乃伊。全身缩成了一团,跟抱着胳膊的胎儿似的。

家庭主妇抓着阳台的扶手,瘫在了那儿。她无法相信自己的眼睛。可是,路灯下的那个角落里,分明躺着一具尸体。而这具尸体,刚才还是个活生生的人呢。

又过了几分钟,她才回到房间里,关紧了窗户,拉上了窗帘,拨通了报警电话110。

-6-

从堆积如山的、被丢弃的自行车中挑出一辆时,八神在心里对自己说:这不是偷窃,这是再生利用。因为,不为人所用的自行车,再次发挥作用了嘛。

而这种"再生利用"也确实成功了。这种技术,是八神在上初中的时候掌握的。他找出一辆车条齐全,还带着购物篮的自行车,撬开了锁,偏腿上车,开始了自行车骑行。

他选择狭窄曲折的小巷朝浅草方向赶去。可是,他马上就迷路了。于是,他只得冒险,转到了主干道上。他看到了一家快要打烊的电器商店后,就想借它橱窗里射出的灯光,看一下地图。

这时,他听到一个轻微的提示音。

抬头一看,原来是橱窗里的电视正在插播新闻快报。

"东京都内发生连环杀人案,凶手在逃中。"

盯着电视屏幕,八神心想:估计是指岛中被杀的事吧。可既然说是连环杀人,受害人就肯定不止一个了。那么,除了岛中,还有谁被杀了呢?

不管怎么说，情况越来越糟。为了追捕在逃的凶手，街上会出现大批警察。并且，如果他们将自己视为犯罪嫌疑人的话，罪名也不是单一杀人，而是大量杀人了。

在受追捕的焦躁感的驱使下，八神用力蹬起了自行车的脚踏板。必须尽快赶到医院，哪怕提前一分钟也好。绝对不能被警察逮着。

来到了向岛地界后，八神就朝架在隅田川上的铁桥——樱桥冲去。只要过了这座桥，就是浅草所在的台东区了。

可是，他仅仅远远地望了樱桥一眼，就赶紧拐向左边了。因为，桥头下有两个体力劳动者模样的人正在聊天。雇用这种人来把风是最好不过的。还是小心为妙啊。

沿着与隅田川平行的道路南下，一会儿就到了言问桥。这边没人站着，可对岸有人影晃动。估计是流浪汉吧。

这儿也避开后，第三座桥——吾妻桥就近在眼前了。若要去浅草地铁站，过这座桥是最近的近道了。可是，或许是旁边有家大型啤酒厂的缘故吧，桥前面的十字路口处行人往来如织。路边还站着好几个像是在等什么人的男女职员。

万一正手持小镜子补妆的女白领其实是个女警，对方突然朝他猛扑过来可如何是好？想到这一场景的八神只得低下头，匆匆从桥边掠过了。

这下，八神原先想好的三座大桥就全都避开了。下面就只能从驹形桥绕远路去浅草。拿定主意后，八神又想到了一个不错的行动方案。过了驹形桥后只需再直行一公里左右，就能穿过浅草直达上野车站。这样也就用不着坐地铁了。

来到驹形桥的桥头下，八神停下了自行车一看，这儿行人稀少，更没人站着。他又凝神朝相隔一百五十来米的对岸望去。那儿也没人。好极了！做出了安全判断后，他就骑车上了大桥。

当他行进到大桥三分之一的地方时，对岸出现了人影。是个女人，背对着自己。她在左右观望着，像是在找人。敌人出现了吗？八神提起精神，将视线牢牢地盯在这个小小的、剪影般的人影上。

随着自行车的继续前行，那女人的身影渐渐清晰了起来，是个事务员模样的中年妇女。就算她是被派来监视自己的，只要自行车蹬快点儿不就能将她甩开了吗？

当八神行进到大桥三分之二的地方时，那女人突然回过头来了。她脸上的表情十分僵硬，可以理解为某种惊恐。八神觉得有些紧张，可对方的视线扫过他之后，又回到了沿河的路面上了。然而，还是不能掉以轻心。很明显，这女人是在找人。或许是我换了衣服了，她才没认出来。

离过桥还有十五米的时候，八神确认过那女人身边没人，开始使劲踩起脚踏板来。

然而，由于平时缺乏运动，他立刻感到两腿肌肉酸麻。即便如此，他还是使出了吃奶的劲儿，以最快的速度一口气从那女人身边蹿了过去。

"啊！"——听到背后一声惊呼，八神吓了一跳，不由自主地回头望去，见有个穿西装的男人跑到了那女人的身边，将一束鲜花递给了她。

"生日快乐！"

"谢谢！"

那女人踮起了脚尖，表现出极大的喜悦。她一会儿看看怀里抱着的花，一会儿看看那男人的脸。

放下心来的八神，脸上露出了微笑。与此同时，他又不免有些纳闷儿：为什么在这种状况下，任何女人都变好看了呢？

"喂！"

突然听到有人在叫他。

八神条件反射似的捏紧了自行车的刹车。他知道，由于一瞬间的大意，被人钻了空子了。他面前站着的，是两个身穿制服的警察。

"这辆自行车是你的吗？"

年长一点儿的警察用怀疑的口吻问道。

"是啊。"八神在脑子里飞快地转着逃跑的念头。不过他觉得，将常规询问糊弄过去，仍不失为上上策。

"夜灯，也亮着呢。"

年轻一点儿的警察绕到自行车的后轮处，像是在看贴在挡泥板上的防盗登记证。

"你要去哪儿？"

面前的警察问道。

"浅草六区。"

"去干什么？"

"去看通宵电影。"

"片名叫什么？"

警察毫不松懈。八神突然想起了之前看过的电影的片名来。

"《大雄的大冒险》。"

"去浅草六区看哆啦A梦的通宵电影？谁会通宵看这种电影？"

从什么时候起连骗人的技术都这么蹩脚了？八神在心里直骂自己。这时，背后的那个年轻警察用不耐烦的口吻喊道："喂，八神。"

"怎么了？"

八神在一扭头的那个瞬间，立刻明白了许多事情：八神这个名字已被通缉了；自己的照片已经被贴了出去；自己已轻易中计，承认自己就是八神了。

"你就是八神俊彦吧？"

说着，两名警察都将手伸向了别在腰间的警棍。

"麻烦你协助调查。你要是反抗，可就犯了妨害公务罪……"

没等他说完，八神就"反抗"了。他双手紧握车把，提起自行车就朝面前的警察撞去。对方摔了个屁股墩儿，让开了道路后，八神立刻将全身的重量都压在自行车上，蹬了起来。

"停下！"

随着这一声喊，后面那个警察伸手便去抓他的肩膀。八神没等他抓着，就闪身躲开了。随即，他继续疯狂地蹬着自行车，朝着浅草方向全速逃走。

路边有几个看热闹的混混，给八神送上了喝彩声："呦！好！加油！"

八神拼命踩着脚踏板，心想：这简直就是"环法自行车赛"了。他扭头看了一下，却十分意外地发现那两个警察并没有追上来。不过他们留在八神逃走的地方也没闲着,而是对着肩膀上的对讲机在说着什么。

八神继续全速骑行。在确认过人流对面并没有警察后,他就穿过了马路,拐向西方。就这么跑过了一个街区之后,他再次拐弯,重新回到了浅草大道上。

他之所以要这么做,自然是为了让警察的围堵落空。只要这么沿着宽敞的人行道笔直地往前走,就能到上野车站了。与此同时,为了不引起周围行人的注意,他还故意放慢了车速。

就在这时,一阵警笛声响了起来。八神抬头一看,一辆"便衣警车"正朝着自己驶来。

八神低下头去,与高速行驶在汽车道上的警车擦肩而过。可就在他喘息未定之际,就听到背后响起了急刹车的声响。

八神继续骑着自行车,回头看了一下。只见"便衣警车"的副驾位置上有人探出头来,正对着手里握着的麦克风喊叫呢。

"前面穿黑夹克骑自行车的人,立刻停下!"

他的喊声通过车载扩音器十分响亮地播放了出来。来来往往的行人不知道发生了什么事,全都朝八神看去。八神关掉了车灯,继续全速骑行。

他听到背后的警笛声一度变弱之后,很快又响了起来。原来那辆"便衣警车"掉头之后,隔着三条车道又追了上来。

这样下去是肯定会被追上的。拼命踩着脚踏板的八神,看到眼前就是个很大的十字路口。红灯。六车道的宽阔马路上,车水马龙,不停地有汽车开过。正当他焦躁万分、心想是否该沿着人行道右拐的时候，阻断他去向的车流，突然出现了一个空当。现在能穿过去的！他重新扶正了车把手后，就看到了路对面一家佛具店的招牌。点儿背的话，大不了老子就去见菩萨！他心里嘀咕着。不过他还是相信菩萨会保佑他的，所以果断地冲入了十字路口。

就在这时，从位于视界死角处的右侧，突然蹿出了一辆翻斗卡车。轰隆隆的声音在他耳边响起，八神的视界立刻变成了银幕上的慢镜头。完了！当他觉得自己肯定会在下一秒被撞飞出去的一瞬间，紧贴着他的后背刮过了一阵狂风。

成功了！八神刚这么一转念，身后就传来了巨大的撞击声。他吓了一大跳，回头看去，只见前盖已被压瘪了的"便衣警车"与翻斗卡车一齐停在了十字路口的正中间。

八神偷着一乐，马上又继续逃跑。可是，过了下一个十字路口后，他立刻就看到右手边有个岗亭。在那儿站岗的警察将手搭在耳机上，正在听无线。那警察的口中还说出了"八神"两字。

八神立刻采取了行动。他连人带车一起朝并未发现他的那个警察的左腿撞去。

警察大叫一声倒在了地上。八神也从自行车上摔了下来。再看那辆自行车，只见前轮已经快要扭成麻花了，仿佛正诉说着刚才那一撞有多严重。他一骨碌爬起来，拔腿就跑，背后也立刻响起了警察的哨子声。那是倒在路上的警察在呼唤附近的同伴。

八神一口气跑完了新堀大道，拦住了一辆正好经过那儿的出租车。飞快地钻进车内后，他就气喘吁吁地问道："到下一个车站……御徒町……起步价，能走吗？"

"行啊。"

"拜托。"

司机踩动了油门。

八神回头朝身后望去,确认没人追来。随后他就将小背包从肩上取下来,并脱下了黑缎面的宽松夹克。要改变服装,就只能将这件夹克扔掉了。可是当他看到了夹克里子的时候,他就发现自己又得到菩萨保佑了。一件仅卖一千日元的夹克,正反面居然还是一黑一红,两面都能穿的!

虽说衣服越来越花哨了,可这也是没办法的事情。仅穿一件衬衫的话,说不定会在骨髓移植前感冒。

将红色的一面翻到外面,再次穿好后,八神就把身体靠在座椅上,打算稍稍休息一下。不料就在这时,出租车的无线通信里传来了出租车公司营业部的呼叫声:"浅草大街,上野车站前有人遗失了大件物品。一个黑色的皮包。遗忘物品的乘客是个三十岁出头的男子。"

"停车!"八神突然吼道。

司机像是吓了一跳,将怯生生的眼光投向了反光镜。

可别小看了坏蛋!八神瞪着那司机。刚才的无线呼叫就是跟警察联动的出租车公司发出的暗语通告。换成明语的话,那就是:有个三十岁出头的、身穿黑色服装的重案嫌疑人,有可能在浅草大道的上野站附近坐出租车逃跑了。

"快停车!"

听到八神再次怒吼,那司机就将车靠向路旁,踩下了刹车。

"别乱动哦。"

不论怎么折腾，总还干坏事。虽说八神自己也感到沮丧，可他还是从后排座位探出身子，伸手将连接无线收音机与麦克风的电线给拔了。随即，又将副驾座位上应该是司机私人物品的一部手机拿了过来，并拔出了电池，将其放进了自己的口袋里。

"我说客人——"司机低声细气地说道。

"干吗？"

已经人到中年的司机，跟金鱼喘气似的开合着嘴巴继续说道："无论多么艰难，人生总是可以从头再来的。就说我吧，也是在遭遇下岗后，才开出租车的。所以，你还是找警察去自首吧。"

"去自首的话，人生就无法从头再来了！我现在赶着要去救人呢。明白吗？"

"明白。"

尽管什么都不明白，司机还是点了点头。

正要下车的八神，转念一想，又取出少得可怜的现金，付了起步价的钱。

司机找了他四十日元的零钱，又战战兢兢地问道："要发票吗？"

"不要。"

八神下车后又说道："你就在这儿待着。不要动，知道吗？"

"好的。"

"你也要加把劲儿啊。"

"嗯，我还有老婆、孩子呢。"

097

八神环视了一下四周,附近没有警察的身影,但远处传来了警笛声。

他想躲进热闹的街市里去。只有混入周末拥挤的人群才能逃出生天了。

走出几步后回头一看,发现那司机很守信用,不像要开动出租车的样子。

八神朝连接上野与御徒町的大商业街——饴屋胡同走去。

文京区白山的小巷里,发现了一具被烧死的年轻女性的尸体——

车载无线通信中第一次播报这一消息时,古寺把车停在了二四六号线的岔道上,正跟警视厅高科技犯罪对策中心的技术警官打电话,了解骨髓捐赠者名单泄露的可能性。由于从无线通信中听到出现了小巷被烧死之人,并非浴缸里的尸体,所以他并没有放在心上。

"至于黑客入侵,从理论上来说,任何网站都存在这种可能性。"技术警官说道。

"这么说,就没办法守住电脑里的信息了吗?"

"防卫措施有许多种,可这就跟和黑客玩捏手背的游戏差不多。'道高一尺,魔高一丈'。即便加强了防卫,也总有人能攻破的。现在常用的各种电脑软件都不是完美无缺的,总有些漏洞。只要钻了进去,盗取信息也就轻而易举了。"

看来,就算认为凶手掌握了骨髓捐赠者的名单,因此将移植相关人员列为嫌疑对象,也是过于草率的。

"如果某个网站遭到了黑客入侵,要多长时间才能找到那个黑客呢?"

"这就要看黑客采用什么手法了。快的话,几天就能锁定。如果对方手法高明,也可能永远发现不了的。"

"是这样啊。谢谢!"

电话刚刚挂断,无线通信中就传来了越智的呼叫声。

"机搜二三九。"

"我是机搜二三九。我是古寺。"

"文京区发现烧死者尸体的消息,听到了吗?"

"是的。刚刚听到。"

"请你立刻赶赴现场。"

"明白。"

开动汽车后,古寺问道:"烧死者尸体跟之前的案子关系不大吧?"

"这个嘛——"越智吞吞吐吐的,这在他是十分少见的。不过他还是较为简要地把从大学教授那里听来的,关于"掘墓人"的事情告诉了古寺。

古寺听了,惊讶得几乎说不出话来了。疯狂的罪犯正从各个地方寻找作案对象。

"掘墓人?"

"是的。据说,那个'死而复生者'就是用肉眼看不见的火焰杀人的。"

所以出现了烧死者尸体啊——古寺明白了。如果文京区的这个案子也是同一个人所为的话，就说明凶手的作案手法越来越凶恶了。古寺担心的是，眼下，他们是否正在寻找第四名牺牲者。

"你去现场，调查一下这起案件与之前的两起是否存在关联性。"

"明白。"

随后，古寺也将与骨髓移植的协调人见面的内容，以及捐赠者名单泄露的可能性作了汇报。

听完之后，越智立刻说道："如果文京区的受害人也拥有捐赠卡，就应该可以认定是同一人作案了吧？"

"是啊。"古寺回答道。与此同时，他也在心里将一人排除在嫌疑者之外了。那就是他刚在世田谷区的医院里见过面的骨髓移植的协调人——峰岸。峰岸没有移动至文京区的时间。

"最后我还想问一下。"越智说道，"你听说过有关尸体的怪异事件吗？失窃之类……应该是两个月之前的事吧。"

古寺一愣。他没想到对方会问出这话来。不过他记忆中倒是有这方面的相关信息的。

"你这么一问，我倒也想起来了。好像三机搜辖区内有过这事。具体我不太清楚。"

"好的。这个由我来调查好了。"

说着，越智结束了无线通话。

在保持朝文京区紧急行驶的同时，古寺想起来了。应该是奥多摩警署的辖区内，发生过异常死亡者尸体的失踪事件。

然而，古寺感到有些稍稍发瘆，就跟听了个可怕的鬼故事似的。这跟"死而复生的掘墓人"传说之间有什么关系吗？

－7－

异常死亡者尸体被盗事件的调查，已经结束了两个月。

自那以后，监察系主任剑崎警部补就跟附在身上的鬼狐跑掉了一般，恢复了正常状态。现在，他正带有挫败感地坐在本厅大楼十一层的自己的办公桌前。

手头的调查工作，又以半途而废的形式终结了。这次剑崎这个班所担任的，是监视警视厅第一方面本部长行动的重要任务。可是，无论他们如何跟踪这位"精英组"出身的警视，都找不到他涉嫌犯罪的旁证。

不分昼夜连续奔波之后，在精疲力竭之尽头所能看到的，只有自己这帮人被用作权力斗争的棋子的可能性。作为侦查对象的本部长，是一位被内定为下一任警视总监的精英。他唯一的问题，就是出身于刑事部。而针对他进行内部侦查的指挥权，则是掌握在地位与公安部相同的警察厅警备局局长手里的。而这位警备局局长，就任下一届警视总监的呼声很高，不仅如此，他还属于实权派，力图重振因冷战格局崩塌而发言权一落千丈的公安部。

他下令剑崎他们对第一方面本部长进行侦查，恐怕是为了造成对方曾经是监察系的侦查对象这一既成事实吧。毫无疑问，这一条将留在人事部的记录之中。就力图重振公安部之雄风的警备局局长而言，这一步棋等于亲手在给刑事部抹黑。

填写着与两个月前相同的侦查报告，剑崎痛感，自己也必须考虑一下今后的进退了。因为他觉得，监察系这个部门已经卷入刑事、公安这两个部门的权力游戏之中了。

刑事部处理的是杀人、盗窃等一般刑事案件。公安部针对的则是思想犯、外国间谍甚至是邪教组织。前者保护的是市民的人身安全，后者则守卫国家体制。这两者的反目是有着很难消解的历史背景的。

由于"二战"前的日本国家警察有着弹压言论急先锋的可耻历史，"二战"后，他们就根据美国占领军的命令，解体为地方自治警察了。就连管辖首都的警视厅，说到底也是东京都这一地方自治体的下属机构。然而，GHQ[1]的占领一结束，《警察法》立刻就得到修改，恢复了警视厅这一国家机关。而在警视厅内部，也出现了两个指挥系统，即以警视厅的第一把手——警视总监掌管的刑事警察和以警察厅警备局局长为第一把手的警备公安警察。

这两个部门在各种场合都爆发了矛盾。刑事部解决的引发媒体热议的大案，在公安部看来不过是抓到了一条小鱼而已。因为，他们觉得有一两个杀人犯逍遥法外，是不会导致国家灭亡的，而让某个反体制组织肆意横行的话，国家就会陷入危机。但从刑事部看来，公安部的所有预算全都秘密处理，且其所属刑警也都没有登记在册，他们就是个隐藏在黑暗之中的可怕集团。而且，一些在刑事部明令禁止的违法调查，在公安部却是得到默许的。

---

[1] General Headquarters的缩写，指第二次世界大战结束后，为执行美国政府"单独占领日本"的政策，麦克阿瑟将军以"驻日盟军总司令"名义在日本东京都建立的盟军最高司令官总司令部。

对一心只想实现正义、憋着劲儿"一定要把坏人们抓到"而来到监察系的剑崎来说，公安部成员就是最大的假想敌。可是，到头来，这也只能停留在假想敌的程度吗？由于这个旨在调查警察内部腐败问题的部门与公安部同属一个指挥系统，因此他觉得，上级在命令他们严格处理刑事部的丑闻的同时，是不会让他们对公安部的非法活动下手的。

剑崎停下了正在写报告的手。他觉得自己的内心怒不可遏。今后如果还要在监察系干下去的话，自己那旺盛的正义感就必须在某种程度上有所妥协了。

就在这时，电话铃响了。剑崎将写到一半的文件在电脑里保存好后，拿起了电话听筒。

"你好。这里是人事一课。"

"我找监察系的剑崎主任。"

从声音听，对方似乎十分年轻，却又十分威严。是个"精英组"吧。低一个级别的"准精英组"成员剑崎回答道："我就是。"

"我是搜查一课的管理官越智。事出紧急，我就不客套了。你调查过奥多摩署辖区内发生的尸体被盗事件，是吗？"

剑崎感到十分惊讶。监察系的行动被泄露了吗？

"无可奉告。"

"我已经从奥多摩署警备课得到了信息。慎重起见，想听一下你的意见。你没接到总监的指示吗？"

总监？剑崎差点儿喊出声来："没有。"

"现在，东京都内正在发生连环杀人案。我先说明一下情况，可以吗？"

那口气似乎是容不得别人不答应的。剑崎不太情愿地答道："请讲。"

越智介绍了两起连环杀人案，以及刚刚发生的烧杀事件，并说明在逃的凶手有可能在模仿欧洲中世纪的"掘墓人"传说。最后，他又用略带疑惑的口吻补充道："被称作'掘墓人'的传说中的杀戮者，据说是个'死而复生者'。"

听到这儿，剑崎终于明白对方为什么要来咨询他了。

"我觉得这与尸体被盗之间或许存在着某种关系，所以就给你打了这个电话。"

剑崎心想，这简直是荒唐可笑。不过，他的脑海里一浮现出那个叫权藤武司的男尸的照片，就感到后背一阵发凉。实施大量杀戮的"死而复生者"……保持着临死时的姿态、在黑暗的沼泽水底等待着被发现的"第三种永久尸体"……

"如果可以的话，请你来一趟搜查本部，我们想听你详细介绍一下。"

说完，越智又加了一句：

"关于请求监察系协助一事，已经得到了公安部部长的许可。"

"好吧。"

剑崎随即又觉得，慎重起见，还是验证一下对方所说的话为好。于是，他出于争取时间的考虑，说道："我派下属过去可以吗？不过得需要一点儿时间。"

"可以。拜托了。"

于是，越智在告知了特别搜查本部设在大泉警察署之后，就挂断了电话。

剑崎首先跟公安部部长取得了联系，确认了越智所说的情况。然后他就开始考虑该叫西川和小坂这两个属下中的哪一个。由于他们昨晚通宵监视第一方面本部长直到今天早上，所以午后就允许他们回家去了。

一番考虑之后，剑崎选择的是工作态度恶劣、难以相处且较为年长的西川。不料打了西川的手机后，发现对方手机根本打不通。剑崎咂了一下舌，又打了西川的传呼机。他心想，要是五分钟过后还不回电话，就只好打给小坂了。可就在他这么想的时候，西川回电话了。

"你的手机打不通啊。"剑崎抱怨道。

西川满不在乎地回答道："我刚才在电车上嘛。"

"快！你去一趟大泉署吧。"

"怎么了？"

剑崎把从管理官越智那儿听来的话原封不动地转告了他。饶是西川，听了这话似乎也大吃一惊。他反问道："掘墓人？异端审判官的大肆杀戮？"

"说不定是模仿传说作案的凶手，为了造成这样的假象，才偷盗尸体的。两个月前我们不是调查过吗？"

"哦，是那个案子啊。"

西川像是终于明白过来了。

"他们希望做出说明呢。你去一趟大泉署，或者再去刑事部的现

105

场看一下吧。"

"不，我不去。"

剑崎不由得火往上蹿："什么？你要违抗命令？"

"倒也不是。"西川支吾了一会儿又说道，"虽说是协助调查，但我还有别的事情可做。"

"什么事？"

"现在不能说。你就让小坂去大泉署一趟吧。"

说完，他竟然把电话给挂断了。

剑崎简直惊呆了。他已经忘了生气了。西川这家伙一下子就犯了两项禁忌。一是拒不接受上司的工作安排；二是根本就不考虑像样的推脱理由。职务考评时一定要给他一个E级。拿定主意后，剑崎就往小坂家里打了个电话。

对方立刻就接听了："喂，喂。"

剑崎命令这个娃娃脸下属立刻前往大泉署。

"出什么事了吗？"小坂问道。

"死人复活了！"剑崎说道，"那个'第三种永久尸体'。"

汽车前灯的前方，出现了蓝色的帷幔。

古寺来到文京区的住宅区，从机搜车上下来，钻过警示带，踏入了案发现场。

给站岗的警察看过"机搜"臂章后，他就撩开了塑料帷幔。一具被烧死的尸体，正横躺在路上。

这是一具被烧得又黑又焦的尸体，连年龄、性别都已经分辨不出来了。尸体全身蜷缩，双手握拳，保持着一种被称为"拳击手姿势"的特有外观。要是没有报案者的证言，恐怕怎么也想不到这是一具年轻女子的尸体吧。

"现在进去，还为时尚早啊。"

帷幕中的技术鉴定课成员告诫古寺说道。

"我是为了调查与练马、赤羽两案的相关性才来的。受害人的身份知道了吗？"

"请稍等一下。"

"既然这样，"古寺朝一个正在观察尸体的、身穿白衣的男子问道，"我只想问验尸官一个情况，尸体表面，有十字形的伤口吗？"

"即便有过，也看不出来了。"验尸官爱搭不理地答道，"你看看，都烧成这副模样了嘛。"

古寺板着脸点了点头，转身就要出去。

"等一下。"验尸官叫住了他，"身上插着箭呢。这情况有用吗？"

"箭？"古寺不由得停下了脚步，再次将视线投向了尸体。只见尸体的身前身后，都垂下一段弯曲着的金属条，跟绳子似的。

"受热变形了。不过这确实是一支金属制成的箭。"

"是用弓射出的那种？"

"嗯。不过也可能是用机弩射出的啊。这还有待技术鉴定，甚至有可能是一支火箭。"

凶器是火箭。

回想起从管理官那里听来的"掘墓人"传说后，古寺不禁产生了一种不祥的预感。

年轻女性的尸体被搬走后，技术鉴定课成员就在警示线内展开了作业。古寺则会同来到现场的刑警——本厅搜查一课与属地警署刑事课的侦查员，进入了报案人——家庭主妇的公寓，也即那个看得见现场的、位于二楼的房间。

家庭主妇正在这个三室一厅的居室内等着他们呢。

"我们想跟您了解一些情况，可以吗？"

听到古寺如此小心翼翼地问话，脸色苍白的家庭主妇点了点头。

"好的。"

"那么，就拜托了。"

说着，古寺他们三个侦查员就围着一张小餐桌坐了下来。这时，隔壁房间的门开了，有个像是小学生的男孩子向这边张望着。他只露出半张脸，目光里闪动着惊慌的神色。

"你去看看电视吧。"

妈妈小声说道。孩子很听话地拉上了拉门。

"孩子也看到现场了吗？"

古寺并非出于侦查上的需要，仅仅凭着个人的担忧而问道。

"没有。他什么都没有看到。"

"那就好啊。"

听到古寺这么说，家庭主妇不由得抬起来头看了他一眼。眼中带着感谢的神色。

报以微微一笑之后，古寺就开始进入正题了。

"我们想请您详细叙述一下经过。"

"好的。"

"受害人,是个年轻的女性,是吧?"

"是的。是个二十岁出头、白皮肤的女人。头发很长。"

"服装呢?"

"像是穿着一件白色带帽子的风衣。"

"如果看到照片,您能认出来吗?"

"这就不好说了。"家庭主妇含糊其词道,"因为我看到她的时候,她像是已经在苦苦挣扎了。"

"苦苦挣扎?"搜查一课的刑警插嘴问道,"您是说,您从窗口看到她的时候,她已经被火烧着了吗?"

主妇的肩膀颤抖了起来。古寺对这种鲁莽的问法十分恼火,不过也没有加以训诫,只是惴惴不安地等待着主妇的回答。

"是的。"主妇答道。她像是正在与心头再次泛起的恐怖做斗争。

"她拼命挣扎着,像是要扑灭身上的火似的。"

"这就奇怪了嘛。"搜查一课的刑警紧追不放地问道,"要是受害人被火焚烧,那就是裹在火焰与浓烟之中的。那么她的模样就看不清楚了呀。"

家庭主妇扫视着三位刑警,显得十分犹豫,像是不知道该说什么好了。

"我没看到火焰。"

"啊?"搜查一课的刑警惊呼了一声。坐在他身旁的古寺感到自己的体温在急速下降。

主妇用像是恳求对方相信的口吻，继续说道："那人是被透明的，也就是看不见的火焰烧着的。"

"哪有这种荒唐事？"

由于搜查一课的这位刑警的口气十分严厉，古寺不得不训诫他道："别对夫人所说的话横挑鼻子竖挑眼的。我们要听的就是实际情况。懂了吗？"

那位刑警多少有些沮丧，不过还是点了点头，说道："明白。"

随即，古寺说了声"我去看下现场"就走出了房间，把后面的事情全都交给那两位去处理了。

肉眼看不见的地狱业火——

从越智管理官那儿听来的这话，又在他的耳边响了起来。

来到街上后，古寺就看到塑料帷幔的缝隙处断断续续地漏出相机闪光灯的闪光。他走了进去，问一个正在拍照的技术鉴定课成员道："怎么样了？"

"受害人身份搞清楚了。春川早苗，二十三岁。东亚商事的白领。"

"可以确定吗？"

"嗯。她的包包烧坏后，里面的东西掉地上了。"

鉴定课成员用脚指了指散落在地上的遗留品，说道："钱包里装着社员证呢。"

古寺扫视了一下周围，看到了一本通讯录，便问道："可以看一下吗？"

"请便。"

通讯录的表面沾满了为采集指纹而拍上去的铝粉。虽说这时应该早就翻拍到胶片上去了，可慎重起见，古寺还是戴上了手套，尽量不接触到表面地翻开了通讯录。

他要找的是那两个被杀害在浴池里的受害人的名字：田上信子和岛中圭二。但这本通讯录上没有这两个名字。看不出三位受害人之间有什么关系。

接着，古寺等拍照与指纹采集结束后，又拿起一个女式钱包。正如鉴定课成员所说的那样，里面装着东亚商事的社员证。还有自动挡汽车专用的驾驶证。根据照片，可以看出受害人有着一张相当可爱的脸。

古寺心中不由得升起了对凶手的痛恨，与此同时，也感到了些许战栗。

这人是被肉眼看不见的火焰烧死的——

除此之外，还有没有其他线索呢？古寺在钱包里一个劲儿地翻找着。信用卡、现金卡、药妆店的积分卡，还有——

他发现了自己要找的东西。

骨髓捐赠卡！

有这个就能确定了！古寺十分肯定。"掘墓人"这一连串的作案，并不是无差别地杀人，而是专门针对骨髓捐赠者的。

-8-

距离饴屋胡同还有很长一段路。

下了出租车后,八神就钻入了办公楼林立但此刻已没什么人气的后街。从这会儿开始,他就跟警察玩起了捉迷藏。

他进入商住楼的大门,等着巡逻的警车在外面经过。看到一辆警车驶过后,他就马上跑入下一个街区的大楼里,等着下一辆警车经过。他的藏身之所,有时是停车场上的汽车背后,有时是大楼的太平梯。如此这般,不断地重复着,一点点地趋近饴屋胡同。

就这么花了一小时二十分钟,当手表上的指针指向八点三十分的时候,他终于来到了饴屋胡同的入口处——"U街"。

这里可跟一片死寂的办公楼后街有着天壤之别。狭窄的街道两旁,餐饮店鳞次栉比,来此欢度周末的公司职员和大人小孩把这一带搞得热火朝天。八神小心确认并无巡逻的警察后,就挤入人群,来到了JR线高架桥的另一侧。

饴屋胡同里行人熙熙攘攘。宽度仅为几米的街道两侧是成排的商店。售卖的物品从生鲜食品到金银珠宝,可谓琳琅满目,应有尽有。而逛着这些店铺的,男女老少全都有,其中不仅有东京都的居民,也有从外地,甚至从外国来的游客。要说这里所没有的人,恐怕只有真正的大富豪了吧。

混迹于如同高峰电车内一般的混杂的人群中后,八神才终于放心地长吁了一口气。因为在这儿是不会被警察发现的。即便万一被发现，也能混入人群，轻而易举地将其甩掉。

定下心之后，八神便在人群中来来往往地寻找自己的猎物。因为他现在身上的全部家当一共只有一百九十日元。前往六乡综合医院的交通费，无论如何也要在这儿"赚"出来。

然而，兜了二十来分钟之后，他就发现要在这条胡同里找到猎物，恐怕是不大可能了。于是他就回到上野车站，开始监视从人行横道走来的人。等到红绿灯变了三次之后，他终于发现了目标。

那是一个戴着玳瑁边眼镜的不到五十岁的男人。这个身穿西装、道貌岸然的家伙，居然带着一个把头发染成棕色的小姑娘。根据她那红润肤色和胸脯轮廓，完全可以断定这是个未成年的少女。

八神开始盯他们的梢。当这对年龄悬殊的情人走入与饴屋胡同隔着高架桥、与"U街"相连的小巷，并要进入位于这条尽是餐饮店的小巷中间的某家旅馆时，八神粗声粗气地喊了一声"喂！"并一把抓住了男人的肩膀，将他扳过身来。

出现在八神面前的，是一张写满惊愕的脸。估计这是个教师或政府工作人员吧。八神内心判断着，同时飞快地将左手伸入对方的上衣口袋，抽出了他的钱夹。

"啊！"

那男人傻傻地惊叫了一声。

"明知道人家是未成年人，你还想干那事？"

没等八神把这句话讲完，那女孩就撒腿跑掉了。那男人呆呆地望了一会儿女孩子的背影，马上就将目光转回到了八神的脸上。

"仙……仙人跳吗？"

他惊慌失措，用像是被人卡住了脖子的声音说道。

"老子一看到你这种长着好人面孔的坏蛋，气就不打一处来。"

长着坏人面孔的坏蛋一边说，一边在那人的钱夹里摸索着。

"等等！"

那男人伸手来夺，八神在他裤裆处轻轻地用膝盖顶了一下之后，男人立刻不吭声了——或者应该说是已经痛不欲生了吧。只见男人夹紧了膝盖，把两腿扭成了内八字，开始蹦跳了起来。八神一把揪住了他的领带，将他拖进了暗处。八神简直就像个袋鼠训练师似的。

翻了一下钱夹，发现里面只有一张一万日元和两张一千日元的钞票。先把这些塞进自己口袋之后，八神又查看起各种卡来。原来钱夹里还放着能证明那家伙身份的证件呢。那是一张外务省发行的身份证。

"稻垣先生，"八神念着身份证上的名字，对仍在蹦跳着的这位"公仆"说道，"把身上的钱全都拿出来！你不可能只带着这点儿钱出来玩儿的吧。"

"说……说什么呢？"脸上流着油汗的稻垣说道，"说是要付订金的，我已经付给她了呀。"

"你说什么？"被人抢了先的八神立刻从大楼背后探出头来朝人群中望去，发现那少女早就没影了。国民用汗水换来的辛苦钱，作为税金上缴给了国库，又以工资的形式发到了外务省官员的手里，结果却成了嫖娼的订金进了女学生的腰包。难道这就是财富循环模式吗？

"你别以为你这么干，一点儿后果都没有！"稻垣满脸怨恨地盯着八神说道，"我可是为日本这个国家做事的。你与我为敌，就是与国家为敌。"

"浑蛋！你不过是个属于'国家'这个组织的流氓！"

八神教训起这个外务省的官僚来。

"你以为国民都该为了你们这些官僚的幸福而干活儿？这可就大错特错了！狗屁官僚！"

许是被八神的气势给压倒了吧，稻垣立刻放弃了虚张声势，痛苦地哀求道："把钱包还给我吧。"

八神仅把身份证留在手里，将空钱夹塞到了稻垣的手里。要看透他的利用价值，吸干他的骨髓。八神的大脑中作为一个坏蛋的思考方式复活了。

"只要你照我说的去做，我就还你身份证。不过你听好了，你要是不听我的，我就将你嫖宿未成年少女的事情捅到你家、办公室和媒体上去。明白了吗？"

稻垣那张白皙的脸出现了绝望的扭曲："你要我做什么？"

八神飞快地在头脑中将好几个计划给排了个序。在事态有所平息之前，铁路还是暂不利用为好。因为车站里肯定有刑警在蹲点。眼下的上策就是待在这里，把该干的事情先干了。

"电脑，你会用吗？"

外务省官员反问道："OS是Mac还是Windows？"

"Windows。"八神不耐烦地说道，"就是这个玩意儿。"

从小背包里拿出B5大小的黑色笔记本电脑后，稻垣像是松了一口气似的，说道："这个的话，我会。"

"好。"

八神拽着他的手腕,一起进入了一个本该是淫乱舞台的情人旅馆。之所以选择这家旅馆,完全是因为它朝街一面的墙上安着一架金属的太平梯。

八神让稻垣办入住的手续。他自己在一旁吩咐着,要了一个靠近墙面太平梯的三楼的房间。按照两小时的钟点房收费,三千八百日元。

进入三楼的房间一看,见是个十二平方米大小的日式房间,并且已经铺好了两个被窝。原本想跟女学生来这种地方鬼混的外务省官员,用怨恨的眼神看着八神。

对于目前的境况,八神也憋着一肚子气呢。他对稻垣说道:"下次,你就带着老婆来吧。"

"要是夫妻恩爱的话,我还花这钱干什么呢?"

这家伙的口气十分坚决,听着倒也挺有说服力的。

"看来你是选错了人生伴侣了。"

八神嘲笑着让稻垣在被窝上坐了下来。随后便打开了笔记本电脑。

"我想知道这玩意儿里都有些什么。通讯录也好,邮件也好,什么都想知道。"

刹那间,稻垣的眼神中闪过了一种优越感。很明显,这小子心里在骂:笨蛋!连电脑都不会用。八神心里的火往上蹿,想狠狠地揍他两下,可自己太累了,就只好视而不见了。

用眼角瞄着正摆弄笔记本电脑的稻垣的同时,八神取出了两部手机。手机里的水像是干了,两个液晶屏都恢复了显示。

他看了下自己的手机，知道女医生和捐赠协调人都在录音电话里给他留了话。他听了听，两人都对他能否在预定时间到达医院表示担心。八神首先给六乡综合医院的冈田凉子医生回了电话。

　　"喂，喂。"

　　他刚开口，女医生那十分可爱但又怒气冲冲的声音就在耳边响了起来："是八神啊！你在哪里？在做什么？"

　　"对不起。"八神老老实实地道了歉。一旁的稻垣十分意外地朝他看了一眼，马上又忙自己的活儿去了。"我被事绊住了，在御徒町的旅馆里呢。"

　　"你什么时候过来？"

　　"要到半夜了吧。"

　　"八神？"冈田凉子突然换了种口气问道，"听你的声音似乎很累，你没做什么剧烈的运动吧？"

　　女医生的听觉十分灵敏。她怀疑八神是否做了作为一名骨髓移植捐赠者不能做的事项。

　　八神如实相告道："我游了一会儿泳。"

　　"游泳？多长距离？"

　　"距离不长。五十来米吧。"

　　但女医生不相信。

　　"就这么一点儿距离，会累成这样吗？"

　　"还骑了自行车。后来，又跑了一阵子。"

　　"怎么？你参加'铁人三项'了？"

　　"会影响移植吗？"八神也有些担心起来了。

117

"因为后天动手术,因此,只要你今夜能来医院应该没问题的。这样毕竟还有时间好好休息嘛……可是,要是到了明天上午你才来,那就麻烦了。不管你有什么事,都请你在当初约定的明天上午九点之前到达医院。"

"这是最后的底线了,是吧?"

"还有十二个小时呢,应该来得及吧。"冈田凉子略带调侃意味地说道。

"接下来要是有什么事,请你马上跟我联系。我今夜值班,会一直在医院的。"

说完,她就先把电话给挂了。

八神怀着沉重的心情,又给峰岸回了电话。

"八神!我给你打了好多个电话哦!"

八神赶紧拦住了峰岸那像是憋了许久的话语,快速地说道:"请放心。只是稍稍晚一点儿罢了。说到底,我比任何人都希望移植成功呢!"

"这我知道。"这位志愿活动家表示理解,"那你迟到的原因是什么?"

"遇到了一点儿麻烦事。不过,我肯定会去医院的,你放心好了。这样行了吗?"

"好吧。"随即,峰岸换了个话题,"我说,你看到电视新闻了吗?"

"电视新闻?"

难道自己的事情被报道出来了吗?八神不免有些紧张。

"说是都内发生了连环杀人案。"

哦,原来是在电器商店看到的那个新闻。

"哦,是那个事件啊。被杀的都是些什么人呢?"

"据报道,说是无差别杀人。有大楼的房东,有女白领,还有夜店的'牛郎'。"

是岛中。直觉告诉八神。那个在浴池里看到的、令人恶心的尸体又在他脑海里浮现了出来。那小子是被无差别杀人犯杀死的吗?要是这样的话,那么死死地追着老子不放的那帮家伙又是何方神圣呢?

"还有,"峰岸继续说道,"刚才,有刑警来找我——"

"你说什么?不会是为了找我吧?"

"不是的。他要问的是骨髓移植的事情。不过说得不那么明确,可人家也提到,被杀的那几个可能都是捐赠者。"

八神顿时语塞。就是说,他们要杀的就是我了?

"你没事吧?"峰岸问道。

可是不对呀!八神立刻就陷入了沉思。要是被杀的都是捐赠者的话,那就等于说连岛中都登记捐赠了。可那小子即便吃饱了撑的,也不会干这种事呀。当然,八神并没有将自己登记捐赠的事告诉过他,可为什么——

"喂,喂?八神?"峰岸像是十分担心地问道。

"我没事。"

"没事就好啊。如果你感到了人身危险,就马上请求警察保护。"

要是能这样我还瞎忙活什么呢?八神心想。警察现在正全力追捕着我这个被害"牛郎"居所的租赁者呢。

这时，一直面对着笔记本电脑的稻垣突然抬起头来，做了个"搞定了"的手势。

八神点了点头，用半开玩笑的口吻对着手机说道："我要是被卷入这个案子的话——"

"啊？"峰岸发出了一声惊呼。

"我是说，要是我被冤枉成连环杀人案的凶手的话，你能为我做不在场证明吗？"

"没问题啊。"峰岸说道，"不管发生什么情况也得优先救助白血病患者！"

"那就拜托了。"八神还是用开玩笑的口吻说道，"你一定要让我做成这辈子中最大的善事。"

"没问题。"志愿活动家展示了天生的热情之后，就挂断了电话。

八神将脸转向外务省官员后，对方带着极为复杂的表情问道："又是移植，又是杀人、救人的，这到底是怎么回事？"

"关你屁事！"八神没带好气地说。

稻垣深通多一事不如少一事的道理，立刻闭上了嘴。

"我说，电脑里有些什么玩意儿，搞出来了吗？"

"我需要你啊！快过来！"

八神吓了一跳。这个公务员的语气非常奇怪，让他不由自主地摆出了自卫的架势。

"我是说邮件内容啊。"稻垣怄气似的说，"鼓捣别人的电脑，是可耻的行为。"

"跟花钱嫖宿未成年人差不多吧。"

八神回敬了他一句,就朝笔记本电脑的显示屏看去。出现在电脑屏幕上的,是岛中的情人发给他的电子邮件。

"还有呢。"

说着,稻垣就不断地打开电子邮件给八神看。这些邮件,尽管发信人有所不同,但内容却是差不多的。

"这个电脑的主人像是很有女人缘啊。"垂头丧气的外务省官员十分羡慕地说道,"要是他来外务省,肯定会出人头地的。"

"就这些了?"

"还保留着的就这些了。至于被删除了的,就不得而知了。另外——"稻垣移动着屏幕上的光标,打开了另一个文件清单,"这是用文字处理软件写的文件。"

这些也都浏览了一下,原来是岛中写给众多情人的情书。

"热情洋溢啊。"稻垣说道。

"不会只有这些吧?"

八神不耐烦地说道。稻垣重又恢复了战战兢兢的口吻,说道:"等等。也许不只是'我的文档'中的文件。"

八神不明白他在说些什么,看着他的脸问道:"你说什么?"

"我是说,或许应该查找一下别的文件夹。TEXT[1]啦,HTML[2]啦,或者是这台电脑里安装的文字处理软件所产生的二进制文件。检

---

1 计算机的文本格式文件,由若干行字符构成。
2 英文全称Hyper Text Markup Language,是一种通过网页浏览器识别的标记语言。

索一下文件后缀应该能查到的。"

八神完全听不懂,他心想,跟外星人对话恐怕就是这样的吧。八神虽然纳闷儿,嘴上却命令道:"快干吧!"

电脑中似乎有着某种令人着迷的东西,稻垣立刻又专心致志地埋头忙开了。他眼睛紧盯着屏幕,手则一会儿敲打键盘,一会儿摸弄位于键盘正中间的那个红色的凸起,随即说道:"只找到了一个文件。我这就打开。"

文件打开后,他将电脑转向八神,说道:"这个文件中就三个文本:两封电子邮件和邮件附带的数据。按照从上往下的顺序来看吗?"

"嗯。"

稻垣打开了第一个文本。

屏幕上出现了一连串意思不明的字符。

"这是什么玩意儿?"

"是乱码吧。"

"浑蛋!马也会出来捣乱吗?"

"稍等。是有点儿怪呀。"

稻垣沉吟半晌,将电脑转向自己后,就开始不停地敲击键盘。屏幕上显示的内容不停地变化着,简直让人眼花缭乱。不一会儿,稻垣说道:"我明白了。这是密码。这个电脑里有解密软件。"

"能弄明白内容吧?"

"我试试。"

说着,稻垣就移动屏幕上的光标箭头,将意思不明的字符串移到了一个小图标上。于是，立刻就显示出了能够阅读的日文来了。

  捕获八男的最后确认。11月30日16点15分，小白脸家。实施人为小白脸以及上班族、斯嘎喇、学生四人。自由职业者负责车辆支援。不可造成致命伤。目的地将另行通知自由职业者。野兽负责联络。以上。

维扎德发送至小白脸

  八神看了个一头雾水。翻来覆去读了几遍，还是没搞懂。
  "这封邮件，是'维扎德'发送给'小白脸'的。"稻垣解释道，"就是说，这个电脑的主人就是'小白脸'。"
  "你说什么？那么，'八男'又是谁呢？"
  "嗯——"稻垣想了一会儿说道，"和英语'八男'发音相似的还有数字八，有没有名字里带'八'字的人呢？"
  这位外务省的官员还不知道八神的姓名呢。
  八神顿时惊得目瞪口呆。与此同时，他也读懂了显示屏上的那段文字。因为，只要明白了"小白脸"就是岛中，一切就迎刃而解了。在这个指定的日期，也即今天的十六点，八神预定到岛中家去。十五分钟后，来了三个男人，袭击八神。从他们的外貌来看，就是上班族模样的、知识分子模样的、学生模样的。
  "'斯嘎喇'是什么意思？"八神问道。
  "学者。"稻垣答道。

这下子就全对上了。岛中那小子是与他们一伙的。他们要当场绑架前来借钱的八神，然后四人一起来到外面。"自由职业者"正在外面的车上等着呢。接着，他们根据"维扎德"的指示，将八神押解到"目的地"。而负责联络的则是"野兽"。

八神想起在隅田川的船上，就有个"自由职业者"模样的男人。想必就是他开车尾随在赤羽逃脱的八神，看到八神上了水上巴士后，就招呼同伴聚集到下个码头的吧。

八神将此推测在脑海里反复推演了好多遍，随后又回想起了与岛中初次见面时的情形。一次偶然，他与岛中一起坐在池袋的酒馆里。率先搭话的是岛中，代他付账的也是岛中。

这么看来，早在四个月之前，岛中就是为了达到"捕获"目的而故意接近自己的了。可他真正的目的究竟是什么呢？邮件里倒是写着"不可造成致命伤"……

想到这里，八神的脑海里突然灵光一闪：那帮家伙的企图之所以没能得逞，只因为出现了一个意外。那就是，在绑架自己之前，岛中已经被人杀死了。

八神不由得皱起了眉头。

如果上面的推测成立的话，那么，杀死岛中的凶手与追捕八神的那帮人，不是一伙儿的。也就是说，八神在前面逃，岛中他们一伙儿在后面追，而在他们之后，还有来历不明的杀人凶手在追着。

"还有一个文档，怎么办？"稻垣问道。

"也让我看一下。"

稻垣操作着键盘，屏幕上又出现含义不明的字符串。经过与刚才同样要领的解读，出现了下面的可读文字：

附件不要删除，须妥善保存。名单中的ID编号，已与姓名对照过了。

维扎德

"只有这些。"稻垣说道，"顺便说一下，这封邮件是四个月前发送的。"

"真的吗？"

四个月前的话，不正好是与岛中刚认识那会儿吗？

"是啊。这些家伙的手法我明白了。"不知为何，稻垣开始兴奋起来了。

"他们用密码相互发送邮件，阅读后就随手删除。这是为了不留下记录。前面看到的邮件是昨天收到的，就是说，这台电脑的主人还没来得及删除，电脑就落到你的手里了。"

"那个叫'维扎德'的，就是发号施令的家伙吗？"

"是的。是他们这一伙的首脑人物。"

"'维扎德'是什么意思？"

"魔术师。"稻垣答道。

将这个单词印在脑海里之后，八神说道："这个附件也给我看下。"

稻垣轻车熟路地操作着，想要破解第三个文档。然而，画面突然卡住不动了。

"怎么啦？"八神焦躁不安地问道。

"文件太大，要花一点儿时间的。"

过了一分钟左右，显示屏上终于出现了能够读懂的文字。

"像是一份名单啊。"看着这些撑满整个屏幕的人名，稻垣说道。随即，他又将这份名单从头拉到尾，惊呼道，"有几万条呢。"

八神让他把画面停下来，并注视起上面的人名来。尽是些他不认识的。只见在姓名栏的边上，还记录着地址、电话号码，以及ID编号。

"旁边好像还写着什么东西呀。"

稻垣横向移动了一下文字栏。于是就出现了"A2 A10 B46 B7801 DR8 DR12（5）"这样的字符。

"这也是密码吗？"

稻垣刚要去敲打键盘，却被八神制止了。比较一下上下的文字栏，便可发现，每个人名之后的这些字符是不一样的。

"A、B、DR……"八神嘟囔着，极力在自己的记忆中寻找着。终于，他将这些字母与之前听过好多遍的说明对上了号。那是在一年前做捐赠者登记和五个月前做三次体检以及一个月前确认最终同意的时候。

"这里面，有姓'八神'的人名吗？"

由于名单并不是按照日文假名的顺序来排列的，故而稻垣稍稍踌躇了一下。但很快他就在屏幕上方，调出了一个写着"检索"的方框来，并在那里输入"八神"，敲下了确认键。

"有啊。"

八神注视着自己那出现在显示屏上的名字。

"八神俊彦"。

毫无疑问，岛中所用的这个名单，就是骨髓移植捐赠者名单。

"第三个受害人，也携带着捐赠卡。"

越智管理官向回到搜查本部的三位上司汇报道。

"可以认定是同一罪犯的作案。罪犯的行进方向像是已经改向南方了。"

他们的面前摊开着东京二十三区的地图，练马区、北区和文京区这三个作案现场已做了标记。他们已经知道，罪犯在东京北部向东移动之后，又在几乎是二十三区正中央开始南下了。

"想要纵贯整个东京都吗？"

河村搜查本部长说道。

"这三起案子，都发生在第五方面。第五方面本部长已经决定增派巡逻的警车了。"

"听说罪犯是在模仿欧洲的传说作案，"河村说道，"是叫什么'掘墓人'吗？"

"是的。"

"可这个传说中的主人公，并非无差别杀人吧。"

"是的。像是仅针对异端审判官的。"其实这也是越智想不通的一个疑问，"本案中，除了骨髓捐赠者这一点，受害人之间就找不出共同点了。或许我们应该认为，罪犯仅仅模仿了该传说中的作案手法吧。"

"可是,罪犯又是怎么找到捐赠者的呢?"

"或许是个人信息泄露吧。现在正对作为登记窗口的保健所进行包括是否遭到黑客入侵在内的侦查。"

"可是,罪犯为什么要针对捐赠者呢?看着似乎毫无意义嘛。"

"也许是邪教作案吧。"古堺副本部长说道,"罪犯,或者说犯罪集团,对这种治疗方式感到不快吧。"

"可这种事情——"

梅村副本部长刚要表示疑义,河村就焦躁不安地打断了他:"所谓邪教,不就是拥有常人难以理解的思想的团体吗?"

听了他们的对话,越智不由自主地回想起了发生在神奈川县的一起拒绝输血的事件。由于某新宗教的信徒拒绝给自己的孩子输血,导致原本能够救治的孩子死亡。不过,这个事件本身并不违法。因为让未成年人接受医疗的权限,是作为监护人的家长所拥有的。要说宗教与邪教的分界线,又到底在哪儿呢?

越智心想,不管怎么说,倘若本案为有着更为过激教义的邪教集团,也即多数人之集团所为,那么就难以防备了。恐怕整个东京都,都将变作杀戮场了吧。

"有关邪教集团之事,要询问公安部。"河村命令梅村副本部长道,"警察厅的警备局局长那儿,我来跟他打招呼。"

"是!"

见事态发展到动用刑警、公安两部门的所有警察来协同作战的地步之后,越智管理官的神经自然而然地就绷紧了。

"除了正常的侦查手段,还要进行蹲点伏击式的侦查。"

河村用毅然决然的口吻说道。

他所说的,前者指通过调查受害人的社会关系和遗留物品来查找罪犯的常规侦查手段;后者则指派遣侦查人员事先埋伏于预测作案地点的侦查手段。

"人员补充,没问题吗?"越智问道,"到目前为止,已经投入了包括机动技术鉴定在内的三百五十名警员了。"

"从一线的'制服组'[1]中调人吧。"

"是!"

"除此之外,还有什么我们还不知道的情况吗?"

越智觉得有关第三个受害人被肉眼看不见的火焰烧死的目击者证言,目前还是保留为好。还有为了报告发生在奥多摩署辖区的尸体被盗事件,监察系的刑警正在往这儿赶来之事,也不急于汇报。

"关于参考人八神俊彦的去向,目前正在浅草和上野之间的中间地带进行调查。"

"八神受到公务盘问,是在台东区吧?"

"是的。那是个与发生烧杀案的文京区相邻的地区。"

"一定要把那家伙找到。特别要注意调查旅馆、酒店等住宿设施。决不允许他潜伏下来。"

"是!"

河村站起了身来——等于宣布会议结束了。

---

[1] 指平时穿制服的一线警员。与之相对的是"西服组",即文职人员。

"我们去跟公安部协商一下。根据需要,有可能要将搜查本部移到本厅去。"

随后,刑事本部长就带着两个搜查副本部长走出了会议室。

越智在椅子上坐了下,刚想喘一口气,可没等消除疲劳,他就看到一个长着娃娃脸、仿佛只有二十来岁的男人走了进来。

"我是本厅人事一课监察系的小坂。"来人说道,"是剑崎主任让我来的。"

"我是管理官越智。"越智走过宽敞的会议室,去迎接小坂,"是关于尸体被盗事件,是吧?"

"是的。"

越智与小坂隔着长桌面对面坐了下来,摊开了那本已经被文字填满了一大半的笔记本:"能简要叙述一下事件的大致经过吗?"

"好的。其实,我们的侦查已经结束了——"首先声明了这一点之后,小坂就介绍了这个连动机都没搞清楚的、疑点很多的事件全貌。

"去年六月,在调布市的道路上,由于兴奋剂交易出现纠纷,一个名叫权藤武司的体力劳动者被人刺死了。根据目击证言,凶手野崎浩平被逮捕,并已经过首次审理。而在一年多之后,权藤的尸体在奥多摩的沼泽底部被打捞了出来,且保持着生前的模样。"

"第三种永久尸体?"对越智管理官来说,这个尸体分类名,也还是第一次听说。

"是的,而这具尸体在司法解剖前就被盗走了。"

"虽说是解剖前被盗,可在现场验过尸吧?"

"那是自然。死者全身都有跌打伤，胸口还有被利刃刺过的伤口。根据指纹对照的结果，也能确定该尸体就是权藤。这一点毫无疑问。"

越智突然皱起了眉头："既然目击证言说是突然被刺，那么跌打伤又如何解释呢？"

小坂也露出了诧异的神色："这个嘛，只有询问证人了。"

"至于尸体被盗事件，监察系接手调查，是出于对警方内部犯罪的怀疑吗？"

"像是一种谨慎措施吧。"小坂说道，"结果却并未发现任何足以怀疑警察参与此案的证据。"

"是这样啊。"

越智陷入了沉默，考虑了一下该案与这次的连环杀人案的相关性。毫无疑问，罪犯在模仿英格兰的古老传说。要杀尽所有异端审判官的"死而复生者"与解剖前被盗的横死尸体，将此二者联系到一起是否有些牵强？又或许罪犯正是为了制造出"掘墓人"作案的假象，才想到了偷盗尸体这种故弄玄虚的手法？

"让我来搞一下。"

紧盯着骨髓捐赠者名单的八神，突然推开了稻垣，在笔记本电脑前坐了下来。

"该怎么检索'岛中'这个名字？"

"先要调出检索界面。"

稻垣在一旁看着，开始加以指导。八神照做后，在检索界面上输入"岛中"两个字，并敲下回车键，显示屏上立刻就出现"岛中圭二"的栏目。

那小子果然也做了捐赠者登记了？八神凝视着显示屏心里就琢磨开了。既然同为捐赠者，那他还要绑架老子干吗呢？他又是被什么人杀死的呢？

"这个笔记本中的数据，我已经全给你看过了。"

"干得不错。"八神仰起脸来，表扬了这位外务省的官员，"手段十分高明啊。"

"比起外交机密文件来，这不过是小菜一碟。"稻垣的脸上露出了得意的微笑。他用手往上推了推那副玳瑁边的眼镜，踩着被褥站了起来，"这下你满意了吧？可以把身份证还给我了吧？"

"还不行。"

外务省官员的脸上立刻阴云密布："还要我干什么？"

八神毫不容情地说道："去有ATM机的便利店。把银行卡里的钱取出来。"

"你……你小子——"稻垣双眉倒挂，但很快就放松了表情，在八神面前坐了下来，说道，"我们谈判吧。"

"你说什么？"

外交专家指着笔记本电脑说道："这里还有你不知道的东西呢。你还我身份证，我就教你怎么看。"

"哦？"

八神像是给物品估价似的注视着稻垣的脸。

"这可是个不错的交易，是不是？"

"光凭你这句话,是不够的。你说详细点儿。"

"行啊。我已经为了读取该电脑中的文件而竭尽全力了。这一点你认可吧。"

见八神点了点头,稻垣的脸上便浮起了狡猾的微笑。

"但是,你想不想看一下已经被删除的文件呢?"

"你是说有办法看?"

稻垣哂笑着。八神心想,他是在欺负我不懂电脑。然后,八神默不作声地掏出了手机。

稻垣十分注意地看着八神手上的动作。

他拨通了骨髓移植协调人的电话后,对方立刻就接听了。

"喂,我是峰岸。"

"有个急事想问你一下。听冈田医生说,你是会用电脑的,是吧。"

"是啊。"

"已经被删除的文件,还有办法恢复吗?"

在一旁听着的稻垣,脸上不禁布满了愁云。

"有的。"峰岸立刻回答道,"不过要用到专用软件。用了专用软件,就能读取被删除的文件了。"

"你在骗小孩呢?"对稻垣说了这句话后,八神继续问峰岸:"这种专用软件,很容易搞到吗?"

"大一点儿的电器店里都有卖的吧。"

"谢谢!"

与外交官谈判获胜了的八神,带着满意的笑容挂断了电话。

稻垣坐在被褥上，瑟瑟发抖。

八神冷若冰霜地对他说道："快去取钱！"

稻垣咬着牙站起身来。可就在这时，响起了敲门声。

"我是前台的。"

还传来说话声。

八神和稻垣听了，心里都"咯噔"了一下。

"能开一下门吗？"

有个男人在外面说道。

肯定是警察。八神心想。因为来历不明的那些家伙应该已经被甩掉了。

"还我身份证。"稻垣带着哭腔哀求道。

"你去开门，我就还你。"

八神低声说着，将要带的东西塞进了小背包里。

"不过，在开门之前，你要先问清楚对方有什么事。"

稻垣犹豫了一下。八神将身份证在他眼前晃了一下，他就垂头丧气地朝门口走去了。

八神将小背包套在双肩上，朝房间里边走去。打开窗户一看，见太平梯就设在右边墙面上。

站在门口的稻垣回过头来看看，八神对他点了点头。

"有什么事吗？"

可就在稻垣说话的时候，门被撞开了。不是警察。冲进来的三人中，有一个八神是认得出来的。就是在船上请他喝啤酒的那个男人。

八神立刻抓住了梯子，爬出窗户来到墙壁上。

三个男人揪住了跌倒在地的稻垣，可他们马上就发现弄错人了。有一人抬起头来，朝开着的窗户看了一眼。往后的情形，八神就没看到了。他从三楼下到二楼，随即又跳到了路面上。

路上行人熙熙攘攘，全都扭过头看着他，不知道发生了什么事。八神在分开人群的同时，也回头看了一眼。因为他已经知道那帮家伙的套路了。除了破门而入的三人，应该还有一人等在外面。并且，这人会不动声色地尾随八神到下一个逃跑地点，然后再将同伴叫来。

八神拔腿就朝着上野车站的方向猛跑。来到车站前的大道上后，又掉转一百八十度，进入高架桥下的商业街，朝御徒町站的方向跑去。要是有人追踪的话，会以为老子朝北去了吧。

位于JR线铁轨下方的商业街，各家店铺几乎都已经关门打烊了。这样，虽说无法混入拥挤的人群，但由于街道狭窄，要确认是否有人尾随倒是挺方便的。

没人追来。正是快速接近目的地的好时机。

八神并未再次回头观察，朝着南方加快了脚步。

-9-

受害人的住所与受害现场可谓近在咫尺。相距只有五十米。这就是说，春川早苗是在安全地带近在眼前的时候被烧死的。

古寺与本厅搜查一课的刑警一起，在公寓管理人的陪同下进入了她的房间。

房间大概有十三平方米,是一套带有厨房的两居室。一体化浴室也一应俱全,就单身生活而言,这样的居住条件应该说是毫无缺憾的。然而,站在飘荡着淡淡的香甜味的房间中央,古寺的内心却被一种奇妙的感觉占据着。

因为他觉得这儿的氛围与第一个受害人——田上信子的宅地有些相似。为什么呢?稍作探寻之后,古寺就找到了原因:是寂寥感。尽管内部装饰也无可挑剔,完全符合年轻女性的家居习惯,然而,也仅仅是放置着木制床、音响装置和衣柜而已,缺少了一点儿生活空间所酿造出的生气。这个房间与广告宣传上看到的周租公寓的房间是一样的。尽管家具齐全,却没有落地生根的生活气息。

孤独的都市生活者。这样的话语在古寺的脑海里自然而然地浮现了出来,与此同时,他又想起了在案发现场查看过的受害人的通讯录:里面尽是些空栏。

"收到了一封邮件。"

古寺听到说话声后回头看去,见搜查一课的刑警正在房间角落里查看一台笔记本电脑。"奇怪啊。"

"怎么了?"古寺问道,随即走到那位刑警的身边。

"没有过去收到的邮件。通常都会保存下来的呀。"

"新邮件是什么内容?"

"我们要查看邮件了。"搜查一课的刑警对作为见证人的公寓管理人打了声招呼后,就用戴着手套的手操作起鼠标来。

电脑显示屏上立刻就出现了这封才接收的邮件。

"全是乱码。这样子是没法读的。"

"那就让精通电脑的人去解读吧。能让我看一下吗？"

古寺推开那名刑警，查看了一下邮件软件中的通讯录。令人不可思议的是，那里竟然连一条邮址都没有。

之后，古寺又在房间里转了个遍。书信也好，电话里存的号码也好，他想找出一些与另外两名受害人相关的物证，但一件也没找到。

"有什么发现请通知我一下。"

给搜查一课的刑警留下这么一句话后，他就走出了房间。稍稍走了一段路，他回到停在路边的机搜车上，在驾驶座上伸了个懒腰。然后点上一支烟，开始考虑起这短短数小时里发生的三起连环杀人案来。

被杀的都是骨髓捐赠登记者。初看这似乎是丧心病狂者作的案，但细想一下就会发现，罪犯的作案动机也并非完全不合乎理性。虽说准确率恐怕只有几万分之一，但还是可以认为凶手真正的目标其实并非那三个已被杀死的受害人，而是正等着他们提供骨髓的白血病患者。就是说，凶手是要通过阻止骨髓移植的方式，间接地夺取患者的生命。

可是这么考虑的话也有个大问题。那就是，包括患者在内，拥有相同HLA的人多达四人。难道说这样的推理过于勉强吗？骨髓移植的协调人峰岸说了，即便HLA不完全相同，只要A、B、DR的组合中有两项相符就能实施移植了。那会是多大的概率呢？一名患者居然有三名能予以移植的捐赠者，这可能吗？

要是接下来又出现了第四名受害人，那么我这种想法还是放弃为好吧。

即便外行如古寺，也想象得出，要找到匹配的捐赠者绝非易事。

"机搜二三九。"无线接收机中响起了管理官的呼叫声。

古寺的身体依旧靠在座椅靠背上，伸手取过了话筒。

"我是古寺。"

"请你往上野去。与搜索八神俊彦的班组会合。"

"八神？"古寺不由得坐直了上身，"知道他的藏身地了吗？"

"二机搜的搜索班在上野附近看到了八神。不过，事情有点儿蹊跷……"

古寺发动了引擎，一边让汽车缓缓开动，一边倾听越智管理官的叙述。

原来，在上野车站周边张网以待的机搜队员看到，有个男人从某旅馆的三楼窗户处顺着太平梯爬了下来。那人就是八神。由于当时相距三十来米，又被拥挤的人群阻隔着，结果让他跑掉了。他们调查了一下八神藏身的那个旅馆，不料莫名其妙的事情接连不断地冒了出来。

首先是八神所在的三楼房间里，躺着一个不省人事的中年男子。像是被强迫闻了什么药，迷糊了一阵子，后来他自称是外务省的官员，说是走在路上被八神找碴儿，给拖进了这家旅馆，身上的钱都被卷走了。

"八神从他身上敲诈了逃跑资金，是吧？"古寺说道。

"还有呢。"越智继续说道。

将这个外务省官员软禁在旅馆后，八神用手机跟至少两个人联系过。通话时,听他说起了"住院""救人""杀人""被冤枉成连环杀人犯"等话语。还查看了一台像是别人的笔记本电脑,发现了用密码书写的文件。

"密码?"古寺不禁反问道,"解读出来了吗?"

"解读出来了。那是一个以'维扎德'之类的假名聚合在一起的团伙。他们要绑架一个叫作'八男'的男人。除此之外,还有一份多达几万人的名单,说是根据A、B、DR之类的字母分类的。"

"A、B、DR?"古寺立刻联想起了走访协调人时听到的内容。

"是的。"越智管理官说道,"八神所看到的,毫无疑问,就是骨髓捐赠者名单。"

"可是——"

古寺只顾说话,差点儿忘了打方向盘。于是他干脆关掉警笛,将车停在了路旁。

"那个笔记本电脑不是八神的,是吧?"

"好像是的。电脑的主人,是被叫作'小白脸'的人。"

古寺心想,估计就是第二个受害人,那个做"牛郎"的岛中圭二吧。

"还有呢。"越智继续说道,"说是后来有三个男人闯进了房间。那个外务省官员上前应对,结果被迫闻了药,没看清那三个人的具体模样。可以认为,八神就是为了躲避那三个人才从窗口逃跑的。"

这情形,简直跟在赤羽公寓式住宅里听到的证言一般无二了。三个男人,追另一个男人。如果从岛中的被害现场逃走的是八神,那么追他的那三个人,又是什么来头呢?如果认可八神在通话时所说的"被冤枉成连环杀人犯"的话,那么也就可以认为他并非凶手了。

"问题是,刚才提到的那份捐赠者名单中就有八神的名字。"

"你说什么?"

"八神他自己就是捐赠登记者。"

古寺头脑中关于该案的预想完全被打破了。"掘墓人"的目标是捐赠登记者。就是说,八神非但不是杀害岛中的凶手,还正在拼命逃脱杀戮者的魔掌。既然他已经意识到自己有可能受到怀疑,也就可以理解他为什么不寻求警察的保护了。

"回到开头所说的,八神在与人通话时,说过'住院''救人'之类的话,是不是?"

"是的。"

"说不定那家伙正急着实施骨髓移植呢。"

"是的。"

"出于这方面的考虑,我们也已经开始就是否有八神这样一名捐赠者的住院安排,而对东京都内所有的医院进行彻查了。"

然而,说到这儿,越智管理官又恢复了公事公办的口吻:"不过,搜查本部长并不接受这一看法。所以八神作为最重要的嫌疑人这一点没有改变。"

古寺心想,就目前的状况而言,这也是迫不得已的。

"总之,眼下还是要竭尽全力找到八神。"

"明白。"

通话结束后,古寺就打开了设置在副驾位子上的信息终端——

PAT系统的电源，输入八神的名字进行查询。八神的名字已经作为重大事件的嫌疑人在警察厅登记在案了。古寺把前科数据中的八神的照片用车载打印机打印了出来。

虽说是黑白的，但照片还是相当清晰的。古寺在少年课时审讯过他，那已是十六年前的事了。当时的古寺还留着三七开的分头，如今已变成花白的板寸了。而八神那张坏蛋脸，似乎也变得更"坏"了。

这些年，这家伙是怎么过来的呢？看着照片，古寺心中暗忖着。人世间的风刀霜剑，对你小子这样的人来说，想必更为严酷吧。亏你一直挺到了现在啊。

那小子与我久别重逢，会觉得高兴吗？古寺这么想着，取出了手机，并打给了骨髓移植的协调人峰岸。

"多次麻烦，不好意思。我是古寺。"

"啊，有什么事吗？"峰岸并未显出不耐烦的样子。

古寺一边回想起对方那张深目高鼻的面孔，一边说道："你说过有一位捐赠者马上就要住院了，请问那人是叫八神吗？"

峰岸在电话的那头陷入了沉默。

"是八神吧？能告诉我吗？他目前在哪儿？"

"我没说是八神。"峰岸用干巴巴的声音说道，"就假定他为A先生吧。请问你找他有事吗？"

"是的。非常紧急。"

再次陷入沉默之后，峰岸说道："我不能告诉你他的联系方式，但可以代为联系。"

"那人就是八神吗？"

"对此我无可奉告。"

听到如此古板的回答，古寺也并不恼火。因为他明白，峰岸也仅仅是忠于他自己的职责而已。

"好吧。那就请你让A先生给我打个电话吧。就是现在这个号码。并告诉他，我是警视厅的古寺。因为他有麻烦了，我想帮助他。"

"明白了。我试试看。"

说完，峰岸就挂断了电话。

根据对方的反应，古寺觉得那个马上就要住院的捐赠者，十有八九就是八神。想到这儿，他的脸上不由自主地露出了微笑。那小子，居然会参加救人性命的志愿活动！

几分钟过后，古寺的手机响了起来。一看来电显示，不是八神，还是峰岸。

"与A先生联系过了。他说他现在很忙，抽不出空来。"

"抽不出空？"

古寺差点儿笑出声来。

"他说他感谢你的关心，但他自己能解决。"

这正是古寺了解的那个八神会说的话。

"他还说，期待着以后跟你见面。"

肯定是八神！古寺完全确定。

"你是他的朋友吗？"

"好多年未见了，看来他还没有忘记我啊。下次你跟A先生联系的话，请帮我转告一句话。"

"什么话？"

"要是遇到了什么麻烦，"古寺重复了一句十六年前对少年八神说过的话，"随时打我的电话。"

剑崎接到了去大泉署的小坂的汇报，说是关于尸体被盗事件的报告已经结束。与他见面的越智管理官对于东京都内正在发生的连环杀人事件与该尸体被盗事件的相关性，既没有肯定也没有否定，只说是可能性比较小。

剑崎命令小坂回到本厅来。然后，他又跑到办公室的一个角落里，从保管箱里取出了侦查资料，回到自己的办公桌前。他想将这个两个月前自己放弃的案子重新再捋一遍，看看能否找到与眼下的猎奇杀人案相关的蛛丝马迹。

他在荧光灯下摊开资料，心里却在想：或许我还是很想回到刑事部的吧。

离开这个处于刑事、公安对立之风口浪尖的监察系，回到只管严惩坏蛋的刑事部。所谓正义，恐怕只有在单纯的环境中才是光辉夺目的吧。

电话响了。拿起来一听，是西川打来的。

"你在哪儿？在干什么？"剑崎从资料上抬起头来，厉声问道。这是在出因他不服从命令而憋着的气。

"在都内的某处。"

西川一本正经地回答道。可他这种态度令剑崎越发地气不打一处来。

"俗话说：'常在外面逛逛，狗也会交好运。'对吧？"

"还是说正事吧。那个案子怎么样了？"西川问道，"跟尸体被盗有关联吗？"

"你就是为了这事打电话来的？"

"是的。我正以我的方式，调查躲在老巢里的家伙呢。"

剑崎吃了一惊，反问道："你是说公安部吗？"

"是啊，防卫森严啊。"

为什么是公安部呢？剑崎十分惊讶。不过他立刻就想起，自己之前也不无嘲讽意味地指出过这种可能性。

"你以为偷盗尸体的是公安部的人吗？"

"倒也不是。只是收集信息而已。还有——"西川放慢了语速说道，"两个月之前的案子，有一个奇怪的地方。当时因为不属于监察系的调查范围，所以我没说。"

"什么地方？"

"权藤被刺杀的状况与验尸所见不符。"

"你这么一说——"

剑崎一边在零散的记忆中搜寻着，一边翻看着手边的资料。很快，他就找到了权藤被刺杀事件的目击者证词和从沼泽中打捞起来的"第三种永久尸体"的彩色照片。

西川继续说道："法医系的教授说，尸体的全身都有跌打伤。但是，目击者所叙述的作案过程是一刀致命的。没有一个人提到有搏斗过程。"

"等等。"剑崎飞快地扫视了一遍十一名证人的证词。西川说得没错。罪犯野崎是在道路上突然刺了权藤一刀，然后就开车跑掉了。

"这到底是怎么一回事呢？"剑崎问道。

"不知道啊。主任你自己考虑吧。"西川又恢复了原先那种令人讨厌的说话口气，"有什么发现我会通知你的。我不接手机、传呼机，你也别往坏里想。"

电话挂断了。

剑崎将听筒放好后，就思考起西川所指出的问题来。权藤是在被刺之后，被车带走，最后才受到暴行的吗？可是，从被刺现场的调布市到尸体遗弃地奥多摩，是要花不少时间的。权藤即便不是当场死亡，只要胸部被刺是致命伤，那么他在到达今生沼的时候应该就已经死掉了。

那么，受害人权藤又是在什么时候，什么地方，遭受到了什么人的暴行呢？有关该案是野崎单独作案之事，已经跟负责侦查的调布北署确认过好多次了，所以也不可能是同犯所为。

剑崎再次将目光落在了证词上。他突然想到了一个最直截了当的解决办法——直接询问目击者。

他看了一眼手表，现在是晚上十点钟。就打电话而言，还是别人勉强能够接受的时间。

剑崎拿起了电话听筒，拨了第一页证词上记录的目击证人家的电话。这是个名叫左山洋介的自营业主。电话里出现的却是录音电话的提示声。

是周末晚上的缘故吧。剑崎咂了一下舌，翻过了一页资料，又拨了第二个证人的电话。这是个二十二岁的女性公司职员。这次倒挺快的，提示音才响了一下，对方就接听了。

"喂，喂。"

"喂。"是个男人的声音，还挺不耐烦的，"哪位？"

或许是机主的恋人吧。剑崎自报家门道："我是警视厅的，我叫剑崎。"

不料对方越发不耐烦了："哪儿的剑崎？"

"警视厅的。"

"哪个部门的？"

"部门？"剑崎不由得一愣。

对方粗声粗气地说道："问你是一课哪个系的！"

剑崎突然明白过来了。对方是刑警。剑崎恢复了日常的口吻说道："我是监察系的剑崎。请问你是哪位？"

"监察系？"对方像是吃了一惊，停顿了一会儿后，用平缓的语气说道，"我是搜查一课六系的前原。"

为什么本厅的刑警会在那儿呢？剑崎颇为不解地说道："我要跟春川早苗说话。"

"这人被烧死了，就在刚才。"

"啊？"剑崎愕然，一时间说不出话来。

"你还不知道吗？"自称前原的刑警像是用责备的口吻说道，"连环杀人还在进行中啊。春川早苗是第三个受害者。"

"现在，你们在勘查现场？"

"是的。"

"等等……"剑崎稍稍平息了一下混乱的大脑，说道，"被烧死的是就职于东亚商事的春川早苗吗？你们确定吗？"

"确定。她是被火箭之类的东西射中，在街上被烧死的。明天上午解剖。"

"明白了。谢谢！"

放下听筒后，剑崎感觉有点儿摸不着头脑。一年零五个月前，发生了兴奋剂中毒者刺杀事件。受害人的尸体被盗，而该事件的目击者却在今夜被杀了。

剑崎紧盯着摊开的资料，很快他就瞪圆了双眼。目击证人包括刚刚被告知死亡的春川早苗在内，总共十一人。

难道说——？想到这儿，剑崎立刻伸手抓起了电话听筒。

春川早苗后面的一份证言出自一位名叫恩田贵子的三十八岁的女性，职业是译者。

拜托！赶快接听啊！剑崎心中祈祷着按下了那人家里的电话号码。

电话响了。

干巴巴的提示音像是被展现在窗外的东京都夜景吸走了。

恩田贵子从喉咙深处发出呻吟声，拼命想把塞在嘴里的手绢吐出来。但没有成功。反倒使唾液倒流进了气管，只得慌忙将仰卧着的身体转向侧卧。

这里是位于公寓楼七层的房间，既是她的居所，也是她的工作场所。她是在回家十分钟之后，才发觉家里有入侵者。当时她身穿内衣，站在浴室的镜子前卸妆，突然看到自己的背后出现了一个模样古怪的男人。

那人身穿发着暗光的黑色斗篷,而斗篷的风帽下则是一张银色的面甲。

恩田贵子一下子愣住了,但那男人却毫不迟疑地扑了上来。贵子被他捂住了嘴,带到了宽敞的起居室里。随即那男人用事先偷好的贵子的手绢,以差点儿折断门牙的力气塞进了她的嘴里。随后,便手脚麻利地将贵子的双手和双脚全都给绑了起来。

起初贵子还担心自己会被强奸,可这会儿又觉得事情有点儿怪了。因为那男人是将她的两条腿紧紧并拢着绑在一起的。如此这般剥夺了恩田贵子的自由之后,那男人就走到了房间的另一侧,打开了玻璃窗,走到了阳台。在那里,他已经准备好了一根长长的麻绳,并把其中一头拴在了栏杆上。毫无疑问,那男人在恩田贵子回家之前就已经潜入屋内了。

他想要干吗呢?越是搞不清入侵者的目的,贵子就越是感到恐怖。她简直连睁开双眼都觉得难以忍受。但是,她又觉得一旦闭上眼睛,最后的可怕结局就会加速到来。

电话,就是在那会儿响起来的。那男人有一瞬间停下了所有的动作,可当他看到贵子不像要挣扎的样子后,就将阳台上的绳子拖进了室内。

电话机自动响起了录音电话的提示声。

不论是谁,快点儿发觉异常吧!贵子在心中呼喊着。

如果是刚才在公寓前分别的恋人打来的就好了。贵子极力想要抓住一根救命稻草。他或许会为没人接电话而感到异常,进屋来看的吧？

然而，现实是冷酷无情的。就在提示声播放结束的同时，对方把电话挂断了。贵子又将求助的目光转向了房间的另一个角落。那儿放着她常用的笔记本电脑。

只要能发出一封邮件就行。

只要能与那些一直在精神上支撑着自己的人取得联系就行。

这时，戴着面甲的男人来到了她的面前。贵子的眼泪夺眶而出。救命！她用眼神拼命求助。而那男人代替回答的是，掏出了一把折叠型的小刀。

贵子刚要挣扎，男人立刻扑了上去，把她压得动弹不得。贵子的脸颊感觉到银色面甲那冰冷的触感。她想要观察男人的眼神，可只看到面甲上开着的两个黑洞。

男人一声不吭，连呼吸也让人察觉不到，真可谓名副其实的"无声无息"，只有他的手在动。他将刀尖插入贵子的肌肤与内衣之间的缝隙，割开了她薄薄的内衣。

要被杀死了。

已经赤身裸体的贵子，居然没想到要去遮蔽身体。到了如此地步，她已经忘记了羞耻，只想保住一条性命。她还以为只要遂了这男人的心愿，就能避免更凶残的暴力呢。

男人用他那戴着皮革手套的双手，轻轻地抚摸着贵子的肋下。一丝希望涌上了贵子的心头。要是这样能引发对方的欲望的话，说不定自己还不会死。

然而，下一刻所等来的，却是锋利的刀尖在她柔嫩肌肤上的滑动。两条交叉的直线，刻在了她的身上。

　　钻心的疼痛令贵子不由自主地弓起了背部。这时，那男人的动作突然加快了。他迅速将从阳台上拖进来的麻绳，与捆绑贵子双手的绳索拴到了一起。随后便将双手插入贵子的腋下，把她抱了起来。

　　贵子的全身都在扭动、挣扎着，但她根本逃脱不了男人的双手。她就这样被带到了阳台。她睁开了眼睛，担心自己会被扔下阳台去。不过那男人却站定了身躯，将贵子放到了地板上。

　　断断续续而又翻来覆去的恐惧，已经使她的思维变得迟钝了。她的脚边放着个像是大沙袋的东西。贵子茫然地看着男人将沙袋拴到自己的脚上。

　　弯着腰的男人站起身来。贵子心想，这下子肯定完蛋了。扑簌簌的眼泪从鼻孔流进了喉咙。

　　那男人提起沙袋，扔到了阳台外面。与之相连的麻绳一下子绷紧了，躺在地板上的贵子只觉得双腿被巨大的力量提了起来。一阵撕裂般的剧痛掠过全身，但马上又消失了。那是因为那男人将她的身体抱了起来。

　　贵子猛烈地左右摇晃着脑袋。或许是她这种无言的乞命生效了吧，男人停止了动作。就在贵子觉得自己或许还有救的同时，从男人那银色面甲下面，传来了一个瓮声瓮气的声音。

　　"回答问题！"

　　湿乎乎的，不像是人世间应有的声音。贵子拼命地点头，表示服从。

　　男人快速从贵子的嘴里取出手绢，只问了一个问题。

"堂本谦吾，在哪儿？"

贵子"啊！"地吃了一惊。脑海里却没冒出答案来。她甚至不明白对方为什么要问她这个问题。就在她目光游移不定、神情呆滞的时候，手绢又被塞进了她的嘴里。

这次连乞命的时间都没有了。男人猛地将贵子的身体扔到了阳台栏杆的外面。

身体的重量突然消失了。视野中出现了无数的闪光，随即又消失了。

几秒钟后，随着从七楼垂下的麻绳绷紧，失去了的重量又回到了身上。贵子最后听到的，是从自己体内发出的一声声沉闷的声音。

外面响起了一阵轻微却令人不快的声响。没等他脑子转过弯来，他就莫名其妙地感到了恐惧，浑身直起鸡皮疙瘩。

阳台外有什么东西掉下去了。可是，这儿是二楼呀。要是楼上有什么东西掉下来，应该从阳台外通过，直接掉地上才是啊。

他将正读着的音乐杂志放到桌子上，抬头朝玻璃窗外看去。薄窗帘外面有个看不清的阴影在摇晃着，像是从楼上吊着什么东西。

兴许是晾晒的衣物掉下来了吧。他一边寻思着一边朝阳台走去。是不是晒衣绳缠住了，成团的衣服吊在半空了？

拉开窗帘后立刻映入他眼帘的是一个圆筒形的袋子，不知道是米袋还是沙袋。是用绳子拴着，从楼上吊下来的。

这不是扰民吗？他走到阳台上，想看一下到底是从哪层楼上吊下来的。他将身体探出阳台，朝袋子的上方一看，却看到了两只脚。

"啊——！"等他发出如此惊叫时，已经晚了。连转移视线的工夫都没有，他一眼就看到了一个难以置信的景象。

他的叫声是从体内深处发出的。他不停地狂叫着——甚至都没意识到这是自己发出的狂叫。

他所看到的"人"已经没有人形了。

-10-

在中央区新富发现离奇死亡者尸体的信息，不断地传到越智管理官这儿来。

由于机动技术鉴定和搜查一课的侦查员尚未赶到，目前现场只有接到报警后立刻出动的当地派出所的两名巡警，以及当地警察署刑事课的刑警们。

越智直接用无线通信加以指挥，要他们汇报受害人的身份、尸体状况等信息。越智从同事们口中得知，受害人为住在该公寓七楼的、名为恩田贵子的女性；她的职业为译者；尸体是从其居住的七楼窗户处吊下来，悬吊在二楼附近；尸体是全裸的，脚上拴着重约三十公斤的沙袋。

回想起历史学家关于异端审讯的叙述，越智不禁对该案的残酷程度感到不寒而栗。被抛在空中的受害人经过高度差为十五米的坠落后突然停止,但脚上的重物依旧落向地面。只能说,她的四肢没被扯断已属幸运了。如果真被扯断了,那临死前的痛苦将更是不可忍受的。

越智要求检查尸体上是否有十字形的伤口。过了一段时间才有回答。因为现场的少数警察必须架起梯子,才能爬到二楼的高度去检查尸体的状况。

"有的。"派出所的巡警用无线通信汇报道,"伤口位于左肋,中间肋骨处。"

"骨髓移植捐赠者登记卡呢?"

"请稍等。"

无线通信再次中断了。也难怪,眼下的现场肯定是一片混乱。鉴于事态的紧迫性,越智管理官没等技术鉴定课人员到场,就让他们进入受害人的房间了。

"钱包中发现了骨髓移植捐赠者登记卡。是恩田贵子名下的。"

"收到。"

越智在眼前的地图上,给第四犯罪现场作了标记。看来"掘墓人"虽说将移动方向稍稍转向了东边一些,但还是在都内一路南下。

凝视着地图,越智心想:恐怕是得不到目击证言了吧。位于东京车站东侧的中央区,除了热闹繁华的银座,一到晚上就人口骤减了。虽说是在都内,却是个人口不断稀疏的地区。

这时,负责与本厅联络的警员转来了一个电话。

"是人事课的剑崎主任打来的。说是有紧急情况。"

越智伸手拿起了桌上的电话听筒。

"喂,喂。我是越智。"

"我是刚才因尸体被盗事件联系过的监察系的剑崎。我的属下小坂也前往贵处说明过情况了。"

"是的。"越智答道。

"在那之后,我又发现了一个奇怪的现象。贵处处理的案子中的受害人,就是权藤刺杀事件中的目击证人。"

"欸?"越智不由自主地提高了嗓门儿,"能重复一遍吗?"

"或许跟小坂的说明有所重复,我还是从头说起吧。一年零五个月前,一名名为权藤的男子在街上被人刺杀了。就是后来成了'第三种永久尸体'的那位。他被刺杀时,现场有十一名目击者,而其中的三名已经遇害了。"

"你说什么?"越智赶紧翻开手边的笔记本,"是田上信子、岛中圭二、春川早苗这三位吗?"

"是的。我已经跟一课确认过了。"

越智立刻提出了刚刚发生的案件中第四名受害人的名字。

"目击证人的名单里有名叫恩田贵子的译者——"

"她也是目击者之一。"

一时间,越智说不出话来了。这是继骨髓移植捐赠者登记卡之后的第二个共同点。可是,这到底意味着什么呢?

"能用传真把目击证人的名单发过来吗?"

"好的。还有一个情况,慎重起见,我觉得还是通报一下比较好。那就是,其他的目击证人我也都打过电话了,可他们没一个人在家。"

"这方面的调查由我们来接手吧。不好意思,你能在那儿等等吗？我马上就去本厅。"

"明白。"剑崎答道。

挂了电话后没过多久，负责联络的警员就将目击证人名单的传真件拿来了。越智扫视了一遍。

恩田贵子、加藤信一、木村修、左山洋介、岛中圭二、田上信子、根元五郎、林田弘光、春川早苗、平田行彦、渡濑哲夫——总共十一名。

毫无疑问，那四名受害人都在里面。"掘墓人"用来祭旗的，是权藤刺杀事件的目击证人。

可是，为什么呢？越智冥思苦想着。将目击证人设定为猎杀对象的理由何在？还有，其中的四人都是骨髓移植捐赠者，难道是出于偶然吗？

越智站起身来。因为特别搜查本部已经决定从大泉署移至本厅了。在往门口走去的同时，他又忽然想到，是否该把骨髓移植捐赠者登记卡这一点从受害人的共同点中删除了？也就是说，是否该仅仅着眼于"罪犯的目标为权藤刺杀事件目击者"这一点上？

他们被罪犯盯上的理由只有一个。

越智停下了脚步，反复确认着自己得出的这个结论是否有误。

八神越过JR线的高架桥，进入了以环状行驶于东京二十三区的山手线内侧。由于那儿离文京区的交界处比较近，所以他看着地图，首先朝西走了一段。出了刚才的台东区后，由于警察管辖区域有所不同，他希望监视状况也有所缓解。

来到汤岛地界后,他又掉头往南了。所幸的是,警察也好,来历不明的三人组也好,都没有追来。

仅仅走了几分钟,他就成功进入了千代田区。就近的车站有两个:御茶之水和秋叶原,去哪个好呢?他略作沉吟,就选择了秋叶原。因为他觉得,尽管眼下已过了晚上十点,但那条世界第一热闹的家用电器街的人流应该足以让他混迹其间而不被发现。

八神心想,只要靠近车站就能找到租车营业所。用从外务省官员身上要来的钱,租车后应该还有富余呢。之后,就再也不会受到任何人的盘问,可以尽情享受着兜风的乐趣一路向南了。这样,在日期变更之前赶到六乡综合医院,应该是没有问题的。

八神一边毫不松懈地注意着四周动静,一边走入了电器街的后街。附近并没有人流,看来有些失算了。成排的家用电器量贩店也都把霓虹灯关掉了。

唉,这下该怎么办才好呢?八神放慢了脚步。秋叶原站附近有个万世桥警察署。就这么着,能在不遭到公务盘问的前提下找到租车公司的营业所吗?

还是找个人问一下比较快吧。八神边走边寻找着饮食店。因为他还想顺带着把晚饭给解决了。傍晚时分那碗天妇罗荞麦面带来的能量,已在刚才那阵剧烈运动中消耗殆尽了。

他用眼睛瞄着左右的大楼群走了一百来米,有个出乎意料的商店招牌映入了他的眼帘。他立刻停下了脚步。

"警用物品爱好者专营店。营业时间:下午一点至晚上十点三十分。"

那店像是位于一栋商住楼的三层。八神看了看手表，离打烊时间只有五分钟了。他立刻登上了狭窄的楼梯。

上了三楼后，见一条很短的走廊前的门上挂着个"警用物品店"的牌子。八神推门走了进去。

这是个只有二十平方米的小店铺。左右两边的墙壁上，排列着玻璃陈列柜和衣架什么的，摆满了警察制服以及各种装备，也不知道是真的还是假的。

"还有五分钟就打烊了哦。"

靠里边的收款机旁有个像是老板的男人正在听收音机里的音乐，见八神进来，就没好气地说道。

八神走到老板跟前，问道："一整套警服，要多少钱？"

"夏天的，还是冬天的？"

"冬天的。"

"星章齐全的，十二万五千日元。"

这么贵？八神吃了一惊。已经停用了的信用卡不知能不能骗过这个老板。

"刷卡行吗？"

"不行。只收现钞。还有，要买的话，得出示身份证并写下保证书。"

"什么保证书？"

"保证不用所购商品干坏事。"

八神环视店内问道："这儿的东西，都是真的吗？"

老板听了，露出了意味深长的笑容。

"老弟,你还是头一回吧?"

"是啊。"八神老实承认道。

"有真有假呗。你看,拍个电视剧啥的,不也需要这身行头吗?"

八神心悦诚服:"哦,是这么回事啊。"

"还有三分钟打烊。"老板说道。

"你这里还有对讲机啊!"八神指着陈列柜里的东西说道,"那玩意儿能偷听警察的通话吗?"

"我说你真是啥都不懂啊,"那老板像有点儿受不了他似的说道,"警察的通信早就数字化了,很难偷听。你看到的那个是模拟信号时代的玩意儿。"

"那么,'警察手册'之类的呢?"

"电视剧里用的,写着'警察手册'字样的玩意儿,也是有的。"

"跟真的不一样吗?"

"真的是不写'警察手册'四个字的。而是写'警视厅'或都道府县警察署的名称的。"

其实到目前为止,八神已经看过好多次真的警察证了,可从未观察得如此仔细。"那把这个出示给警察看的话,一下子就露馅儿了吧?"

"那还用说!再说,到明年警察证又改新样了,变成FBI[1]那样的了。"

---

1 美国联邦调查局(Federal Bureau of Investigation)的缩写。

说着，老板的眼里放出光来："我说，你不是要用来干坏事的吧？"

　　"怎么会呢？"八神笑道。同时他又觉得有点儿来气了：照他这么说，这些玩意儿不是一点儿屁用都没有了吗？

　　"还有一分钟就打烊了哦。"老板说道。

　　"明白，回见。"说完这句正要离开的八神又看了一眼商品架，立刻就站定了。那里放着一副没标价格、闪着银光的手铐。接下来说不定会用到啊。八神问道："这副手铐多少钱？"

　　老板这才用估价似的眼神打量起八神来。他是在揣测对方肯出多少钱。八神也看出来了：这玩意儿是个真家伙。

　　"我是干这个的。"八神摆出自信满满的架势，亮出了抢来的身份证。他夸耀似的用手指指着"外务省"三个字，却巧妙地把照片给遮住了。

　　"你是外务省的？"老板目不转睛地盯着八神的脸，"怪不得长了个坏蛋脸呢。"

　　八神极力装出和蔼的笑脸："虽说跟警察不是一个部门，可跟我搞好了关系，说不定也有你的好处哦。"

　　"外务省，嗯——"老板歪了歪脑袋。

　　"身份确认过了，保证书也照写不误。说吧，这副手铐多少钱？"

　　"跳楼吐血价，一万五千日元。"

　　"你再说一遍！"

　　"一万日元。不还价了。"

　　"买了。"八神答道。出于当时的气氛，他还跟老板握了握手。

"好咧！这是保证书。"

接过老板递过来的纸和圆珠笔，八神在姓名栏里填写了那个外务省官员的名字。随后胡编了一个地址，边写边问道："这附近，有借车的地方吗？"

"昌平桥前倒是有个租车公司，就在总武线的高架桥附近。"

那就是在秋叶原与御茶之水站的中间位置了。从这儿走过去，五分钟就到了。"保证书，这样就行了吧。"

"嗯，行了。我也就打烊了。"老板说道。

八神出了店铺，又回到夜幕下的街道。可他很快就停下了脚步。因为他考虑到，身上带着手铐在大街上溜达绝非上策。要是还没到租车公司就遇上了公务盘问，就糊弄不过去了。胜利在望了。哪能在这个当口儿沉不住气让人揪住了尾巴呢？

有没有可藏东西的地方呢？他用眼扫视了一周，看到了放在路边的垃圾袋。于是他就将装有手铐的纸袋塞到了垃圾袋下面。

他刚长出了一口气，就看到一辆警车从前方的丁字路口开过去了。

出于条件反射，八神立刻跑进了一旁的大楼里。只剩下最后几百米了。

与从浅草去饴屋胡同时一样，他从一栋大楼跑到另一栋大楼，一点儿一点儿地靠近租车公司。

接到要参加在本厅召开的侦查会议的通知后，剑崎就带着小坂走出了监察系的办公室。他们使用通往低层的电梯，下到了会议室所在的六楼。

两个月前尸体被盗事件与短短七个小时内有四个市民接连被杀的猎奇杀人事件,像是被完全联系起来了。可是,这个连环杀人恶魔,又为什么要杀害权藤刺杀事件的目击证人呢?

一走进会议室,就看到搜查本部长河村,还有包括梅村搜查一课课长在内的两名搜查副本部长已经在座了。

"请你们稍等一下。"搜查本部长河村对他们二人说道。

于是剑崎和小坂入座,听梅村副本部长详细介绍了针对那四个案子的详细侦查情况。

其中第四名受害人的情况令剑崎十分震惊。因为就在晚上十点多的案发时刻,也即他从监察系的办公室给目击证人恩田贵子家里打电话的那一刻,"掘墓人"正在那里实施着残忍的罪行。

介绍结束后,河村说道:"你们将作为支援要员与我们一起工作。已经取得公安部部长的许可了。"

就剑崎来说,此时已经没有任何商量的余地了,他只能回复道:"明白。"

"可是,你们监察系不是三个人一起行动的吗?"

被戳到了痛处的剑崎尽量保持淡定从容,字斟句酌地回答道:"还有一名警员西川,我安排他去执行一项机密任务了。"

"是这样啊。"河村简短地应了一声后,也没多问。

其实剑崎也在纳闷儿:西川那家伙,一个人在调查些什么呢?

就在这时,敲门声响起,一个相貌显得十分精干的男人走了进来。

"久等了。"说着,那人就对剑崎微微地点了一下头,"刚才多谢您配合。我是管理官越智。"

"我是剑崎。"

在略感屈辱的同时,剑崎向这位比自己还年轻的"精英组"警官回了一礼。

"在进入正题之前,先将第四起案子的情况整理一下吧。"

河村说道。

等越智管理官落座之后,梅村搜查副本部长就继续说道:"问题在于那个绑在受害人双脚上的、重达三十公斤的沙袋。"

"你是指沙袋的来路吗?"越智问道。

"不,我要说的是沙袋的运输方法。考虑到第一、第二次作案之间的时间间隔,罪犯利用摩托车移动的可能性很大。可这样的话,要搬运这个沙袋是否有可能呢?"

"要是绑在双人座位上,还是有可能的吧。"越智说道。可他又像是马上就发现了问题点似的,补充道,"确实,这样做比较引人注目。"

"是的。要是利用汽车的话,那么头两起案子就难以解释了。"

说到这儿,河村又对监察系的两名警员解释道:"考虑到当时都内的交通状况,时间上是来不及的。"

剑崎点了点头。他觉得自己也发表一下看法比较好,便说道:"那就可能是多人犯罪了。"

"是的。"

"关于邪教团伙那方面有什么信息吗?"越智问河村。

"从公安部那儿获得了一些最基本的信息。"河村用余光瞟着监察系的那两人苦笑道，"他们回答说，抵制医疗行为的团伙是有的，但将骨髓移植捐赠者当作攻击对象的，估计没有。"

"那……有在这几天里暗中活动的团伙吗？"小坂问道。

"如此深入详细的信息，你以为他们会提供给我们吗？"

听了河村这话，刑事部出身的剑崎不由得露出了会心的微笑。可坐在他身边的公安部出身的小坂想必心里就没这么舒坦吧。

"关于罪犯的作案动机，我想请教一下剑崎主任。"

听越智管理官这么说，剑崎便抬起了头。

"作为一系列事件之开端的权藤刺杀事件，公审的程序如何了？"

"公审？"剑崎没料到会问这个，他有些困惑地回答道，"啊，已经结束首次公审了。"

"刺杀权藤的那个野崎，他认罪了吗？"

"听说他不认罪。"

"那么他否定指控的证据又是什么呢？"

"要说这案子，"剑崎在两个月前的记忆中回想出了在调布署所听到的公审情形，"公审拖了很长时间。由于指控的有力证据只有目击证言，所以辩护方的抵抗极为强烈。"

"就是说，指控他为刺杀权藤的罪犯，眼下的证据只有目击证言吗？"

"是的。"

"那么，倘若让这个'掘墓人'继续作案，将剩下的七名目击证人全都杀死的话——"

163

越智的话令会议室里的气氛为之一变。所有人都猛然抬起头，直愣愣地看着这位管理官。

剑崎在脑海里回想了一遍公审的手续。即便将目击证人的证词提供给了法庭，只要辩方不认可，也是不足为证的。接着，就要将目击证人一个个地传唤到法庭上，当着法官的面，检方和辩方对其进行询问了。

可是，要是需要出庭的目击证人全都死亡的话……

"这场'目击证人歼灭战'的最大受益者，不就是野崎这个被告吗？"越智管理官说道，"这可真是应了'死无对证'这句话了。证人没有了，判定野崎有罪的证据也就消失了。反过来说，'掘墓人'之所以要在一夜之间不停地作案，恐怕就是要赶在我们搞清受害人之间的关系之前，将他们统统消灭吧。"

"也就是说，"震惊之余，剑崎说道，"我们意识到这一点后，自然会对目击证人加以保护。而凶手则要赶在这之前，将证人全都干掉。"

"是的。"

"可是，"河村插嘴道，"公审前证人死亡的情况下，其生前所作的证词应该是能够提供给法庭的。"

"问题在于该证词的证明效力。权藤武司的尸体在作为'第三种永久尸体'而被发现之际，尸检所见与目击证言并不一致。那就是其遍布全身的跌打伤。因为，如果最初被刺的那一刀是致命伤的话，就不应该再出现跌打伤了。"

听到这位年轻的管理官如此思路清晰的发言，剑崎不禁抛弃了忌妒之心，开始由衷地对他感到敬佩了。

"只要证词的可信性出现疑问，就不能用作定罪的决定性证据了。更何况本该出庭做证的证人，正在今天夜里不断地被杀死。"

"我明白了。"河村说道，"立刻对剩下的七名证人实施人身保护！"

"已经安排了。可是，或许今天是周末的缘故吧，还没能跟其中的任何一人取得联系呢。还有，我们的人手不够。"

"只要是刑事部的，不管哪个部门，你都可以调集抽得出空来的人。"

"明白。"

"我可以问个问题吗？"剑崎举起了手，像是要提出质疑似的。

"什么事？"河村问道。

"此次凶手作案的目的在于让野崎被判无罪，如果这一假说真的成立的话，那个叫作'掘墓人'的凶手应该就是野崎的同伙了。"

"是的。"

"可是，两个月前我们照会调布北署时得知，刺杀权藤事件是野崎的单独犯罪，似乎并无同伙呀。"

"野崎不是兴奋剂卖家吗？"河村固执地说道，"那么他与秘密贩毒组织相关联也在情理之中吧。"

"可是，这一点又该如何取证呢？"梅村副本部长看着河村的脸说道，"那个叫'掘墓人'的凶手仍在都内游荡，我们必须争分夺秒啊。可眼下已是这个时间了，不管做什么，也要等到明天了。"

"将关押在拘留所里的野崎叫起来！"越智管理官说道，"现在只能直接询问刺了权藤一刀的凶手本人了。"

听了他这话,三名干部不约而同地抬起了头来。他们之间并未交谈,而是交换了一个眼色。因为深夜提审,是有可能被视为刑讯逼供的。

剑崎从他们的视线中感到,自己必须表个态了。

"作为监察系的一员,我支持越智管理官的提议。因为不能再增加牺牲者了。"

"好啊。"河村说着,将脸转向了剑崎,"那么,能否请你来加以审讯呢?因为我们这儿实在是抽不出人手了。"

"没有问题。"剑崎当即应承了下来,但同时他也为河村的老奸巨猾而感到震惊。他分明是有意将本该揭发对嫌疑人深夜审讯的监察系成员卷入其中。

"不过,两名监察系警员一起审讯的话,恐怕不太合适啊。"梅村看着剑崎和小坂两人说道。

"那就这样吧。"河村说道,"预备班中有个单独行动的,是吧?"

"是的。是二机搜的古寺巡查长。"越智答道。

"就让这个古寺与剑崎主任去提审野崎。监察系的小坂巡查,补充到保护证人的队伍里去吧。"

"明白!"剑崎和小坂同时点了点头。

-11-

"有人吗?"

听到有人喊,正在停车场洗车的临时店员就停下了手里的活儿。他看到那个预制装配式[1]的营业所里来了个长相难看的顾客。

"马上就来。"

他关上了水龙头,在带有租车公司标记的制服上擦了擦湿漉漉的手回到了营业所。

"我要借车。"

那位长相吓人的顾客,已经将租金表拿在手里了。

"我说,低配车,有吗?"

他说的是那一种十二小时租金为四千五百日元的小型车。

"有啊。本店租车的规矩是……"

"别来这套生意经了。出示驾照就行了,是不是?"

"是的。"

店员尽量不露出害怕的表情来。

"那你快把表格拿出来呀!"

"好。请您在这儿登记一下。"

店员递上登记表的同时,那顾客也递上了驾照。姓名栏里写着"八神俊彦"。

---

[1] 是将预制部分在工地装配,按照工业化进行房屋组装的建造方式。

"这样行了吧？"填写完毕后，那个叫八神的顾客问道。

"可以了。请您付款。"

八神以极不情愿似的动作取出了钱包，支付租金。

"谢谢！请您在外面稍等。"

店员从后门出了营业所，朝停车场走去。随后，他从屋檐下挂车钥匙的地方取下了一把钥匙，坐进了与那位客人极不相称的黄色的小型车里。

将车开到停车场的出口处时，八神已经在那儿等着了。

"怎么是这个颜色的？"

八神冲着从驾驶座上下来的店员抱怨道："就没有颜色更朴素一点儿的车了吗？"

"低配车的话，现在就这么一辆了。"

"真是没办法啊。"八神说着，确认了一遍车况，坐进了驾驶室。

"您走好。注意安全。"

脱下帽子送走客人后，店员就走进了营业所。柜台下面，顾客看不到的地方，放着一张巡警留下的纸条。上面写着："通缉犯罪嫌疑人八神俊彦，一经发现，请立刻与警视厅第一方面本部联系"。

店员拿起了电话听筒，按键拨通了纸条末尾写着的那个电话号码。

开上了租来的汽车后，八神严格遵照限速，十分谨慎地驾驶着。

平安无事地租到了汽车，事态一下子就转好了。只要找个地方掉头驶入日比谷大道，就能上第一京滨国道。然后只要直线行驶，就能到六乡综合医院。

战胜了白血病的孩子的笑脸，已经清晰地浮现在他的眼前。他八神一生中的首次善举，即将大功告成。

八神驶上了南下直达医院的直行道。相距目的地直线距离二十公里。眼下时近深夜，都内的道路也都空下来了。即便遇到红灯，一个小时也足够了吧。

有一辆大型卡车提高车速从一旁驶过，小型车的车身不免有些晃动，可八神十分大度，一点儿也没将它放在心上。现在应该留神的只有警车。再说，即便出现了警车，只要不并排行驶着朝车里看，估计也没问题吧。

他打开了收音机，但这个专门播放音乐的波段里却在播放新闻："都内正在发生连环杀人案，最新发现，第四名受害者……"

这也不是什么最新消息了，可八神由此而突然想到了峰岸打来的电话说，警视厅的古寺刑警想跟他联系。由于他可能被罪犯盯上了，他们想保护他。

听到峰岸这么说的时候，八神的直觉告诉自己：这是个圈套。只要看看在浅草遇到公务盘问时，警察那副凶极恶的模样就知道了。很明显，他们就是要逮捕老子嘛。估计他们清查了老子的案底，发现了老子跟少年课的古寺有点儿交集，以为把他抬出来，老子就会放松警惕。

古寺这个大叔，看来也不中用了吧。八神回想起了那个身材魁梧的刑警。他可不该设下这种骗小孩子级别的陷阱啊。

可话又说回来，古寺又是怎么发现他与峰岸之间的关系的呢。作为骨髓移植的协调人，峰岸像是遵守保密义务了，可还是有令人不安的地方。

看到红灯转绿，再次开动汽车后，八神取出手机，给六乡综合医院的女医生拨了个电话。

呼叫音响过两次之后，冈田凉子就接听了。

"八神先生。"

正期待着清脆悦耳的应答声的八神，听到女医生有气无力的声音后，不禁吃了一惊。

"听你的声音，像是很疲劳啊。"八神笑道，"你是做了什么剧烈运动了吗？"

"说什么呢？是等你等累了。"

"啊呀，要是在另一种状况下听到你这话该有多好啊！"

"怎么？你还对我有意思了？"

或许吧。八神不无鲁莽地寻思道。长着个圆圆的娃娃脸的女医生确实很有魅力啊。可是，回顾一下过去就会发现，八神只要倾心于某个女人，最后总会陷入性命攸关的困境，简直就像宿命似的。更何况他至今独身的人生早已证明，在如此状况下结合在一起的男女是注定长久不了的。

因此，他也仅仅回答了一句："冈田医生，你现在确实是我最想见到的女性啊。"

"彼此彼此。好了，你现在到底在哪儿？"

"刚出了秋叶原。"

女医生的嗓音一下子就尖利了起来："你是一站一停地靠过来的

吗？为什么？玩'牛步战术'¹吗？"

"我十分理解你的抱怨。不过请放心，我已经租了车，接下来就是一路直行了。十二点多肯定能到。"

"好吧。我就再相信你一次吧。"

"不好意思。"道过歉后，八神这才转入了正题，"我说，警察来询问过什么吗？"

"有啊。"

冈田凉子回答过于迅速，反倒把八神吓了一跳："真的？"

"是啊。问有没有个叫八神的要来住院。"

"仅此而已？"

"我说，很不巧，院长已经回家了。没有他的指示，我不方便透露。"

八神露出了笑容，问道："你保护了我，是吧？"

"我保护的可不是八神你，而是你的骨髓！"

八神觉得像是被很疼地打了一针，不过他还是忍住了。

"八神，"女医生用略带严肃的口吻问道，"为什么警察要问这个呢？"

"具体情况到了医院再跟你说吧。"

"我能相信你吗？"

"嗯。"八神还想再加一句：我什么坏事也没干。可这么说，就等于在说谎了。于是他就换了一句："我要脱胎换骨，重新做人，成

1　日本国会在野党议员在议案审议中采取的一种拖延战术。

为更靠谱的人啊。"

"'换骨'随你，骨髓可得留着，千万别'换'。"

说完，女医生就挂断了电话。

将手机塞进小背包后，八神就踩下了油门。这时他的心里十分痛快，就跟出了一口恶气似的。前方的红绿灯正在由黄转红之际，可他没有减速，"呼"的一下就蹿过了十字路口。

随后，他又出于本能地看了一眼后视镜。发现右面有一辆车与自己一样，抢在红灯之前通过了路口。那是一辆暗绿色的小轿车，里面只有司机一人。

这不是便衣车。因为便衣警察都是两人一组的。再说，如果是便衣车，发现了我，肯定会将旋转灯放在车顶上，并启动紧急行驶模式的。

八神在下一个路口左转，朝东驶去。后面那辆车也跟了过来。到了下一个路口八神再次左转，开始返回秋叶原方向，而那辆车没有转向，一直往前开走了。

是自己大惊小怪了吗？放慢了车速后，八神在座位上重新端正了坐姿。刚才不是仔细确认过没人跟踪了吗？再说从警察用品商店到租车公司，正常只需走五分钟，我不是磨蹭了三十分钟了吗？

为了回到日比谷大道上，八神在下个路口再次左转。转过了弯之后，他又看了一下后视镜，发现有一辆车正提速追来。就是刚才那辆暗绿色的小轿车。

八神踩下了刹车。后面那辆车并未减速，而是超越了他。在那辆车从他右侧经过的瞬间，他十分清晰地看到了坐在驾驶座上的那人的脸。

是个长着个长条脸的、高智商流氓似的家伙。

八神想起敌方阵营中的一个名字："斯嘎喇（学者）"。

超过了八神之后，那辆车突然放慢了车速，并在三十米左右的前方停了下来，安安静静的，只有双闪灯在无声无息地闪亮着。

要掉头逃跑吗？八神寻思着回头看了一下。却见后面也停着一辆客货两用车。驾驶座上的正是那个在水上巴士上，企图用药水迷昏自己的年轻男子——"自由职业者"。

老子知道你们叫什么了哦。八神脸上露出了狞笑，脑袋瓜里则快速地转着念头。包括那个"上班族"在内，他们至少还有三个人。估计都在后面那辆客货两用车里吧。擒贼先擒王，以一对多，自然应该首先扳倒对方的老大，可那个叫作"维扎德（魔术师）"的又在哪儿呢？

这时，响起了一阵绞车似的声响。八神吃了一惊，朝前望去，只见那辆暗绿色的小轿车正开着倒车，快速朝自己撞来。

八神手脚麻利地挂上了倒挡，并踩下油门。后视镜中，停在后面的那辆客货两用车正在不住地变大。就在快要撞上那一瞬间，八神猛地拉起了手刹，与此同时，急打方向盘，让车身横向打旋儿，并开上了逆向车道。

尽管他摆脱了前后夹击，可那辆车也迅速调整了方向，马不停蹄地追了上来。

该怎么办才好？八神一边朝东行驶一边琢磨着。是先想办法将他们甩掉，还是就这样前往六乡综合医院？

最后他决定：首先尽量靠近医院，然后再见机行事！

于是他猛踩油门，将企图超车的客货两用车甩在后面，并在路口急速转弯。

现在他身处中央大道，就这么一直开下去，在田町附近就能并入第一京滨国道。然后，就能一直开到六乡了。

"N通报。"

警视厅刑事部所在的那个楼层，响起了来自第一方面本部的报告。

正在做特别搜查本部转移准备工作的越智停下了脚步，抬头望着安在墙上的喇叭。

"八神俊彦所驾驶的受通缉车辆，正在中央大道的神田与东京站之间的地段朝南行驶。"

这是由于秋叶原那儿的租车公司所举报的车牌号，被N系统捕捉到了。

现在，通信司令本部那巨大的屏幕上想必已将该地区的地图清晰地显示了出来，并已发出指令，将实时把控动态的、附近的所有警车，全都用于追踪八神了吧。

这样的话，逮捕八神就只是个时间问题了。考虑到事态发生了突变，越智觉得有必要再次召集以河村为首的三名干部碰个头了。

可就在此时，第一方面本部却又附加了一条出人意料的信息。

"受通缉车辆的后方，有两辆被盗车辆正在追踪它。"

两辆被盗车辆？正要去打电话的越智不由得停下了脚步。难道说八神还有同伙？

后面传来了刺耳的警笛声。

八神抬眼看了一下后视镜。见原本在后面追他的两辆车后面，又出现了三个旋转警灯，时隐时现地发着光。

将目光转回到前方时，红灯映入了眼帘。眼下，他没看到正要横穿马路的车辆。于是他摁住方向盘中间的喇叭按钮，直闯了过去。

这次虽说是闯关成功，可也只是侥幸而已。这种事多做几次，迟早会送命的。八神心里嘀咕着，加大了踩油门的力度，以要踩穿底板的气势让节流阀完全打开了。

在一阵刺耳的轮胎摩擦声中，他又抬头看了一眼后视镜，只见"斯嘎喇（学者）"和"自由职业者"驾驶的那两辆车，在十字路口分别朝左右转向了。对那些家伙来说，警察也是不好对付的。三方连环追车，就只剩下老子跟警察单挑了。因为最后面的那三辆警车像是对那两辆车不屑一顾似的，排成了一条直线直奔八神而来。

此时八神的车速已经超过了每小时一百公里，车内响起了警报。喇叭也响个不停。就这么一直往前开的话，是会闯入银座那条繁华的商业街的。想到这儿，八神就将方向盘打向右边。他想，商社大楼林立的丸之内，在此深更半夜里应该没什么车辆。

可他一驶入那边，就看到逆向车道上有两辆便衣警车高速驶来。其中的一辆还越过了中心线，将车身横了过来，拦住了八神的去向。

八神急忙打方向盘，可横向打滑的车身后部还是碰到了那辆便衣警车。车子剧烈摇晃着上了逆向车道后，八神好歹止住了车身回旋，再次踩下了油门。

事到如今，想开车逃跑已经不可能了。八神用充血的眼睛看了一下时钟,已经接近零点了。必须将车扔在什么地方,然后赶在末班电车出发之前跑入电车站。可是,在哪儿下车好呢?

驶入没有什么人流的丸之内,然后朝北行驶一段后,八神后悔了。他觉得还是应该闯入银座的。车也好,人也罢,只要拥挤混杂,就容易跑掉。

八神心想,即便现在过去也不算太晚吧。可就在他刚要掉转方向的时候,两辆警车已经出现在他的左右,夹击之势已然形成了。到了如此地步,自然只有直行一个选择了。

"黄色小车,立刻停下!"

他的右边出现了一个单手执话筒的制服警察。八神执行了。他挺直了身躯,将自己紧贴在座椅靠背上,右脚则将刹车踩到了底。

紧急刹车所带来的冲击,让安全带深深地勒进了他的身体。刚才还与他平行行驶着的那两辆警车,这会儿就跟出膛的炮弹似的消失在前方。与此同时,后面的三辆警车却撞了过来。

八神猛踩油门,可这时便衣警车已经撞了上来,结果他这辆小型车就像是被顶出去似的,重新踏上了逃跑之路。

"注意!受通缉车辆已改变路线,正前往皇居方向!"

古寺正听着从车载无线通信中传出的追踪班的报告。说是八神驾驶着一辆色彩花哨的黄色小型车,简直就像是特意为了嘲笑全体缉拿警察似的。

古寺驾驶着机搜车,还在为自己没能参与追踪而懊悔不已。

古寺是刚刚接到去提审关押在东京拘留所里的野崎的命令之后,

才得知发现通缉车辆的"N通报"的。他马上就与越智管理官取得了联系，表示自己愿意加入搜捕八神的队伍，可未被接受。说是赶到葛饰区去审问兴奋剂卖家才是他当下最重要的任务。

快点儿抓住他吧！古寺心急如焚。眼下已是晚上十一点五十八分了。再过两分钟，日期就变更了。倘若到那时八神还在逃跑的话——

"警视厅通知各警察局，"这时，无线通信中响起了通信司令本部的声音，"自一分钟后的十二月一日起，将实行修订后的《手枪使用规范》。针对手持凶器之人，或夺路闯关、危险行驶的车辆，可以不经警告和警告性射击而直接开枪射击。紧急事态下还望诸位妥善应对。完毕。"

那小子的贼运终于到头了吗？古寺心想。在东京都的中心地区上演追车戏，即便遭受枪击也没什么可抱怨的吧。如今已是这么个时代了嘛。

从一直开着的收音机中，传出了十二点钟的整点报时声。就在这一瞬间，后面传来了像是汽车发动机逆火似的爆裂声。

一辆警车掉队了吗？八神看了一眼后视镜，却发现跑在前面的警车里，有个警察从副驾上探出身来，手里紧握着一把手枪。

八神"啊！"地一惊，打了一下方向盘。与此同时，后面响起了第二声枪声。子弹射在前面的路面上，溅起了一簇火星。

日本警察从什么时候起变得这么没耐性了呢？八神咂着舌，让车或左或右地摇晃着。后面的警察又开了第三、第四枪，但还是没有打中正以时速一百二十公里疾驶着的汽车轮胎。

八神想在下一个路口转弯,然后驶向银座,再次南下。可他刚拐过弯来,就看到前方有一排警车拦在了十字路口。

　　糟了!他右脚离开了油门,伸出左手去拉手刹,想再玩一次横移。可这时追在后面的五辆警车也转过了弯来,已将退路封得死死的了。

　　前方,像是交通机动队员[1]的制服警察,正大幅度摇晃着引导灯,命令他停车。走投无路!八神豁出去了。事到如今,也只有强行突破了。他再次用右脚将油门一踩到底。

　　或许是察觉到八神提高了车速吧,原本站在路中间的交通机动队员跑到路边去了,而早已拔枪在手的几名警察,分散到了右侧的人行道上。

　　封锁线已近在眼前。八神用余光瞄了一眼人行道,见警察们的枪口并非对着轮胎,而是对着驾驶座。

　　"南无妙法莲华经!阿门!"八神心里祈祷着神佛,朝着停在前面那排警车撞去。

　　好几支手枪同时开火。子弹洞穿车体的声音在车内响成了一片。

　　下一个瞬间,小型车的车头就嵌入了封锁道路的那排警车的狭窄间隙之中。相撞的瞬间,车速一下子降到了每小时八十公里,有两辆警车犹如被撞开的对开门似的,被弹了出去,眼前立刻出现了一个突破口。八神的小车,左右两边的前灯自然也被撞得粉碎。突破了封锁

---

1 交通机动队是由警视厅各道府县警察本部下属的交通部所设立的队伍,是负责处理交通巡逻检查等任务的机动性组织。

线后,车体剧烈侧滑着,轮胎再次转了起来,八神很快就重新控制住了汽车。

重新开始高速行驶后,八神急忙朝自己的下半身看去。没有流血,也没哪儿疼痛。自己从那阵弹雨中钻过来了吗?仔细一看,驾驶座旁的车门上弹痕累累,看来贯穿了车体的子弹都从贴着自己的大腿穿过去了。

八神抬起头来,抓起了小背包,他想打破已经有了裂缝的前挡风玻璃。这时,他突然觉得大楼的墙壁正在快速扑向自己。原来在撞飞那两辆警车的同时,汽车悬架的平衡性已遭到了破坏。他明明是朝路中央打的方向盘,可汽车却正在高速撞向路边某商社大楼的墙壁。

这样下去真的要撞上了!八神将踩着油门的脚换到了刹车上,随后就往左猛打方向盘。混凝土墙在缓缓靠近。这下子应该没问题了吧。可当他将视线落在车速表上时,却发现小车仍保持着每小时九十公里的速度。

接下来的一切简直就像是电影里的慢镜头。在他继续踩着刹车的短暂时间里,他将从出生到现在作恶多端的人生统统回顾了一遍。

我要死了。

这个念头刚冒出来,他就看到汽车前盖撞在墙上后开始变形了。

至少让我救一个白血病患者也好啊——

心头涌起无限惭愧之后,八神的视野先是变成一片雪白,随即又被虚无的黑暗封闭了。

第二部
掘墓人

- 1 -

母亲正注视着千纸鹤。

这是许多双小手为自己那长期缺课的女儿折就的一千只纸鹤。其中有两个翅膀不一样大的,也有尾巴特别长的。但每一只纸鹤都饱含孩子们诚挚的祈愿。

她很想将这些纸鹤带给正面临着最后一战的女儿。但是,无菌室里只允许带入最低限度的物品。因为服用了大量的抗癌药,加上长期照射放射线,女儿的身体已经无法抵抗任何病菌了。任何一个肉眼看不见的微生物都有可能夺走她的生命。

日期已经变更,明天就要实施移植手术了。回顾漫长而痛苦的抗病生活,母亲不由得热泪盈眶。

女儿一直在哭。打针时哭、呕吐时哭、因药物副作用而掉头发时也哭——她圆溜溜的眼睛睁得大大的,眼泪扑簌簌地往下掉。

为什么是这孩子——母亲没法不这么想——为什么病魔偏偏要缠

上这孩子呢？难道作为母亲的自己只能给予她如此脆弱的身体吗？一想到这儿，她就会产生一种罪恶感，并为此而感到撕心裂肺。

耳边，脚步声近了。

抬起头来，她看到主治医师正从走廊的那头朝自己走来。他并没有像平时那样穿西装打领带，而是穿着日常的衣服，只在外面披了一件白大褂。察觉到他是在半夜三更特意从家里赶来医院后，母亲就感到了一种不祥之兆。

母亲问道："出什么事了吗？"

"您能跟您的妹妹联系一下吗？"

母亲的妹妹，也就是女儿的姨妈，是骨髓移植捐献的第二候补者。HLA血型并不完全一致。母亲越来越心慌了。与女儿的HLA血型完全一致的捐赠者应该已经找到了。按理说，那个捐赠者今天就会入住某家医院，明天，从那人身上抽取的骨髓就会送到女儿所在的这所医院的呀！

母亲战战兢兢地问道："第一候补者，出什么事了吗？"

"具体情况不明。刚才协调人打电话来说，安全起见，还是请您妹妹做好准备为好。"

"这个时候吗？"

主治医师没说什么，只是点了点头。

"可是，我妹妹的HLA——"

"病人恢复的可能性确实会有所降低。不过，我觉得这也仅仅是以防万一而已。如果第一候补者来了，也就没有问题了。"

"明白了。我马上就打电话。"

母亲说着，立刻挺直了疲惫不堪的身体。

"有劳了。"

说罢，主治医师就沿着走廊往回走了。

母亲坐在长凳上祈祷着：

神明保佑！一定要让那孩子恢复健康呀！

少顷，母亲站起身来，便要朝护士站前的电话机走去。可就在这时，她突然想到，还应该祈祷一个人平安无事。就是那个能救女儿性命的、既没见过面也不知道姓甚名谁的第一捐赠候补者。

那人出什么事了吗？

母亲觉得眼前仿佛出现了一个绝望的深渊，令她望而却步。

"受通缉车辆遭到枪击后，与大楼墙壁正面相撞。"

古寺在前往东京拘留所的路上，也十分注意收听车载无线通信的播报。

"引擎起火，正在扑灭中。"

怎么会这样？继续紧急行驶着的古寺，想象着那个坏蛋临终时的情景：紧贴在大楼墙面上的破败不堪的小型车；被压瘪了的驾驶座上，八神那张死脸耷拉在方向盘上……肯定是这样的。

这下算是希望落空了。古寺十分沮丧。八神即便不是凶手，也肯定是了解这一系列杀人事件内情的重要参考人。只要抓住了他，侦查工作一定会有所突破的。

可是，最让古寺觉得遗憾的还不是延迟破案，而是八神想行的那个善举。那小子是主动要求成为骨髓移植捐赠者的。倘若一切顺利的话，他今天就会去住院的。这个坏蛋，想借此来脱胎换骨啊……

鸣响警笛驶过红灯时，古寺的心里又生出了另一种恐惧。那个等着八神骨髓的白血病患者，又将会怎样呢？

在虚无的黑暗中睁开双眼后，眼前是一片雪白。他感到了害怕，像是脑袋会就此沉入地狱深渊似的。不能就这么沉下去！八神仰起脸来。

他看到面前有个大白袋子，或许里面的空气已经跑掉了吧，看起来瘪塌塌的。八神心想：这就是我的魂灵吗？

"喂！"右边传来了喊声。

蒙蒙眬眬中，八神朝那边问道："你是上帝吗？"

"我不是上帝。我是警视厅汽车警逻队的铃木。"

八神呻吟着抬起了上半身。方向盘与自己的脑袋之间，展开着跟一块床单似的白布。

原来是安全气囊。

"啊！"他不由自主地叫出了声。他想对为顾客着想的汽车厂家表示感谢。身体怎样了？他活动了一下四肢，像是没受伤。看来只是晕过去了那么一小会儿。看到还缠在左臂的那个小背包，八神回想起了几分钟之前在自己身上所发生的一切。

那个铃木开始和同伴一起拉扯起车门来。车身大幅摇晃着，散落在仪表板上的碎玻璃"噼里啪啦"地掉在脚边。

汽油味扑鼻。八神非常担心地朝变了形的发动机罩望去。那儿尽是些白色的泡沫。这表明灭火工作已经结束了。

小命保住了！定下心来之后，八神就只想着一件事了：怎么才能从这儿逃走？就在这时，随着一声巨响，车门被打开了，铃木一把揪住了八神的右胳膊。

"八神俊彦，现在作为违反《道路交通法》现行犯，将你逮捕！"

"我可是个伤员啊。"

"有什么话，到了署里再说吧。"

话音刚落，铃木就在八神的两个手腕上戴上了手铐。然后他笑道："跑不掉了。很遗憾啊。"

"真受不了啊。"八神垂头丧气地内心嘀咕着。在秋叶原的警用物品店买的那副手铐，确实是真的。眼下，同样的玩意儿正戴在自己的手上呢。

铃木与另一名警察一起，将八神从车里拖了出来。八神用自己的双脚站定了身躯。

"没什么大碍嘛。"上下打量着八神的铃木说道，"来吧。"

在被拖往路对面停着的警车的同时，八神也在扫视着四周。所有的警车都没有熄火。有没有迷你巡逻车呢？他回头望去，见车队的最后面停着一辆呢。

"想什么呢？"铃木问道。

"没想什么。"八神答道。其实他在想：那一万日元的投资并未打水漂啊。

这时，站在稍远处的别的制服警察"啊！"地惊叫了一声，并用手指着他们。押解八神的铃木和另一名警察不知道发生了什么事，扭头朝左右看去。可就这么一会儿的工夫，八神已经用藏在袖子里的手

185

铐钥匙，解除了双手的束缚。

两个金属环掉在了路面上，发出清脆的响声。抓住八神左右两条胳膊的警察，不由自主地朝地面看去。八神从他们俩的手中抽出了胳膊后，转身朝着背后那辆迷你巡逻车猛跑了起来。

"站住！"

一个便衣警察拦在了面前。八神猛撞过去，将他那根刚要拔出来的特殊警棍撞到了路对面。倒在地上的便衣警察还想去抓八神的脚，但被八神在脸上踩了一下之后也只得松手了。

"人犯逃跑了！"

背后传来了一连串的怒吼。八神钻进了迷你巡逻车的驾驶室。到这时他才发现副驾位置上还坐着个女警呢。

"啊！"女警从夹着文件之类的夹纸板上抬起头来，惊叫了一声。好俊俏的脸蛋儿！可恶！为什么老子总是在不该遇见美女的时候遇见美女呢？八神将女警抱住，使她无法动弹，然后将手伸到她背后，打开了副驾位置的车门。

"对女人动粗的是人渣。"

八神心里反省着，将女警推出了车外。

"不许动！"

冲到了汽车前盖前面的刑警，全都拔出了手枪。八神将身体趴在驾驶座上，一下子就将油门踩到了底。几声枪响，很快就被轰然响起的轮胎摩擦声吞没了。轮胎一下子恢复了摩擦力，迷你巡逻车撞开了那几名刑警后就飞速上路了。

间歇性的枪声从汽车的前方、侧面一直移到了后面。八神躺在座位上，单手操纵着方向盘。至于行车方向，就只能通过敞开着的副驾位置的车门，观察车身与路边的距离来把握了。

这时，响起了一声并不太响的爆炸声。像是后胎被打爆了。不过没关系，反正他也没打算长距离驾驶。八神坐直了身体，开始在单行道上逆向行驶了起来。

"人犯往南逃跑中！"

迷你巡逻车的车载无线通信中传出了这样的通告。但立刻就被另一个声音阻止了。

"人犯可能在偷听，禁止使用无线通信！"

无线通信静默了，喧嚣的警笛声却从后面追了上来。后视镜几乎被红色的旋转灯占满了。

冲过锻冶桥大道后，八神向右猛打方向盘，把车开上了人行道。听到喇叭声后，前面的行人惊慌失措地四散奔逃开来。八神扭头看了一下后面，吃惊地发现有好几辆警车也追上了人行道。回过头来后，他就认准了目标，将迷你巡逻车开下了通往地铁站的台阶。

车底下传来了金属撕裂的轰然声响，车体上下剧烈震动着滑下了台阶。左右两侧的墙壁与车体之间的距离，连十厘米都不到。每当迷你巡逻车蹭上了墙壁，车速下降后，八神就猛踩油门。在台阶平台处，车底像是受到了很大的损伤，之后只是凭着惯性往下滑落而已。到达底下的中央大厅时，迷你巡逻车的各处都响起了金属倾轧、撞击的声响，但引擎仍保持着怠速状态。

八神重新挂挡，往左猛打方向盘。在行人的一片惊慌中，行驶在地下街道上。

187

追踪而至的警车由于车体较宽,是无法驶下台阶的。八神觉得自己已经领先五分钟了,同时也考虑到,必须在铁路警察赶到之前,将这辆迷你巡逻车扔掉。因为地下通道里到处都是监控摄像头。

不一会儿,就来到了通往JR有乐町方向的交叉路口。八神下了迷你巡逻车,对停下了脚步看热闹的人群吼道:"我是警察!快叫救护车来!快打119!"

公司职员模样的男人们,全都掏出了手机。他知道,这样的话,起码要过三分钟,人们才会想起报警。

八神朝着有乐町方向跑去。

还赶得上末班电车。

只要乘上了京滨东北线就能到达六乡综合医院附近。然后,只要步行就可以了。

-2-

远处传来了警笛声。

将车停在东京拘留所前的剑崎下了车。他看到,从长长的围墙尽头处,一辆机搜车正在驶来。

剑崎回过头去,朝站在拘留所正门前站岗的狱警点了点头。刚才他已经说明了来意,于是,狱警打开了正门旁侧的金属格子门。

剑崎迎上前去,自我介绍道:"我是监察系的剑崎。"

对方微微点了点头："我是二机搜的古寺,我们这就进去吧。"

两位警官朝在正门前站岗的狱警敬了一个礼后,便踏入了拘留所。

"自逻队出了纰漏,你知道吗?"

剑崎想以这种闲聊的方式来拉近与对方之间的距离。所谓"自逻队",是指"自动车警逻队"。

"已经给参考人戴上了手铐,却还是让人给逃跑了。"

"知道。"古寺说道。不知为什么,他居然开心地笑了,"八神那家伙简直就是魔术师啊。"

"一个坏蛋而已,十恶不赦的坏蛋。"剑崎愁眉苦脸地说道,"我在侦查智能犯[1]时见过他几次的。"

"哦?"古寺像是颇为吃惊似的看着他。

"审讯时总是一副死皮赖脸的模样,可一旦正式逮捕后,就开始倾诉悲惨身世,想赚别人的眼泪。其实就是些利用酌情从轻来免于判刑的小伎俩罢了。"

"那小子也在艰难度日啊。"

听古寺说得十分轻快,剑崎不由得心中一动。

"你认识他吗?"

"在少年课那会儿,跟他打过交道的。"

"一定很棘手吧。"

"倒也还好。"

---

[1] 利用智慧而非暴力性手段犯罪的人。

剑崎对他这个回答略感不满，但也由此看出古寺属于哪种刑警了。就是所谓的"人情派"吧。认为加害者和受害者同样都是人，在同情罪犯的前提下，问出口供的那种。这种模糊了善恶边界的做法，正是剑崎最讨厌的。

"不过，"古寺继续说道，"你要是小看了他，可是要吃大亏的。他不是暴力犯，是智能犯。尤其是逃跑的时候，会发挥得淋漓尽致。要是举办罪犯逃跑奥运会，那小子肯定能得金牌。"

古寺这种轻松的口吻，令剑崎心生厌恶。

"你好像对八神这么个罪犯怀有好意嘛。"

"至少他是不会干出连环杀人案的。"

"那就是说，他跟这次的案子毫无关系了？"

到了这会儿，古寺这个大个子机搜队员才露出了严肃的表情。

"在提审野崎之前，我还想最后确认一下。"

"请讲。"正快步走在通往拘留所本部那成排的樱花街树下的剑崎说道。

"叫作'掘墓人'的杀人狂所要杀的，是某事件的目击者。该事件，也即刺杀权藤的事件，凶手是野崎，现在正受到审判。"

"是的。可是，由于目击证言不过硬，如果目击证人全都被杀，野崎就可能被判无罪。"

"受益人是野崎啊。"说着，古寺低声哼了一声。

剑崎仰起脸来，问道："有什么疑问吗？"

"如果是这样的话，野崎的同伙，就是在模仿'掘墓人'传说了。"

"是啊。说不定这个'同伙'也包括八神在内。"

"可是，就算野崎背后还有个毒品贩卖组织，为了这么个小混混，他们犯得着如此大动干戈吗？"

"你的意思是……？"内心已开始焦躁的剑崎问道。

"我不知道。可尽管我不知道——"古寺想了一下又说道，"这个案子，我已经看过三个作案现场了，感受了某种相同的气味。就是因杀戮冲动而昏了头的家伙所散发出的那种气味。要是认定为有组织犯罪，说不定会正中其圈套亦未可知啊。"

"气味？哦——"剑崎不无揶揄地说道。靠侦查人员的直觉破案，那是前近代的手法。对于这次要与警视厅对决的前所未有的杀人狂，这一点是不适用的。

"我知道你想说什么。"古寺放弃了客套说法，换成了开导晚辈的语气。

"不过，我还是觉得这次的案子不像是有组织的犯罪。与眼下流行的无动机杀人、快乐杀人之类的也有所不同。"

"碍难苟同啊。"

怎么派了这么个侦查员来呢？剑崎简直对此感到愤怒。

"马上就要提审野崎了。倘若不遵循凶手实施的是'目击证人歼灭战'这一思路，那么本该问出来的东西也问不出来了。"

对此，古寺什么也没说。

剑崎心想，有必要再提醒一下这位老资格机搜队员。

"以前，我曾考虑过一个有关法律的问题。"

见他换了个话题，古寺颇为诧异地俯视着剑崎。

"是有关刑讯逼供的问题。当然了,在现有法制之下,对嫌疑人的刑讯逼供是被禁止的。可是,在察觉到大规模恐怖袭击计划之类的情况下,也就是说,放任不管的话,会造成市民大量死亡,在这一情况下,针对嫌疑人的刑讯逼供就可以免予追究其违法性。"

古寺不动声色地问道:"这是监察系的见解吗?会用到下面要审讯的野崎身上吗?"

"'掘墓人'还在都内转悠。不尽快将其拘捕,到明天天亮之前,还不知道有多少市民将遭其毒手呢。"随即,剑崎又加了一句,"一切都是为了伸张正义。"

"为了伸张正义。"古寺重复道,"这可是个难题啊。"

这有什么难的?剑崎刚要反问,但立刻就将话给咽了回去。因为他知道,随意顶撞,定将遭受老一套的反击:针对监察系的冷嘲热讽。

绕过一个舒缓的拐角后,监视塔和位于塔下面的拘留本部就出现在眼前了。门口亮着微弱的灯光,同时也能看到,玻璃门里面有狱警正等着剑崎他们呢。

"审讯由我来执行。"剑崎说道,"我的警阶比你高嘛。你看着就行了。"

"明白。"古寺回答道。

跑到地面后,八神就听到了电车驶过高架桥的声响。

八神走向有乐町站京桥口,在自动售票机上买了车票。他大口大口地喘着气,在接近末班电车的这个时候,倒是不用担心引起旁人注意。他快步通过了检票口，又三步并作两步跑上了眼前的台阶。他所要乘坐的京滨东北线开往矶子的电车，已经停在四号站台了。

"要关门了。请注意。"

就在站内广播响起的同时，八神跑进了电车。他隔着已经关上了的车门朝外张望着，站台上没发现警察的身影。

电车开动之后，八神也并未放松警惕。他抓住离门最近的吊环，打量着四周。车内十分嘈杂，简直叫人无法相信眼下已是深夜。喝醉了酒的上班族和白领们，有的在打瞌睡，有的则说个不停。他打起精神来，观察着是否有人趁着拥挤混杂靠近自己。

幸好没有。看来这次是真正逃脱了。

刚这么一想，他就感到双脚如同岩石般沉重。体内的疲劳一下子冒出来了。由于没有空位，他只得在原地脱下了夹克，稍稍冷却一下汗流浃背的身体。

电车驶入了新桥站的站台。八神从小背包里取出了地图，查看起自己所乘坐的京滨东北线来。本来是应该在品川站换乘京急本线的，但很可能那儿的末班车已经开走了，所以只能取消这个计划。就这么沿着京滨东北线乘坐下去，问题也不大。因为这两条线路是平行的，都是一直往南，出了东京都后进入神奈川县的。只不过现在乘坐的这条线路在六乡综合医院附近没有车站，只能过了多摩川后在川崎站下车，然后再往回走。即便这样，大概也只需要走十五分钟吧。

"业务广播。一号车实施车内检查。"

听到喇叭里传来的声音后，八神抬起头来。这时他才发觉，电车并未开动，还一直停在新桥车站呢。

"业务广播。十号车实施车内检查。"

"一号车检查尚未结束。"

好多个声音在站台上响了起来。八神从开着的车窗朝外张望,见这趟电车共有十节车厢,而有两个穿西装的男人上了最后面的车厢。站台上也站着身穿制服的车站人员,正注视着这辆停着不动的电车。

有刑警上车了吗?

八神的全身又恢复了紧张状态。他重新穿上脱下的夹克,将小背包套在双肩上。

他心想,我必须下车,可这时又看到站台中央的长凳上坐着两个男人,正目光炯炯地盯着车门呢。

"一号车,检查结束。"

"十号车,检查结束。"

该怎么办才好呢?正犹豫间,发车的信号响了起来。

"各位乘客久等了。车内检查已结束,现在即将发车。"

车内响起了乘务员的声音。检查结束了?这是怎么回事?八神明白,要下车的话就在当下。可他又觉得这会儿的整个新桥站肯定都被警察围起来了。

车门关上了。这趟京滨东北线上的电车再次启动,开始往南行驶。

虚惊一场吗?八神心想。车内检查什么的,只检查了列车最前和最后的两节车厢吗?不过他立刻又想到了从最后一节上车的那两个男人并没有回到车站上。现在,他们应该也在十节车厢中的某一节。

八神开始在拥挤的车厢里缓缓地移动了起来。从七号车到六号车，然后又到了五号车。

只过了两分钟，电车就到了下一个停靠站——滨松町站。八神从打开了的车门朝外张望，看到站台上有穿制服的警察。他们正注视着每一个通往检票口台阶的乘客。

没法下车啊。站在门口的八神又听到了发车的信号。这时，连接前后车厢的两个门同时打开了，分别有两个男人走了进来。就是在新桥站上车的家伙！他们一个个端详着乘客的脸，慢慢地靠近八神。

糟糕！八神刚这么觉得的时候，车门已经关上了。电车再次缓缓驶出。这么下去的话，没到下一站田町，他就会被发现的。

就在他焦躁不安、瞻前顾后的时候，他与从前面过来的一个男人对上了眼神。完全暴露了。那人与同伴低声说了句什么，又将手掌挡在嘴边。八神慌忙回过头去，却见后面的两个男人正用手摸着塞在耳朵里的耳机呢。

毫无疑问，他们都是刑警。此时，他们正拨开通道上的其他乘客，分别从前后两端，径直朝八神走来了。

事到如今，可就别怪我了。八神拿定了主意。老子打小时候起，就一直想玩一把的。八神当即弯下了腰，掀开了车厢内"紧急开门装置"的盖子。

"喂！"

从前方走来的一名刑警像是猜出他想做什么了，加快了脚步向他走来。八神没理他，铆足全身的力气将那个红色的活栓拔了出来。

一阵刺耳的警报骤然响起，行驶中的电车猛地停了下来。车厢里响起了一片惊呼，为了不因急刹车而摔倒，乘客们纷纷攥紧了吊

195

环或扶手。

八神站起身来,双手搭在车门上,左右用力一拉,车门很轻松地就被打开了。车轮与铁轨的摩擦声随着出乎意料的狂风一起涌进了车厢。

八神没能立刻跳下电车,因为此时的电车还保持着三十公里的时速呢。就在等待车速下降的时候,他重新站稳了身子,勃然变色的刑警们已经从前后两个方向扑过来了。

没法儿再等了。八神立刻跳下了还在减速的电车。落到地上的时候,他的身体依然倒向电车行进的方向,结果在碎石子上滚了好几下。

等他站起身来的时候,电车也还没停下。刑警们所在的五号车,继续在向田町方向移动。

八神朝相反方向跑了起来。

"站住!"随着这一声喊,还传来了四人从电车上跳下来的落地声,"站住!再不站住就开枪了!"

日本的警察也这么赶尽杀绝吗?八神的心念刚这么一动,枪声就响起来了。

八神回头看去,见那四名刑警已经追到离他三节车厢远的地方了,其中一人将手枪举向天空,做了第二次警告射击。"站住!"

是在吓唬人呢,还是真要打我?八神以为应该还是在吓唬人,可在他再次往前跑的时候,第三声枪响了,他前面的小石子弹向了空中。那是被从后面射来的子弹击中了。

八神立刻站定了身躯,高举着双手转过了身来。

"好！"开枪的刑警说道，"就站在那儿，别动！"

那人的枪口笔直地对准着八神。刑警们像是要压制对方似的，放慢了脚步，缓缓靠近。

八神一动不动地站在原地，眼睛却望着刑警们的背后。他看到出了田町站的山手线列车正在朝这边驶来。

"你是八神俊彦吗？"一名刑警问道。

"是的。"八神答道。与此同时，他发现对面开来的山手线列车减速了。离他还有两百来米。别停下，求你了。八神内心祈祷着。

"现以违反《道路交通法》一罪将你逮捕。其他罪行到署里后再问。"

此时刑警们已经迫近，与他也只相隔一节车厢的距离了。尽可能靠近些吧。山手线的列车尽管已经切换到慢速行驶了，可仍在以每小时三十公里的速度靠近。八神开始在头脑中估量那一瞬间的时机来。

"双手举过头顶，就地跪下！"一名刑警说道。

八神俯视着脚边的石子，装出不知所措的样子来。

"快点儿！"

刑警这一声怒吼反倒成了他行动的信号。八神斜着朝前方跑去，从伸直了胳膊的刑警们的身旁穿过。

"站住！"

他听到了刑警们的喊叫，可他已经不担心刑警们开枪了。因为山手线的列车眼下正行驶在他们的枪口之前。八神朝着车头方向猛跑了起来。

机车司机也朝这边看着，并且已经看到了沿着铁轨跑来的八

197

神。随着警笛声震耳欲聋地响起,停止转动的车轮在铁轨上擦出了一长串的火花。八神本想贴着车头穿过铁轨的,可就在跑上铁轨的瞬间,他才意识到为时已晚。巨大的车体已从左边朝他压来,像是要将他碾碎似的。

八神就地跳了起来,伸出双手,抓住了安装在驾驶窗上的雨刮器。幸好他抓住的是雨刮器的根部,足以支撑一个大人的体重。八神就这么吊在半空,被机车推向前去。

"一直开到滨松町!"

他隔着玻璃窗朝司机大叫着,可对方早已被吓得目瞪口呆了。

看到列车的车速已下降到每小时五公里左右后,八神就跳了下来。落地的时候在枕木上绊了一下摔倒了,眼看着这列有着十一节车厢的列车就要碾死倒在铁轨上的八神,车子却在瞬间停住了。

刑警们被长长的列车挡住了。八神站起身后就朝铁轨旁的土堤跑去,那里距离八神还不到十米。然后他找到通往沿线道路的台阶,并一下子就跨过了拦在入口处的栅栏。

眼前是一片墓地。八神下到了位于田町与滨松町之间的道路上,看到背后有个狭窄的隧道。穿过隧道,就能到排列在头顶上的铁道的另一侧。他不顾一切地跑过亮着橙色灯泡的狭窄隧道。

"那家伙跑哪儿去了?"

从隧道的另一头传来了刑警们的喊声。八神环视四周。这一带尽是些办公楼,没发现可以藏身的地方。

"朝铁轨两侧散开!"

随着喊声,八神耳边传来了脚步声。八神偷偷朝隧道里一瞧,发现有两名刑警的身影正在朝这边跑来。

能从网眼里溜出去吗？他内心思忖着，将手搭在了支撑高架桥的铁架上。能瞒过他们的眼睛吗？

八神爬上了高约三米的墙壁，又回到刚从那儿下来的、铁道沿线的土堤上。

- 3 -

在当班狱警的引导下，古寺和剑崎乘坐拘留所内的电梯，上了四楼。

其实，对于警察而言，收容刑事被告的拘留所是一个相当陌生的场所。因为一旦嫌疑人成了被告，也就脱离了警察的管控。古寺走在铺着洁净瓷砖的走廊上，十分好奇地扫视着四周。就连拘留所内还有审讯室这事，他还是头一回听说。通常，针对起诉后的嫌疑人的审讯，都是在监察厅或法院内另设的房间里进行的。

"只有这一栋是与众不同的。"走在前面引导古寺他们的那个上了点儿年纪的狱警说道，"这儿是地方检察厅特搜部专用的。"

古寺明白了。这儿收容的是东京地检特搜部逮捕的政治家或大企业高管，即所谓的"特别区"吧。就是说，外界社会的掌权者，成了罪犯之后也照样能享受特权。

"就是这儿。"狱警说着，打开了成排的房门中的一扇。

审讯室本身倒是与警察署里的没多大区别。大小约四平方米,房间中央,三张桌子拼成了一个长方形。

"古寺警官请坐这儿。"剑崎说着,指了指一把最靠近门口的钢管椅。他自己则在受审者对面的一把带扶手的椅子上坐了下来。

是要让我领教一下你的本事吗?古寺很听话地坐了下来。他倒想好好观察一下这位现代青年风貌十足却一点儿也不像刑警的监察系主任到底是怎么审讯犯人的。

两人落座后不久,敲门声就响了起来。等候在门口的狱警开了门。一个身穿夹克的年轻男人,在当班狱警的押解下走进了审讯室。他就是刺杀权藤的兴奋剂卖家——野崎浩平。

估计是在睡梦中被叫醒的,野崎眨巴着眼睛,挨个儿看着坐在桌旁的古寺和剑崎。

"你坐那儿。"狱警说着,让野崎也坐了下来。

"有事请按桌上的电铃按钮。我们告辞了。"

两位狱警将电铃按钮指给刑警们看了之后,就退出了审讯室。

古寺看着剑崎与野崎的侧脸,等待着审讯开始。

不一会儿,剑崎就将身体靠在椅子靠背上,发问道:"你是野崎吧?"

"嗯。"野崎揉了揉眼睛,随手又往上挠了挠乱蓬蓬的头发,"我说,这算怎么回事?"

"情况紧急,有些事情必须立刻询问你。"

"是审讯吗?"

"是又怎么了?"

"你知道现在几点了？"

"十二点三十分。怎么了？"

"日本《刑法》第一百九十五条，"野崎像是吐出一整块东西似的说道，"特别公务员暴行凌虐罪。"

这是为警方的刑讯逼供所设定的罪名。

古寺听了，心里不由得"咯噔"了一下。他立刻觉得，这小子可不是一般的兴奋剂卖家。至少他请了个自选律师，那律师还教了他不少法律知识。那么，他为什么不用指定律师而要请自选律师呢？这个钱又是哪里来的呢？古寺想立刻警告一下剑崎：我们准备不足。连环杀人案从开始到现在，总共还不到九个小时。我们尚未完全摸清野崎的背景，就来到这里了。

野崎用不耐烦的口吻说道："喂，快点儿让我回牢房去，好不好？"

"先告诉你一个'好消息'吧。"剑崎说道，"权藤刺杀事件的目击证人，正一个又一个地遇害。"

野崎花了一点儿时间才理解这句话的意思，可随后，原本装作无所用心的他就呆住了。

"能将你定罪的证人，正在不断被人杀害。"

"为什么？"反问的一瞬间，野崎脸上的邪气一下子消失了。

审讯已经结束了。古寺心想：我要是审问官的话，恐怕会根据野崎这一刻的表情断定他与本案无关的吧。继续作毫无必要的深究，反倒会卡了自己的脖子。

"是你的同伙干的吧？"剑崎问道。

野崎的脸又恢复了原先的表情。

"同伙？你在胡说些什么呀！"

"你坚持自己是单独犯罪吗？"

"错！老子既没有同伙，也不是单独犯罪！老子根本就没刺杀权藤！"

"你是想一赖到底了，是吧？"

"你就这么想冤枉我当杀人犯吗？好你个税金小偷！"

听了这话，剑崎瞪着眼前的这个兴奋剂卖家。

野崎则继续用挑衅的口吻说道："快让老子回牢房去！否则的话，老子告诉了律师，受审判的可就是你们了。到时候别吃不了兜着走。"

剑崎探出了身子，举起了右臂。古寺将身体扑到桌子上，拦住了剑崎那揍向野崎的拳头。野崎则连带着椅子一起往后退，后脑勺像是撞到了墙上。

"喂！"剑崎双眼瞪得溜圆，紧盯着古寺。

"你要是动手了，可就不像是监察系的了。"古寺不无揶揄地说道，"你真发了飙，可就没人拦得住了。"

"不能再有人受害了，你不明白吗？"

剑崎甩动着被古寺抓住的胳膊，古寺从剑崎上衣的领口处，看到了佩带在肋下的手枪。古寺心想，被"正义"附身之人的眼睛，与坏蛋的也差不多。

"你冷静一点儿。我当然也不希望再有人受害。可你这么做，只会适得其反，原本能问出的口供也问不出来了。"

"这么说，你能问出什么来吗？"

剑崎有点儿杠上了。

古寺没理他，只是放开了他的手腕，然后面对野崎问道：

"请辩护律师的钱，是你父亲出的吗？"

"什么？"由于气氛突变，野崎像是还没适应过来。

"你不是请了个好律师吗？"

"关你屁事！"

野崎的声调变得平缓了。一提到家人，他就恢复家常心态了。看来还是能跟他再谈谈的。

"你父亲是干什么的？"

"喂！这是怎么了？"野崎来回看着两名刑警说道，"'暴力型'不行了，又换'温情派'上了？"

剑崎满脸怒容，古寺只当没看见。

"不是'动之以情'，是跟你做交易呢。"

"什么交易？"野崎的眼里透出了狡黠的光。

"权藤武司的尸体被发现了，你知道吗？"

"嗯，听检察官说过了。"

"这么着就能将你的罪名定为杀人罪。估计会判十年以上有期徒刑吧。可是——"

野崎想说什么，可被古寺拦住了。古寺继续说道："到今天夜里，权藤事件的目击证人已有四人被杀。如果认定你与此事有关，那么包括权藤在内就是五条人命，毫无疑问，对你的量刑会一下子上升到死刑的。"

野崎惊得目瞪口呆:"你,你说什么?"

"我们只想知道事情的真相。"古寺说道,"就事论事吧,请你回答我们的问题。我把话说在前头,无论你提供什么样的证言,我们都不会怀疑,也不会责备你。我们只想听取事实情况。"

"行啊。"开始面呈焦躁之色的野崎,像是接受决斗挑战似的说道。

古寺看了抱着胳膊一声不吭的剑崎一眼之后,提问道:"关于目击证人被杀一事,你想到什么了没有?"

"没有。"

"你否认自己刺杀了权藤,是吧?"

"是的。"

"你能证明自己是清白的吗?你有不在场证明吗?"

"有不在场证明。"

古寺抬起了眼睛。

"不过,"野崎颇为懊丧地说道,"我见到的,是一个公司职员模样的、来买兴奋剂的家伙。但是他的名字、电话号码我都不知道。"

"贩卖兴奋剂这事,你是承认的,是吧?"

"嗯。不过,我可没杀死那个叫权藤的家伙。"

"那么,十一个目击证人的证言,你又是怎么看的呢?"

"他们看错人了。凶手肯定只是长得跟我很像罢了。"

"你的身边,或权藤的身边,有跟你长得很像的人吗?包括你的兄弟在内。"

野崎的视线在空中游移着，沉吟片刻之后他说道："没有，没有这样的人。"

坐在一旁的剑崎干咳了一声。这是在表达他心中的不满：这种不着边际的问答准备玩到什么时候？

可古寺没有理他，继续问道：

"权藤武司这个瘾君子，得罪过什么人吗？"

"没有。他是个软蛋。"

"软蛋？"

"就是说，要在这个狗屁世界上存活，他实在是太没用了。所以他不但小偷小摸，还染上了毒瘾。他根本就没法堂堂正正地过活。"

"权藤有朋友或熟人吗？"

"没——"说到一半，野崎的目光就迷失了焦点。

从他这表情可知，他肯定是想到了什么。古寺耐心等待着。

"我也不太清楚，可像是有个什么人在资助他生活费。"

这倒是个出人意料的新情况。

"你是说，有人给他钱吗？"

"嗯。不过，又不像是他的父母、兄弟之类的。"

"你为什么这么想呢？"

"他来买兴奋剂的时候，居然带着好多张一万日元的钞票呢。我拿他寻开心说'小日子过得挺滋润嘛'，他就慌慌张张地把那些钱给收起来了。还说'用别人给的钱买兴奋剂要遭报应的'。随后他又从口袋里掏出别的钞票来，买了兴奋剂。这样的事发生过两三回呢。"

"有关他生活费资助人的信息，就这些吗？"

"是啊。"野崎答道，似乎他也觉得挺遗憾的，"估计就是那家伙出于某种目的刺杀了权藤吧。"

"喂，你这个结论未免太武断了吧！"

"不！错不了！那家伙肯定长得跟我很像。所以看到的人都把我当作凶手……"

"等等。"古寺拦住了野崎的话头。他的头脑中有个地方卡住了。

从事破案工作的人都知道，目击证言往往是模糊不清的。可这一次却是个例外，十一名证人全都认定野崎是凶手。从这一点来考虑，有三种可能性：第一，野崎就是凶手。这种概率最高。第二，凶手是长得跟野崎一模一样的人。这种猜测的可能性不大。而第三种可能性——

古寺问道："目击证人中，有你认识的人吗？"

"你们又没告诉过我证人的姓名。"

"好吧。我下面念一些人的名字，你听一下，看有没有认识的。"

古寺掏出了笔记本，念了以田上信子为首的十一名目击证人的名字。

听完之后，野崎摇了摇头："没有，全都是陌生名字。"

这时，剑崎从一旁插嘴道："干吗要问这些呢？"

"请让我再问几句。"古寺说着，又将视线转回到野崎的脸上，"这次事件发生后，会对什么人有好处呢？"

"你是说，权藤那家伙买了保险吗？"

"这可是为了你好。好好想想，权藤被刺杀了，谁最高兴？有这样的人吗？"

野崎想了一下，说道："不知道啊。"

"那么，"古寺紧盯着对方问道，"你被捕后，谁会高兴呢？"

野崎猛地抬起头来。剑崎也像是十分意外似的将目光投向古寺。

"我被人下了套吗？"野崎小声问道。

他那望着古寺的眼睛，又跟刚才似的立刻失去了焦点。

快点儿想出来。古寺心里念叨着，耐心等待着。

"难道是……"野崎嘟囔着。

"有这么个人的，是吧？"

"有的。"野崎说道，"毫无疑问，老子被捕了，那家伙会受益的。"

"谁？"

"先听我讲一下我老爸的事。"野崎说着，将视线落到了地面上，还左右扫视着，像是在寻找掉落的什么东西似的。

"我老爸叫野崎光浩，是个小出版社的社长。他相信我是无辜的，所以花了大价钱给我请了律师。"

"你有个好父亲嘛。"

听古寺这么一说，野崎的表情就显得有些复杂了。

"不过，他可是另有理由的。我老爸他讨厌警察，因为他是个有信仰的信徒。"

"什么信仰？"从兴奋剂卖家的嘴里突然冒出了意想不到的词来，这让古寺多少有些不知所措。

"什么信仰我也搞不太懂，反正是偏左的。"

"然后呢？"古寺催促道。

"就这么个老爸，去年六月参加了议员选举。好像形势还对他相当有利。可就在这时，我被捕了，老爸的候选资格也就被取消了。结果，他的一名在职[1]的竞选对手就被天上掉的馅儿饼砸中，当选了。"

"那个竞选对手叫什么名字？"

"堂本谦吾。"

一旁的剑崎立刻转移视线，朝古寺看去。这次，古寺也转过脸来，与剑崎对视了一下。堂本谦吾这位国会议员是警视厅公安部在编的前任警察官僚，是暗号为"樱花"的公安秘密部队的指挥官。

"我被捕后，最受益的就是这个家伙了。"

听到这儿，古寺反倒有些吃不准了：眼前这小子的话，到底有多大的可信度呢？听起来荒唐无稽，可要说是他编造的吧，作为兴奋剂卖家，似乎也编得太离谱了吧。

这时，剑崎凑到了古寺的耳边。

"可以跟你说句话吗？"

"什么事？"

在剑崎的催促下，古寺站起身来，随着他一起来到了审讯室的一个角落里。野崎不知道出了什么事，略带恐慌地看向他们俩。

"我的下属中有个叫西川的，他就是公安部出身的。"剑崎背对着被告人，低声说道，"他了解本案，像是正在调查公安部呢。"

1　日本《公职选举法》规定，警察、检察官等特定公务员不能参与议会议员选举，一旦宣布参选，就相当于自动辞去公务员职务。但是，当参选者本身是议会议员时，因为任期已满，可参选下一届，这样的情况叫在职参选。

古寺抬起眼来，目不转睛地看着野崎的脸："与公安部有关？"

"具体情况还不清楚，过会儿联系一下看看。"

古寺点了点头，与剑崎一起重新坐到椅子上。

"怎么了？"野崎问道。

古寺拦住了他的话头，问道："我们回到刚才的话题。目击证人与堂本谦吾——这位你父亲的竞选对手之间，有什么关系吗？"

"这我就不知道了。"

"那么，关于堂本要将你陷害成犯罪嫌疑人，你有什么证据吗？"

"我只知道，这样做对他有利。"

"明白了。"古寺决定结束问话了，"这么晚提审你，不好意思了。感谢你的配合。至于我们今夜的会面，还请不要泄露到外面去。这样对我们双方都有好处。"

"等等！接下来，我到底会怎样？"

"不知道。"古寺的声音里透着疲劳，"没人知道。"

剑崎按了桌上的呼叫铃。狱警立刻走进来，并让野崎站起身来。

"喂！你们相信我说的话吗？"走出审讯室时，野崎问道。

"既不信，也不怀疑，接下来我们会去证实的。"

说完，古寺看了一眼手表，已将近凌晨一点了。

门关上后，剑崎开口道："归纳一下就是这么回事了。十一名目击证人全都做了伪证，要陷害野崎。目的是打垮堂本议员的政敌。"

"是啊。"

"这一说法是与事实相符的，因为尸检所见与目击证言不一致。权藤的尸体上，浑身都有跌打伤，但目击证言中却没提到。"

古寺看着剑崎的脸问道:"是团伙犯罪,杀死了权藤?"

"说不定那做伪证的十一个人——"说到这儿剑崎停顿了一下,他的脸上露出了兴奋的神色,"要是这样的话,尸体被盗案也就说得通了。权藤的尸体在被发现时还保持着临死前的模样,这一点是他们没想到的。也就是说,能推翻伪证的证据已经出现了。而盗窃尸体就是要销毁这一证据。"

"发出这一系列指令的,就是国会议员堂本谦吾吗?"

"是的。"

"他可是现任的国会议员啊。"

古寺的脑海里浮起了五十五六岁模样的堂本谦吾的脸。他的身体如同格斗士一般结实。即便满脸堆笑,他的眼睛也是从来不带笑意的。进入政界之后,每逢警察干部聚会,他也总是出席,且会带着公安部或公安调查厅所带来的革新系政党的情报回去。可谓执政党中的实力派人物。

"有一点令人费解。"剑崎说道,"那就是证人与证人之间并没有个人关联。所以,'掘墓人'的行凶看起来像是无差别杀人。"

"你不觉得消除这种关联正是公安的常用手法吗?再说,公安部的刑警是不登记在警察名录上的。即便用姓名去检索,也搞不清他们是不是警察。"

"你怀疑那十一名证人都是公安部的刑警?"剑崎反问道。他的脸上露出了难以置信的神色。

"不可能吗?"

"嗯。这次的受害人各自都有工作,不可能是职业警察啊。"

"可是在卧底的时候，不是会隐瞒真实身份潜入其他组织吗？"

"但总不会去商社上班吧。做卧底的警察是作为特殊任务执行者在警察厅登记的。这些数据也会提供给我们监察系，为的是他们在做卧底的时候犯了法而免于追究。"

"哦？"古寺睁大了眼睛。

"这次的目击证人的名字要是在那个名单里，我们早就发现了。"

"这样啊。"

"可是，"剑崎的脸上也露出深入思考的神色，"如果野崎说得没错的话，那么这些证人就不是互不相识的陌生人，而应该是一个团体了。"

古寺心想，同为骨髓移植捐赠者这一点该如何考虑呢？但他马上就不得不放弃了这个念头。因为，受害人的骨髓移植捐赠者登记卡的登记日期都是今年的。也就是说，在权藤被刺杀那会儿，他们都还没进行登记呢。

那么，目击证人之间的共同点，究竟是什么呢？

"管理官。"

一名侦查员进入本厅会议室，走到了越智的身旁。这名姓伊东的刑警手里拿着从电脑中打印出来的文件。

"这是第三名受害人春川早苗收到的邮件，是用密码写成的。"

"密码？"越智大吃一惊，从椅子上站了起来，接过伊东递过来的文件。

"本以为是严重的乱码，所以破解费了些时间。"伊东说道。

越智管理官读着破解后的邮件,不禁为这莫名其妙的内容感到一头雾水。

昨日的邮件已读。

你说你哭了一夜,这令我心痛不已。

不过我觉得错不在你。你在职场被孤立,想来也是周围之人的恶意碰巧朝你发泄的缘故。要想摆脱这种困境,只能进一步提高自己的德行修养。这样的机会或许今晚就会降临到你的头上。然而我们的善行仍毫无进展。可能会请求你的协助,请等候下一封邮件。

别忘了我们一直是与你同在的。祈愿你早日治愈。

维扎德(魔术师)致斯诺(雪)

越智满脸惊愕地抬起了头来:"维扎德(魔术师)?"

"是的。追踪八神的那个团伙,也是受维扎德(魔术师)指挥的——"

越智重读了一遍邮件,心想,这个"斯诺(雪)"想必就是分配给春川早苗的代号了。问题在于这个发送邮件的"维扎德(魔术师)"。根据外务省官员的证言,八神随身带着的那个笔记本电脑里也有这么个代号——岛中圭二收到的邮件也来自"维扎德(魔术师)"。这就是说,相互之间素不相识的十一名目击证人之中,春川早苗与岛中圭二这两人是以"维扎德(魔术师)"为中心而联结起来的。那么，剩下的九名目击证人又是怎样的呢？是否可以将他们考虑为一个隐匿了相互关系的团伙呢？

"联系一下高科技犯罪对策中心。"越智命令道，"锁定这封邮件的发送者——'维扎德（魔术师）'。"

"明白。"

"不妨假定这一切都出自堂本谦吾的阴谋。"古寺说道，"为了让自己赢得选举，叫人杀死了瘾君子权藤，并将罪名推到了政敌的儿子——野崎的身上。"

"嗯。"

"实际动手的就是做伪证的那十一名目击证人——来历不明的一群人。"

古寺在审讯室的椅子上坐了下来，仰起头望着天花板思索着："破案的关键，似乎就在于破解这个团伙啊。他们各自之间有着怎样的连接点呢？他们与堂本谦吾之间又有着怎样的关系？"

"是啊。如果堂本作为前辈在背后操纵的话，就有可能在哪个环节上对侦查工作横加干涉啊。"

古寺点了点头："高层的那些家伙，也会对堂本唯唯诺诺的吧。所以要干的话，看来还是我们两人来干比较好啊。"

如果野崎所说的话属实，也即堂本谦吾参与了刺杀权藤案的话，那就迟早要以"教唆杀人和遗弃尸体罪"以及"虚假诉讼罪"而将堂本谦吾这位国会议员逮捕归案。

古寺与剑崎四目相对，他们都在打探对方的心思。

先开口的是剑崎。

"我的行事方式，想必你也知道了。不管对方是什么人，只要犯了法，就一定要将其捉拿归案。只要证据确凿，即便是堂本谦吾，我也一视同仁。"

"慢慢来，慢慢来。"古寺慌忙说道。他见剑崎似乎已经将攻击对象由兴奋剂卖家转为政府中执政党中的实力人物了。"我们的主要任务，还是捉拿'掘墓人'。这一点可不能忘记啊。"

"嗯。"剑崎点了点头，那神情似乎在说：这个不用你来提醒，"追踪八神的也是这个团伙，这一点是明确的。因为那个岛中，也在十一名目击证人之中。"

"你是说那个'小白脸'啊。"古寺嘟囔着，他想起他们的首脑是"维扎德（魔术师）"。

"可是，到了今夜，这个团伙又遭到了'掘墓人'的杀戮。"

那么，这个"掘墓人"又是何方神圣呢？

"要验证这个假设是否成立，就必须先把'维扎德（魔术师）'领导的这个团伙搞个水落石出。我认为这与捉拿'掘墓人'是直接相关的。"

随后，剑崎又将试探的目光投向了古寺。

"古寺警官，你打算怎么办？"

古寺拿定了主意："先不忙着向本部汇报，就让他们以为我们还在继续调查野崎好了。"

自从与古寺见面以来，剑崎首次放松了脸上的表情。

"怎么行动，有具体方案吗？"古寺问道。

剑崎只说了声"请稍等",就掏出了手机。

随即,这位监察系的主任接连打了两个电话。从他说话的口气来看,对方都是他的下属。

通话结束后,剑崎说道:"首先是来自去保护目击证人的小坂的信息。尚存的七名证人,还没一个回到家里。"

"这个时候,末班电车都走了啊。"

"是的。无论怎么考虑,这也是不正常的。第二个就是去探听公安部动静的西川。他像是掌握了什么信息,接下来要去目白与他见面。"

"好啊,走吧。"

可就在这时,古寺上衣口袋里的手机振动了起来。古寺掏出了电话,见来电显示为"未登记"。

"喂,我是古寺。"

电话那头传来了一个低低的声音:"听说骨髓移植捐赠者正遭受杀戮,是真的吗?"

古寺不假思索地反问道:"你是谁?"

"有困难了,所以打电话嘛。"

知道了那声音的主人,古寺一下子就放松了:"久违了,八神。"

"是啊。"

八神被困在田町站与滨松町站之间的、有JR三条铁轨经过的土堤边缘,动弹不得。下面的路上,每隔几分钟就有警车或巡警跑过。警察将侦查范围扩展到铁轨只是个时间问题。

"你在哪儿？"古寺问道。

"我只知道大体位置。"八神趴着身体说道。在电车已经停运了的当下，已经不必担心有什么噪声干扰通话了。"我的身边不断有警察跑过，乌泱乌泱的。"

"你终于被追得走投无路了，是吧？"

"是啊。不然，怎么肯冒着被追查定位的风险打电话呢？"

"放心吧。我们这儿是不会追查定位的。"

八神也不知道该不该相信，可到了山穷水尽的当下，除了给旧相识打电话，他也别无他法了。

"我想问一下，"八神说道，"只是打个比方哦。马上就要做移植手术的骨髓移植捐赠者如果犯了罪，警察也会将其逮捕吗？"

"当然要逮捕了。"

"即便明天就要去救白血病患者？"

"肯定要逮捕。至于羁押后怎么处置，因为没有先例，我不好说。关于这个，法务省还没有正式的说法。如果嫌疑人本人受伤了，是会送医院的。至于嫌疑人帮助他人治病……这我就不清楚了。"

"有可能将白血病患者弃之不顾吗？"

"那就要看情况了……我说，八神，"古寺放缓了语调说道，"十小时前，我们遇到了一个极为异常的案子。现在一切都只能靠后了，就连司法解剖都来不及，所以什么都说不准啊。"

八神笑了："你还是一如既往地诚实啊。"

"我也就这点长处了。"

八神不说话了。因为他看到土堤下面，有一辆闪着旋转灯的警车正在缓缓靠近。"喂，你怎么了？"听到古寺在这么问，八神也不搭理，只等着警车离开。那辆警车一度停下后，又驶入土堤下面的高架桥，朝反方向驶去了。

"人真是不能出名啊，阿猫阿狗的都来追踪我了。"

"我来提问，"古寺严肃地说道，"你只要回答'是'或'不是'。你今夜是不是犯下连环杀人案了？"

八神回答道："不是！"

"好！既然这样，你马上就去自首，向警察说明情况——"

"不行啊！逃跑、撞车等，除了没杀人，我啥都干了。再说，我的原则就是，决不自首和自杀。"听到远处又有警笛声传来，八神不免焦急了起来，"没时间了。我就直接开条件了！"

"条件，什么条件？"

"我掌握了连环杀人案的线索，就在岛中圭二的笔记本电脑里。如果你们解除滨松町车站一带的紧急查缉布控，我就把证据交给你们。"

沉默半晌之后，古寺说道："不看到东西，我可什么都不好说啊。"

"里面有用密码写的邮件。以'维扎德（魔术师）'为首的那一伙人，搞到了骨髓移植捐赠者名单。岛中也是其中之一。还有，'上班族'啦，'斯嘎喇（学者）'啦，有着莫名其妙的代号的家伙，正在追杀我。"

古寺不吭声了。

"顺便说一下，他们这帮人的后面，还有杀死岛中的人在追呢。"

"啊？有确凿的证据吗？"

"这是逻辑推理，亲爱的华生。"八神模仿福尔摩斯的语气说道，"正在追杀我的，是岛中他们一伙。而杀死岛中的，则另有其人啊。"

"这倒是与我们的推测相一致的。"古寺说道，"你知道岛中同伙的真实姓名吗？"

"不知道。我只知道他们的代号。不知道他们出于什么目的找到了我的居所，还一直追个不停。"

"那关于他们要追你的原因，你有什么头绪吗？"

"没有。"

这时，土堤下面的路上有骑着自行车的制服警察过来了。等他们远去之后，八神继续小声说道："笔记本电脑里还有被删除的文件。只要运用专业软件，就能复原。这对于警察来说，不就是个宝库吗？"

可他等来的只是沉默，而且持续的时间还不短。八神不由得焦躁了起来："快点儿好不好？我没有时间了。"

"你还是自力更生，逃出生天吧。"

"你说什么？"八神有些不相信自己的耳朵。

"我就算把你的条件向上面汇报了，也肯定会被驳回。而就我个人来说，是什么都帮不了你的。"

"你真是个诚实的警察啊。"八神又说了一遍。

"这是我的缺点。所以到现在我还是个巡查长嘛。"

"真拿你没办法。"八神说着，把电话换了个手。他望着前后延伸着的铁路，开始怀疑自己到底能否逃脱了。"不好意思，占用你的时间了。日后有缘再相会吧。"

"嗯。哦，还有——"古寺郑重其事地说道，"我也希望你骨髓移植成功哦。"

"哦，你知道这事啊。"

"不管怎么样，尽量挽救那个白血病患者吧。"

"明白。"

八神挂断电话，挺直了身子。由于趴的时间过长，浑身的肌肉都僵硬了。到了如此地步，就只能走铁轨了。只要往南走十五公里，就能到达六乡综合医院。

可就在这时，他的手机突然响了起来，把八神吓了一跳。他慌忙接听，同时也望了一眼土堤下面，还好，没发现警察的身影。

"八神先生？"电话里传来了一个可爱的声音，是女医生冈田凉子，"你现在在哪里呢？"

"到滨松町了，正在前往医院呢。"

"怎么过来？"冈田凉子惊讶地问道，"末班电车早没了吧！坐出租车吗？"

"走路。"

"真的？"

"嗯。"

"八神，"女医生换了一种语调说道，"从傍晚六点钟起，我就一直在等着你。我实在是无法再相信你了。我问你，你真的想来医院吗？"八神似乎还看到她端正了一下坐姿。

听她这么一说，八神无言以对。因为他已经比约定的时间晚了七个多小时。

"你总不会抛弃那位白血病患者吧？——"

"绝无此事！请相信我，我一定会到医院的。"内心焦急万分的八神，说了这句话就想挂断电话。

"有件事我一直想问你来着，"冈田凉子说道，"你为什么要做骨髓移植捐赠者？"

"你觉得这与我这副坏蛋模样不匹配吗？"

"这倒不是。八神先生，你应该不是个坏人。"

这句出乎意料的话令八神重新握好了手机："我不是个坏人？"

"嗯。看着像坏人，那是因为良心有纠葛，所以才反映在脸上。而真正的坏人是连良心都没有的，长相反倒与普通人没什么差别。"

听她这么一说，八神觉得心里轻松了许多。

"你要做捐赠者，是为了赎罪吗？"

"嗯，是的。"八神老实承认道。他觉得对于电话那头的女医生，是可以敞开心扉的。"虽说我不能选择骨髓接受者，不过我希望自己救助的是个孩子。以前，我曾破坏过孩子的梦想。"

"你也不必太自责，如今的大人不都是这样吗？"女医生直言不讳地说道。

八神心想，冈田凉子这位医生是不是选错专业了？比起内科来，她要是去心理科的话，恐怕能治好更多的病人吧。

"不过，你的心意是很好的。明白了。我这边也再等你一会儿吧。"

"那就拜托你了。"八神其实还想再跟女医生说会儿话，可看到前方出现了小光点后就赶紧将电话给挂了。他趴在碎石上，凝视着前方的两个小光点。

那像是手电筒发出的光，而且是照在地上的。于是八神知道，是原先待在田町站站台的那两个家伙跳下铁轨了。他又回头看去，不知什么时候起，从滨松町站方向也有两个光点在往这儿来了。看来警察确实是在土堤两侧散开，并用手电筒照着朝这儿逼过来了。

这下该怎么办呢？八神焦躁不安地四下打量着。忽然，他的目光停在了铁轨旁的铁塔上。那是个为了支撑电缆而用铁片搭接起来的支架。看来只要将双手双脚搭在空隙处，就能往上爬。

八神又一次观察了那四个人影。见他们都只将手电筒照着地面，从不抬头往上看。这样的话，老子只要爬到铁塔顶上去，不就能躲过他们了吗？

八神朝铁塔爬去，眼睛则看着上面。这时，他突然发现了一条从未想过的逃跑路线。铁塔上方就是单轨电车的轨道。尽管这两者并不接触，可看样子站在铁塔顶上，只要一伸手就能攀上单轨轨道。

问题是那单轨的高度。这条通往羽田机场的单轨电车的轨道，凌空横架在五层楼那么高的空中。

只要不往下面看，应该没问题的。八神对自己说着，将手搭在铁塔上，开始无声无息地攀登了起来。

-4-

剑崎将便衣警车留在东京拘留所，坐进了古寺的机搜车。古寺这个大个子机搜队员像是也累坏了，剑崎就充当司机。

按照紧急行驶的车速，估计只要十五分钟就能赶到与西川碰头的那个位于目白的家庭餐馆了吧。

车一开动，剑崎就对古寺表示了不满："为什么不与八神做交易呢？"

"你是说刚才的电话？"古寺问道。

"是啊。弄得好的话，可以把他连人带笔记本电脑一起扣下的。"

"这么做的话，不就是暗算他了吗？"

剑崎不由得有些发急："他是案件重要参考人呀！并且是个有前科的人渣。你为什么要这么向着他呢？"

古寺耸了耸肩膀，反问道："你又为什么要对他这么恨之入骨呢？"

"我跟他是警察与罪犯的关系嘛。"

"是吗？我可是喜欢罪犯的。"

剑崎忍不住看了他一眼："你说什么？"

"当然了，杀人犯、强奸犯这类犯下无法挽回之重罪的罪犯另当别论。对于那些家伙，自然要严惩不贷的。可对于诈骗犯、小偷之类的，我是不反感的。所以我做了刑警嘛。"

"为什么呢？"剑崎反问道。

"因为我父亲也做过小偷。"

由于这话太过意外，剑崎不由得又看了古寺一眼。因为警察在录用时，应该对其亲属中是否有罪犯等情况都做过调查的。

古寺承受着剑崎的视线，嘴角边泛起淡淡的微笑，开始述说了起来。

"昭和三十年代[1]，那会儿日本还很穷呢。不，应该说是个不隐瞒贫穷的时代吧。我父亲在某个百货公司的营业部工作。每天工作结束后他都会带些吃的东西回家，面包、牛奶，还有在当时被视作高级货的香蕉什么的。我就是吃了这些才长这么大个儿的。而我到了上中学那会儿，才知道父亲偷店里食品这事。"

古寺说着，将视线投在了一群半夜里仍走在路上的高中生身上。

"后来我父亲被开除了，这事并没有惊动警察。丢了工作的父亲回到家时，我母亲和我以及我妹妹，都不知道该怎么迎接他才好。因为，按照世人的标准，他就是个罪犯，可在我们眼里，他是一心为孩子着想的好父亲。结果，母亲拿出了仅有的一点儿钱，带我们去了附近的一家西餐馆。我们为父亲开了个换工作的派对——尽管他还没找到下一份工作。"

古寺将他那巨大的身躯靠在了座椅靠背上，然后问剑崎道："你要是那会儿就当警察的话，会逮捕我老爸吗？"

剑崎不知道该怎么回答才好，只得说："不过，八神可就是另一回事了，不是吗？他又不是为了自己的孩子才犯罪的。"

1　1955—1965年。

"不。他也是个有善心的人啊。"古寺十分明确地说道,"我还在少年课的时候,他曾搞出了一个恐吓事件。"

"善人还会搞恐吓事件?"

"你先听我说。八神的班级里有个想考东京大学、学习十分刻苦的书呆子。那孩子想要一架天文望远镜,就瞒着父母和老师开始在外面打工。他明知道这是违反校规的,可还是做了快餐店的临时店员。这时,八神来了。八神买了汉堡包和饮料后,就对他说:'你要是不想让家长和老师知道你在这儿打工,就给我加个薯条。'"

剑崎不禁笑了起来:"好可爱的恐吓啊。"

"这就是他的做派。"古寺就像是在转述一个从别人那儿听来的有趣的笑话似的,带着满脸的微笑继续说道,"那个书呆子在八神保证不告诉其家长、老师之后,就给他加了薯条。可是,日子一长,八神的要求就升级了。从薯条上升为汉堡包,然后是早餐套餐。最后,他邀了三十个小伙伴在那儿开了个生日派对,金额高达五十万日元,终于惊动了警察。"

"八神受处罚了吗?"

"保护观察[1]处分。原本要把他送进鉴别所[2]的,可被我拦住了。"

"你就是从那会儿开始偏袒他的吗?"剑崎又恢复了嘲讽的口吻。

"是啊。那小子给自己开生日派对,你知道是为什么吗?"

---

1 针对违法少年进行改造的一种措施,让违法少年回归社会,同时对其实施保护观察,确保其有悔过表现,并给予就学、就业指导。
2 全称"少年鉴别所",日本处理违法少年问题的专门机构。

剑崎没有回答，他在等古寺的回答。

"因为他即便回到家里，也没人给他庆祝十六岁的生日。"

这是不良少年中的普遍现象。"家庭环境不好吗？"

"极差！"古寺愤然吐出这两个字后，严肃地说道，"家庭环境比他好得多，而犯的罪也比他大得多的人，不是比比皆是吗？所以说，八神的前科什么的，又算个屁！这反倒说明他的处境有多么恶劣。"

"有多恶劣呢？"

"他的身上还留着亲生父亲的暴力痕迹呢！烧伤、刀伤，遍布全身。他是被恶魔养大的，只是那恶魔长着世人所谓的普通长相。八神一直是靠他自己一个人熬过来的。"

活命主义者——剑崎的脑海里浮出了这个词。无论如何也要活下去的人。

"或许你对我放跑了八神有所不满吧。"古寺说道，"但时间会解决一切的。那个可作为证据的笔记本电脑，在骨髓移植结束后，他一定会主动交来的。估计他还会讨要一些回报吧。"

"什么样的回报？不会妄想免于逮捕吧。"

"什么样的回报？我也不知道。"古寺想了一下回答说，"反正不会是一包薯条吧！"

剑崎看了看古寺，古寺也看了看他。剑崎想继续板着脸，却忍俊不禁，"扑哧"一声笑了出来。

古寺也笑了："八神就是这么个家伙。"

"希望他的要求不要逐步升级啊。"说着，剑崎突然觉得自己与这位机搜队员应该是能够愉快合作的——对于这一点，他自己都觉得十分意外。

之后又过了十分钟，古寺踩下了副驾位置上的踏板，关掉警笛。剑崎则将车驶入了新目白大道上的家庭餐馆。

出了一楼的停车场上了二楼之后，一眼就看到了坐在靠里面位子上的西川。他将胖墩墩的身体靠在椅背上，喝着咖啡，往上翻着眼珠，看着剑崎他们走上前来。

也不知为什么，只要一看到这家伙，剑崎就觉得郁闷。或许是他长得一脸奸相的缘故吧，总给人一种他在打坏主意的感觉。

剑崎与古寺并排坐下后，对面的西川就板着脸说道："我还以为主任会单独前来呢。"

"这位是二机搜的古寺警官，现在与我一起行动。是可以信任的，没有问题。"

古寺微微地低头致意。西川则像是在掂量什么似的注视着古寺。

跟服务员要了两杯咖啡后，剑崎问这位曾为公安部成员的下属道："什么情况，你不是说深入老巢打探了吗？"

"是啊。你先看一下这个。"说着，西川不着痕迹地扫视了一下四周，然后递上了一张纸。

剑崎和古寺一齐朝纸面上看去。只见在从"M-1"到"M-11"的流水号旁，列着十一名男女的姓名、住址和电话号码。

恩田贵子、加藤信一、木村修、左山洋介、岛中圭二、田上信子、根元五郎、林田弘光、春川早苗、平田行彦、渡濑哲夫。

剑崎抬起脸来问道："这不是目击证人的名单吗？"

"不对。是'S工作'的名单。"

"'S工作'？"古寺惊讶地问着，从剑崎的手里取过了名单。

"我在警察厅的数据库里找了一下权藤刺杀事件的目击者，从刑事部进入后没找到，后来用公安部专用的密码进去一查，结果就发现了这份名单。"

"这是怎么回事？"剑崎问道。

所谓"S工作"是指在犯罪组织中争取协助警察的间谍的秘密工作。"S工作"的"S"，就是SPY（间谍）的"S"。将这些"内应"登记在警察厅的数据库中，是为了防止他们因别的行为犯罪而被不知情的其他部门逮捕。为了肃清有组织犯罪，这些内应的个人犯罪是可以免予追究的。

现在，既然这些人的名字已经登记在公安部的数据库里了，就说明他们不仅是企图颠覆国家的危险团体的成员，还意味着他们将其组织内部的情报透露给当局了。

"这十一个人是属于什么团体的？"

"邪教。"西川说道。

"什么样的邪教，团体的名称是什么？"

西川突然不作声了，他从夹克口袋里掏出香烟，放在了桌子边上。

他的这个举动像是个暗号。因为就在这时，坐在他身后的一个男人站了起来，缓缓地走进入了剑崎他们的视野。可在此之前，剑崎他们居然一次也没有注意过他。

这是个身穿灰色西装的男人，年纪四十岁上下。"普通"这个词恐怕就是用来形容这人的长相的——混在人群里，人们是绝对不会将视线停留在他的脸上的。

"这是长谷川先生。"西川介绍道，"所属部门就别问了吧。"

剑崎对他点了点头，心想这家伙肯定是公安部的刑警。

长谷川在西川的身边坐了下来，将双手交握着放在桌上，然后用毫无抑扬顿挫的声调说道："你们很关心这名单上的十一个人，是吧？"

"是啊。长谷川先生，您是负责'S工作'的吗？"

"不，不是我。另有侦查员潜入其中。"

"潜入？"看来公安部是下了真功夫的，居然派了卧底。

"如果方便的话，"西川从一旁插话问道，"能告诉我们派谁潜入的吗？"

"总务课的三泽警官。"

"是他——"西川的眼神一下子就变得像是在看远处似的。看来他是认识这位叫三泽的卧底警官的。

"那么，"剑崎问道，"这十一名争取过来的内应，到底是属于什么样的团体呢？"

"是个邪教团体，公安部用代号称为'牧师'，简称M[1]。实质与别的邪教团体差不多，就是个混杂了各种宗教教义的大杂烩，借着社会上的'治愈热'发展信徒而已。目前信徒总数只有两百人，是个小团体。"

---

[1] 源自"牧师"英文词汇minister的首字母。

"那公安部为什么要将其定性为危险团体呢？"

"这个嘛，我就不太清楚了。"长谷川的脸上也露出了一丝困惑，"关于'M'，我也只是略有所闻而已。反正是不知怎么的，上面就派了三泽潜入其中，并争取到了十一名内应。"

大概轮廓是有所了解了，但关于该团体，模糊不清的地方还很多。

"教祖是什么人？"

"奇怪的是，就连这点也不清楚。只知道教祖的代号是'维扎德（魔术师）'。"

听到"维扎德（魔术师）"这个词后，剑崎与古寺不由得对视了一眼。因为，发出追杀八神指令的也是"维扎德（魔术师）"。如此看来，不仅仅是追杀八神之事，就连刺杀权藤的事件，也可认为是"M"实施的有组织犯罪了。初看相互之间并无关联的目击证人，原来是从属于同一个组织的。

古寺开口道："不好意思，我要问的问题或许跳跃性会比较大。"

他先这么打了个招呼后，问长谷川道："您是否听说过，身为公安部前辈的国会议员堂本谦吾与该团体有什么关系一类的传言？"

听他这么一问，长谷川不由得瞪大了眼睛。

"刑事部已经掌握了这方面的情况了吗？"

"这一点尚未得到确认。那公安部是否发现了堂本利用M教的迹象呢？"

"实际情况正好相反。在上面施加压力，要求派卧底打入其中并一举摧毁'M'的，正是这个堂本谦吾。"

剑崎不假思索地反问道:"为了摧毁'M'而施加压力?"

"是的。他向警察厅警备局施加了压力。"

听了这话,连古寺也露出了诧异的表情。因为他跟剑崎所设想的是,堂本谦吾幕后操纵"M"的成员刺杀了权藤,并让政敌的儿子野崎来背这个黑锅。不料他却下令要摧毁这个组织。

剑崎拼命思索着,而坐在他身旁的古寺则继续问道:"今夜,这些内应正在不断被杀,您知道这一情况吗?"

"知道的。"长谷川点了点头,说道,"刚才听西川警官说的,真让人大吃一惊。"

"那么您是怎么看待这一事件的呢?"

"就事论事地来考虑的话,"长谷川视线游移着继续说道,"估计是'M'内部,开始了针对'内应'的大清洗吧。"

长谷川若无其事地说出了一个十分可怕的词,令剑崎再次感觉到,公安部的人确实是活在另一个世界里的。

"就是说,他们是在清理门户?"

"是的。"

"针对今夜的事件,公安部也出动了吗?"

"这个我就不知道了,因为这是三泽负责的嘛。"

看来关键人物就是那个做卧底的三泽。

"你们看,问到这儿是不是差不多了?"长谷川说道。

他的口气有一点点慌张,兴许是有些后悔自己说得太多了吧。

"很有参考价值,非常感谢您!"

古寺低头致谢后,长谷川就站起身来。然后他回到自己的桌旁,拿起了账单,直接朝收银处走去。

"那个三泽,我认识的。"西川说道,"说不定能联系上。"

"那就拜托你了,可以吗?"古寺问道。

"好的。"

剑崎不禁为下属这种积极配合的态度感到意外。

"请稍等。"西川像是不想让他们听到他与三泽的通话,拿着手机去了店门口。

"根据刚才所说的情况,"古寺说道,"我有个想法。"

"什么想法?"

"'掘墓人'是'M'内部的人员,正在惩处叛徒。如果真是这样,那个叫作三泽的卧底和堂本谦吾,恐怕也被他盯上了吧。"

"就是说,作案动机就是针对敌对势力的报复?"

"是的。"

"要是这样的话,其最终目的就是暗杀国家重要人物了。"

"不过,我总觉得还有些不甚明了。"

对此,剑崎也有同感。

"如果长谷川的话属实,那么就有了一条逮捕'掘墓人'的捷径了。"

"什么捷径?"

"严密监视堂本谦吾。因为想要他命的'掘墓人'很可能会去找他。"

"有理。"古寺点了点头。

这时,西川回来了:"我已经给三泽的手机发了信息,对方迟早会回复的。"

"好！"说着，古寺站起身来，"剑崎主任，你就与西川警官一起行动吧。"

"你呢？"

"我去探明堂本谦吾所在的位置。既然没有别的线索，那就只能在他那儿等着'掘墓人'自投罗网了。"

-5-

顺着铁轨旁的铁塔往上爬了七米左右，八神便停了下来，等那四名警察从他脚下通过。这些追查逃犯的警察，都没将手电筒举向空中照一下。他们都只将视线投在铁轨上。在铁塔跟前擦身而过后，又各自朝前走去了。

等警察们走远后，八神才继续往上爬。

从土堤下的汽车道往上看时，觉得铁塔顶部有十多米高，站在那儿挺直了身子，只要一伸手，就能搭上支撑着单轨电车铁轨的桥桁了。但是，想要转移到那儿去，就必须凌空站在铁塔的塔顶上。

到了真要么做的时候，八神才发现自己还是想得太天真了。因为，高度所带来的恐惧，远远超出了他的想象。只要一想到要放开原先紧搂着铁塔的双手，他的双腿就忍不住发颤。

八神又低头看了一眼地面。毫无疑问，只要脚底一滑，他就一命呜呼了。老子为什么要做这种事呢?他心里的某个角落突然闹起别扭来。身上这里、那里都开始疼起来。肚子饿得过了火,也已经变得疼痛难忍了。如此状态下,还要做空中表演,这不是自寻死路吗?怎么可能成功呢?只要一把没抓住桥桁,就会在十几米下的地面上摔个稀巴烂了。

既然这样,那就回到下面去吧。当他将目光从地面上收回来时,突然觉得有什么东西在往上揪他的头发。他吓了一跳,可抬头望去,却什么都没有发现。或许只是吹过了一阵风吧。那调皮的微风,却给人以小孩的手的触觉。

八神抱着铁塔不动了。他在想,自己这么做到底为了什么?是为了赎罪吗?是为了用假试镜欺骗了孩子们而忏悔吗?好像也不是啊。自己想要救助的,难道不是懦弱无力的孩子吗?那些遭受不该自己负责的不幸的折磨,只会抱着膝盖痛哭的可怜的孩子。

那不正是自己以前的形象吗?

八神明白了。挽救白血病患者的生命,就是他一生中最大的赌博。赌的不是金钱,而是自己的自尊心——还拥有着却已被自己忘了的自尊心。自己的亲生父亲用暴力不断地告诉自己他是个毫无价值的人,而挽救白血病患者的生命就是这样的自己恢复自尊心的唯一途径。

"行啊。"八神对着轻抚他脸颊的微风说道,"老子豁出去了。"

看来凡人要救他人性命,不凭借着一股子一往无前的狂热是不行的。于是八神就首先恢复了那一股子狂热,为了挽救白血病患者的生命,鼓足勇气爬上铁塔顶部后,极力维持着自身的平衡,仅靠双脚凌空站了起来。

支撑着两条铁轨的钢架就在自己的肩膀位置。他用双手抱住了钢架之后，慢慢地将体重都移到了两条胳膊上。此刻八神的双脚已经腾空，整个人都吊在四层楼高的空中。为了借势攀上钢架，必须晃动身体，而这，就是最恐怖的时刻。

成功了！成功跨上了钢架的八神，就像一条尺蠖虫似的，身体一屈一伸地往前爬着，一直爬到了左侧的轨道下面。

供单轨电车行驶的路轨是用混凝土筑成的，截面为四方形，连接着滨松町与羽田国际机场。虽说这比八神所在的钢架要高出一米七左右，但其侧面有供车辆行驶的滑轮，八神伸手搭在滑轮上，成功爬了上去。

八神终于站到了轨道上。轨道的宽度只有八十厘米左右，要是在平地上走路，这个宽度也足够了，可在夜风阵阵的十五米高空，那简直就是一根性命交关的平衡木。

我的前世或许是个杂技演员吧。八神心里嘀咕着，伸开双臂，朝南走去。在这样的空中散步尽管危险，但至少不用担心有警察追来了。沿着轨道这么走下去，就能一直走到大森地界。然后找个合适的地方转到车站上，再从那儿下到地面后，就能逃出警察的紧急布控网了。

单轨电车的轨道从高楼大厦间穿行而过。这种地方也充分体现了东京的过密程度。要是坐在电车里的话，恐怕还能看到窗外几米远的地方，公司职员在努力工作的场景吧。

八神极力稳住心神，不让自己被周围的风景分心。现在要是摔死的话，那可真是鸡飞蛋打了。此时，装有笔记本电脑和手机的小背包就显得很重要了。因为他觉得，即便是这么个小小的背包，也有助于他保持平衡，让双脚踏实地踩在轨道上。

走了一阵子之后，或许是他已经适应了这种高空散步了吧，八神已经能以正常的速度行走了。他明白，比起过于小心翼翼来，保持一定的速度行走更为安全。

就是这么个走法！他鼓励着自己。可当他抬起视线朝前方望去时，身体却一下子失去了平衡。他感到肚子里蹿过了一股凛冽的寒气，就跟被塞了一块冰块似的。他的左脚踩空了，落到了轨道之外。出于紧急判断，他将右脚也踩空了。结果他的身体垂直下落，然后以骑跨在轨道上的姿势突然停止。

他叫不出声来。因为他的某个要紧部位受到了撞击。别这样，饶了我吧。这种内心的祈祷，显得那么虚幻，那么徒劳。很快下腹部处不可思议地剧痛起来。男人不好做啊。为了转移注意力忘记疼痛，他一个劲儿地在心里背诵着乘法口诀表，并抬起头朝前方望去。不一会儿，他就明白了自己的身体失去平衡的原因。原来，前方靠近拐弯处的轨道朝内侧倾斜着。尽管这段斜侧弯道的倾斜角度并不太大，可要在那上面走过去，就太惊心动魄了。

想要救个人，怎么就这么难呢？

为了逃避疼痛，八神扭动着身子，并开始在倾斜的弯道上匍匐前进。

"三泽回电了。"

与三泽通话后，西川回到了桌边。

"说是能告诉我们一些有关'M'的情况。我马上就去跟他见面。"

"好！"剑崎站起了身来。

付了账之后，他们俩走出了家庭餐馆。停车场上停着西川开来的便衣警车，剑崎坐到了副驾座位上。

汽车朝市中心开出后，剑崎问道："这个做卧底的三泽，到底能透露给我们多少情况呢？我听说公安部的人，即便是对同事，也一向是不露口风的。"

"这个不用担心。因为那家伙欠着我的人情呢。"

"欠你的人情？什么人情？"

西川瞟了一眼坐在副驾座位上的剑崎，说道："眼下这么个时候，我对主任你是毫无保留的。我曾动用公安部的小金库，帮他还清了债务。"

剑崎不由自主地端正了一下坐姿："你说什么？"

"公安部所有行动的预算，都是不公开的。金额也好，用途也好，都是保密的。所以越是高层就越好捞。简直就是腐败的温床。"西川说着，脸上露出了微笑，"怎么样，多少了解了一些社会真相吧。"

"受教了。"

剑崎鼻子里哼了一声，把脸又转向了前方。

这位比自己年长的下属被安排到监察系后一直吊儿郎当的毫无干劲儿，事到如今，剑崎觉得自己像是有点儿明白其中的缘故了。

与暴力团伙沆瀣一气的刑警、沾染了兴奋剂的侦查员，诸如此类，剑崎他们所逮捕的家伙自然也都是罪犯，但不过都是些小鱼小虾罢了。估计西川想说的是，抓这些家伙又于事何补呢？警察内部还有更坏的家伙呢——那些盗取税金、中饱私囊的家伙。只要不去逮捕那些家伙，那么我们所做的一切不过是欺负弱者罢了。

剑崎又看了一眼手握方向盘的下属，感到有一点儿奇怪。无论是让长谷川与自己见面，还是与三泽接头，这一次，西川都表现出了前所未有的主动性。

"我说，西川，"剑崎问道，"你为什么这次想到要向三泽讨回人情了呢？"

"这个嘛……怎么说呢……"依旧绷着脸的西川含糊其词道。

"你这次热情异常高涨嘛，怎么回事？"

"非要我说的话，"西川歪了歪脖子说道，"或许是因为我感到人身危险了吧。"

"人身危险？这又是怎么回事？"

"就是那个'掘墓人'传说。我第一次听到时就产生了一种不祥的预感。'掘墓人'的作案目标是异端审判官，是吧？"

"是啊。"

"在如今的日本，正在实施异端审判的不就是公安部吗？"

"欸？"剑崎不由自主地看了一下西川的脸。

西川继续低声说道："被配属该部门后，我就进了位于中野的警察大学。那是个针对公安部人员实施精英教育的机关。学生都隐去了真名实姓，在那儿学习窃听、跟踪等技术。而其中最为彻底的，是思想教育。就这么着，公安部成员就渐渐地被培养成'异端审判官'了。"

"普通的日本警察学校里，不是也进行思想教育的吗？"

"程度不同啊。他们给公安部成员所灌输的，是过于极端的思想。每天都被这么洗脑的话，违法侦查什么的自然就不当一回事了。侵入民宅、窃听、偷拍、收买，这些手法都不值一提了。应该说，公安部本身正在成为邪教团体啊。"

"你没有被洗脑吗？"

"当事人自己毫无知觉，这正是洗脑的可怕之处嘛。当然了，作为一介市民，我是要站在强者一边的。"

剑崎不由得笑出了声来。

"所以，有人真要颠覆现有体制的话，我是要当真与之战斗的。不管怎么说，也不能让极端政权诞生。"

剑崎心想，在如今的日本，会发生这种事吗？他对此深感怀疑，不过，他没说出来。

"我会这样想，也不知道是不是被洗脑的结果。"

"既然这样，也就不用烦恼了，是不是？就反对极端政权这一结论而言，是一致的嘛。"

不料西川却摇了摇头："可是，日本现行的民主主义也是有缺陷的。所谓少数服从多数的原理，就是一种把五十一人的幸福建立在四十九人的不幸基础上的体制。再上升一步来说，支持率为三成的政党取得了政权，就可以无视七成的意见了，被否定的一方就哭告无门了。我们只能祈祷自己不要落在这一边。"

"你到底想说什么呢？"

"有可能存在一种比现有体制更好的社会制度，只不过谁都没有意识到而已。就跟古人没有意识到现在的民主制度似的。但这种新思潮一旦冒头，公安部的那些家伙就会加以抵制的吧？因为他们是将所有与现状不符的东西都视为敌人，视为异端的。"

剑崎心想，西川所说的，也并非绝对虚无缥缈、无中生有。事实上在当今社会中，已经能清楚地看到这种苗头了。日本公安厅不仅针对极左、极右之类的思想团体，即便是对于市民行政监察员[1]以及媒体相关团体，甚至对于教职员工会组织也都虎视眈眈地加以严密监视。这已是一个不争的事实。他们还把呼吁废除死刑制度的、反对升"日之丸"国旗的、反对原子能发电的等所有希望改变现状的人统统视为敌人。这简直就是民主国家在阴影里蠢蠢欲动的"女巫审判"逻辑，是现代版的异端审判制度。

"说回到眼下的案子上来——"西川说道，"老实说，'掘墓人'到底是何方神圣我们毫无头绪，因为我们不擅长刑事侦查。可是，凶手为什么要模仿那个古老的传说，这倒是必须加以考虑的。恐怕这个'掘墓人'是想通过这种方式提出某种诉求吧。如果只是杀人的话，又何必这么大费周章呢？"

"不是单纯的恶性犯罪？"

"嗯。也不是为了赢得社会关注的剧场型犯罪……"说到这儿，西川居然露出了害羞的表情——这可是迄今为止从未有过的，"当然

---

[1] 监督公务员的守法情况、调查市民对行政的不满意见、通过劝告促使行政管理合理化的职位。一般由议会选拔任命。

了，这些也只是我的感觉而已。"

这很可能是正确的——剑崎心想。模仿传说的作案手法,因此留下许多物品,会给罪犯带来很高的风险。那为什么非要这么做呢?破案的关键是否就在这里呢?

驶入霞关的官厅街后,西川将便衣警车停在了与警视厅相隔一个街区的日比谷公园旁。

"稍等一下。"

说完,他就将剑崎留在车内,自己下车走进了日比谷公园。在好奇心的驱使下,剑崎不免用目光追踪着自己的这个下属。只见西川在公园内绿化带旁走了五十来米后停下了脚步,像是在跟等在那里的人说话。

剑崎凝神观瞧,无奈那儿正是背阴处,看不到三泽的脸。

过了一会儿,西川一路小跑地回来了。他一坐进驾驶座就说:"不好意思,要请你下车了。"

"有什么不方便的吗?"

"不,不用担心。三泽他不喜欢有旁人在场。这是公安部的人特有的谨慎。"

"好吧。"剑崎不情愿地下了车,隔着车窗问道,"我该怎么做呢?"

"等我的联络就行了。获得什么信息后,我会打电话给你的。"

"好的。"

将手搭在方向盘上的西川并没有马上开动汽车,他就那么一动不动地坐着,像是还有什么要交代的。

"其他还有什么？"剑崎问道。

"还有一点。"西川眼睛望着前方，说道，"在公安部那会儿，我阻止了一起极左团伙的恐怖爆炸。这是个保密的案子，媒体没有报道过。我们成功地保护了市民的生命安全。我想说的就是这个。"

剑崎点了点头："知道了。"

西川像是满意了，他踩下油门。剑崎两手插在口袋里，目送着西川的汽车转过了拐角。

凌晨两点出头，古寺将机搜车驶入永田町，来到了国会记者会馆前。在此之前，他已经跟政治部的记者约好了。他将"掘墓人"事件的相关信息稍稍透露了一点儿给常驻警视厅记者俱乐部的一位熟识的社会部记者，于是人家就联系到了政治部的记者。

在记者会馆前打通了电话后，对方立刻就说"我马上去您那儿"。

没过几分钟，就出来了一个姓村上的政治部记者。只见他身穿西装，戴着钢笔形状的记者徽章。三十岁出头，体格健壮，就记者而言，正是精力与经验对等的最佳状态。

"您是古寺警官吧？"这位大型新闻社的记者客气地说道，"有什么话可以到会馆里面去说啊。"

"多谢！不过，还是请您在这儿谈吧。"

说着，古寺请对方上了警车。谁知道是否有人在什么地方盯着呢？要了解堂本谦吾在哪儿，还是隐秘一点儿为好啊。

"听说您是负责堂本干事长的记者，是吗？"

听古寺这么一问，对方就苦笑道："三个月前他们就不让我干了。我现在负责所有的执政党了。"

"为什么呢？"

"因为我写了批评堂本谦吾的报道了呗……所以被支开了。"

这种政治家与媒体相互勾结、狼狈为奸的现象是司空见惯的。只有满脸堆笑、摇尾乞怜的家伙才能接近掌权者。不过古寺转念一想，说不定与反对堂本谦吾的记者更容易合作吧。于是他就直奔主题，问道："您掌握堂本谦吾现在的情况吗？"

"您是说……"

"现在，就眼下这个时候，他在哪儿？"

不料听他这么一问，村上的脸色居然为之一变。

古寺发觉对方误会了，慌忙解释道："啊，啊，不是那么回事。我是属于处理一般刑事案件的第二机动搜查队的。那不是个调查政界腐败的部门。"

"既然这样，又为什么……？"

"确实是为了一点点小事而已。不是能在报纸上整版报道的那种。"

"好吧。"村上记者说道。可见他并未接受这样的解释，但或许是碍于介绍人的面子吧，他还是回答道："堂本谦吾自三天前起，就已经去向不明了。"

古寺不由得瞪大了眼睛，问："您也不知道他身在何处吗？"

"是啊。不过，这也是常有的事。堂本谦吾患有高血压，是老毛病了，会利用国会开会的间隙去就诊。这次多半也是如此吧。"

"那为什么要加以隐瞒呢？"

"因为，政界大佬健康方面的传闻也是会动摇政局的。"

"是这样啊。"古寺点了点头，"有什么办法能确定他的位置呢？譬如说他常去的医院什么的。"

"我也没有确切的消息啊。"

看来是没法伏击"掘墓人"了。古寺沉吟片刻后又问道："只有极少数人知道堂本谦吾的去向吗？"

"是的。家人、秘书什么的，估计就这么多吧。"

要是这样的话，只要凶手不是他身边的人，堂本谦吾还是安全的。古寺想打听的事情很快就结束了，但他不愿浪费了这个宝贵的信息源，想尽可能多地获取一些信息。

"堂本谦吾是经由警察官僚而当上国会议员的，想必他的发言对于警察组织具有一定的影响力吧。"

"那还用说？也不仅限于堂本谦吾，执政党议员中，几乎没有哪个政治家是不与特定的行政官厅相勾结的。"

"那么，堂本谦吾会对公安部的侦查进行干预吗？"

"有可能。"村上说道，"可以肯定的是利用其信息收集能力。公安部和公安调查厅一直在收集革新系在野党的信息。而这些信息会全都提供给堂本谦吾，并被用于针对在野党的对策之中。"

"具体来说，都是些什么样的信息呢？"

"譬如说，在选举时，能知道对手的支持率。"

这可是出乎意料的收获啊。堂本谦吾在选举前将政敌的儿子冤枉成杀人凶手，不就是基于这样的背景吗？

"听说在上次的选举战中，堂本谦吾打得十分艰苦啊。"

"是啊。有个名叫野崎的革新系候选人紧追不舍啊。结果却因为丑闻而被取消了候选资格。"

古寺装作一无所知的样子,问道:"是什么样的丑闻?"

"好像是他的独生子因买卖兴奋剂发生纠纷,把人给捅了。"

随即,村上就说了一通与野崎的证词内容相同的话。看来在拘留所的审讯室里听到的是真实的。既然这样,那么这次从公安部的刑警长谷川那里听来的信息也必须核实一下了。

"您有没有听说堂本谦吾发出了调查邪教组织的指令呢?"

"这倒不知道啊。什么样的邪教组织?"政治部的记者反问道。

"公安部用代号称之为'牧师',简称'M'。"

村上歪着脑袋想了一下,说道:"不知道。"

"那就算了,就当我没有说过这回事。"

虽说古寺打算换一个话题,可对面的新闻记者却依旧一脸严肃。

"古寺警官,您是在侦查什么案子吗?"

"现在就请您别问了。因为不管我说什么都不是确凿的。"

"是两年前的秘书自杀事件吗?"

古寺不由得吃了一惊,他紧盯着对方的脸问道:"您说什么?"

"您不知道吗?"村上颇觉意外地问道,"这是个与堂本谦吾有关的谜案。他的秘书所经营的一个咨询公司,有来自某银行的非正常资金流入。而就在这事东窗事发的时候,这个管钱的秘书自杀了。"

古寺想起来了,确实有过这么一回事。当时的报道只说了秘书自杀,除此之外没有透露任何细节。

"可是,"村上继续说道,"就在这个管钱的秘书的死亡推定时间之前的十五分钟，秘书还给事务所打了电话，说是马上就回去。可为什么不久之后就用汽车尾气自杀了呢，而且是在东京正中央的深夜停车场里？"

古寺缓缓地说道："是他杀吗？"

"一切都在云里雾中啊。担任初步侦查的当地警署在现场附近发现了多个男女的足迹。但类似于线索的东西，也仅限于此了——"

或许是"M"干的吧，古寺心想。这么说来，被认为参与了权藤刺杀事件的那十一个人，也参与了堂本谦吾的阴谋了？可根据长谷川的证言，堂本谦吾又下令消灭"M"，这又是怎么回事呢？还有，为此还不惜派三泽潜入其内部当卧底，这又该怎么看呢？

"其实这样的事情在永田町是司空见惯的。在过去的贪腐大案中，送了命的也不仅仅是当事人啊。采访过的记者啊，协助侦查的证人啊，莫名其妙死掉的人数不胜数。战后最大的受贿案，您知道吧？"

"是七十年代的购买飞机受贿案吗？"

"是啊。当时有四名相关人员死亡，死因居然都是急性心力衰竭。"

"既然是急性心力衰竭，那不就是病死的吗？"

"或许是吧，但也可能不是。在当时美国参议院的调查会上，出现了一些奇怪的证言。说是美国中央情报局，也就是CIA，开发出了一种能给人以自然死亡错觉的杀人毒药。即便进行尸体解剖，也只会检测为心力衰竭。"

"这种毒药也进入日本了？"

"所有的真相都已隐藏在历史的阴影之中了。在那起受贿案中，其实还有些重要证人呢。尽管他们守口如瓶，不肯透露一星半点，但并没有心脏病的他们，居然一直在服用治疗急性心力衰竭的特效药硝化甘油。他们就靠这个才存活了下来。"

古寺觉得，永田町的夜晚越发黑暗了。

"还有，据说还有公安部的刑警监视着对总理大臣的犯罪行为紧追不放的记者呢。坐上了首相宝座的人是可以随意调动公安警察的嘛。"

这就是权力腐败的机制吧。对此，古寺在内心表示认同。一旦对现有体制中当权者所犯的罪行进行追究，就会被贴上反体制的标签，成为公安调查的对象。于是这些权力机构就可逃避追究，继续贪腐下去。在这个残酷又肮脏的世界里，是不能期待它有自我清洁功能的。

这种政界贪腐横行的日本现代史，还要持续多久呢？在五十年之后的历史教科书中，这些相关记述是否会被全都删除干净呢？

"多谢您提供了宝贵的信息。"

说着，古寺微微低头致谢。

"不用谢！"到这时，村上的表情才总算缓和了下来，"侦查有了进展，还请告知。我也很想了解一些内幕情况啊。"

"好的。到时候我会乐意奉告的。"古寺回答道。

将特别搜查本部从大泉署移至本厅的工作已经完成。

结束了分片调查的刑警们开始陆陆续续地回到这个设备齐全的会议室来了。他们利用召开搜查会议之前的时间，赶写着调查报告。

坐在靠里面座位上的越智管理官，望着这些侦查员的身姿，等待着那三个接受特定命令的侦查班的报告。

第一班是人数超过百人、工作在田町与滨松町之间的搜索班。按理说，到了这个时候应该有逮捕八神的报告了，难道他们在现场遇到什么棘手的情况了？

第二班是前往东京拘留所审讯野崎浩平的古寺和剑崎。越智生怕妨碍他们审讯，克制着自己不主动打电话去询问。

还有第三班。被烧死的春川早苗的电脑里有一封邮件，第三班的任务就是去确定该邮件的发送者"维扎德（魔术师）"的身份，他们确实也很快就有了进展。警视厅高科技犯罪对策中心的侦查员，从邮件的页眉部分找出了发送者的IP地址和上网者信息。接到这一报告后，越智就派精通电脑的刑警伊东去了网络服务商那儿。由于没时间去法院申请搜查证了，伊东是带着《搜查关系事项照会书》前去的。只要出示该照会书，网络服务商即便不公开通信内容，也应该提供"维扎德（魔术师）"的真实姓名和住址。

正当他焦躁难耐的时候，电话响了。他立刻抓起电话来，对方是第三班的伊东。

"网络服务商的服务器中留有记录。"伊东兴奋地说道，"'维扎德（魔术师）'的真名暴露了。"

越智拉过手边的笔记本来，说道："好！请讲！"

"首先，他的姓名是——"

手机响了起来。古寺放慢了机搜车的速度，从上衣口袋里掏出了手机，一看来电显示，是越智管理官打来的。

管理官也终于沉不住气了。古寺皱起了眉头。不过他觉得他现在是有理由不接电话的，于是就将手机设定了自动录音回复。

当他将视线回到前风挡外面时，看到剑崎正在日比谷公园的大门口站着呢。古寺缓缓地将车停在了路旁。

"我被排除在外了。"与古寺调换着坐到了驾驶座上后，剑崎说道，"西川正从三泽那儿听取情况呢。有收获后，他会打电话给我的。你那边情况怎么样？"

"没问出堂本谦吾的去向。不过，却听到了另外一件有趣的事情。"

随即，古寺就将从新闻记者那儿听来的话转述给了剑崎。

听完后，剑崎也表示了与古寺相同的疑惑。

"两年前秘书自杀之事，也与'M'有关吗？"

"什么都不好说啊。"

古寺说着掏出了手机。录音电话显示有留言。

"是越智管理官打来的。"

按下播放键后，越智管理官的声音就响了起来。

"我是越智。紧急通报，'维扎德（魔术师）'的身份查明了。"

古寺吃了一惊，他快速跟剑崎说道："'M'教教祖的身份查明了。"

"欸？"剑崎不由得探出了身子。

"用密码给春川早苗发送邮件的，是住在东京都目黑区的三泽真治。"

古寺不禁愕然。

"现在,已派侦查员前往三泽的住宅。请你们在审讯间隙中与我联系。完毕。"

录音播放结束后,古寺傻傻地看着手中的手机。

"这是怎么回事?"剑崎问道。

"'M'教的教祖,也即'维扎德(魔术师)',是一个叫三泽的家伙。"

剑崎听了,心里"咯噔"了一下。

"三泽?就是现在西川去碰头的那个,公安部的三泽吗?"

古寺没有回答。他脑子里的念头像风车似的快速旋转着,拼命思考着对于整个事件的合理解释。前警察官僚堂本谦吾为了消灭"M"而派了刑警去做卧底。要是这个叫三泽的刑警其实就是"M"的教祖,也就是说,要是由同一个人来扮演侦查方和被侦查方的话——

渐渐地,整个事件的全貌开始在古寺的脑海中呈现出来了。

"我想确认两点。"几乎已浑身战栗着的古寺问道,"卧底的姓名在警察厅的数据库中是有登记的,是吧?"

"是的。是为了即便有违法行为暴露,也不让我们监察系插手。"

"告密者也一样,是吧?就是说,通过'S工作'发展的间谍,也同样有登记的,是吧?"

"是的。也是为了对他们的违法行为网开一面。就这次的事件而言,就是那十一名目击证人了。"

这就能将目前为止所获得的线索全都串起来了。堂本谦吾表面上做出了消灭"M"的指示,背地里却操纵了权藤刺杀事件。这样的构

249

图终于浮出水面了。

"'M'这个组织,原本就是三泽自己建立的邪教团伙。"

剑崎大吃一惊,连两条眉毛都往上吊了起来。

"你说什么?"

"他建立了这个非法组织,对信徒进行洗脑,然后从中挑选出十一名忠实信徒。而堂本谦吾则发出了消灭'M'的指令,并派遣三泽作为卧底打入其中。"

剑崎的眼里闪烁着光,显示出他的大脑正高速运转着。

"其目的,就是要将三泽与那十一个人的名字都登记在警察厅的数据库中,从而使这十二人能在做出违法行为后免于被追究。"

剑崎一时间听得目瞪口呆。过了一会儿,他问道:"就是说,建立了一个不受法律制裁的十二人的犯罪集团?"

"正是。这是一个按照堂本的意愿活动的、无法无天的集团。就是他们杀死了权藤,并将罪名扣到了兴奋剂卖家野崎的头上。"

"要是这样的话——"剑崎视线游移着说道,"即使权藤事件的真相大白于天下了,他们也不会遭受惩罚。"

"是啊。刑事部就算要加以侦查,也会屈服于公安部的压力吧。再说,检察厅也不会立案的。因为从未有过检事总长与公安部相对抗的先例嘛。"

随即,古寺就引用了公安部秘密行动小组的窃听事件。针对革新系政党干部的家庭电话,公安警察实施了有组织的窃听。检察厅虽说已掌握了确凿的证据,却未予立案。后来这个案子就不了了之了。就是说,自我标榜"剔除巨恶"的检事总长,一旦真的面临与警察全面对决，就夹起尾巴灰溜溜地逃跑了。同样的窃听事件，倘若是民间团体犯，想必检察官就不会手下留情了吧。

"那个事件我记得很清楚。"剑崎说道，"那些检察官对警察的犯罪行为视而不见，却对弄堂里的小混混死揪着不放，非得送上法院才后快。简直就是欺软怕硬、恃强凌弱。"

"这就是我们这个国家的正义。法律面前，并非人人平等啊。检察厅的那些家伙官官相护，对与政治势力相勾结的政客睁一只眼闭一只眼，而弱者哭告无门，当然是不折不扣的恃强凌弱。"

剑崎的眼前蒙上了一层阴影，像是被愤怒的帷幕遮蔽了一般。这次，古寺不想去嘲笑他的幼稚了。

"照这么说，堂本谦吾和'M'的关系即便暴露，也难以向他兴师问罪了？"

"是啊。只有检察官拥有公诉权嘛。他们不行动的话，是不能对任何罪犯加以判决的。"

"再说，就算想要审问堂本本人，我们也不知道他在哪儿啊。"剑崎无奈地说着，突然仰起了脸来，"西川见过三泽了。"

古寺也想起了这事。

"就是那个'维扎德（魔术师）'。"

剑崎手忙脚乱地掏出了手机，按下了号码，放在耳边听了一会儿，但很快又挂掉了。

"没有人接听。"

古寺有了一种不祥的预感，但他并未说出口。"总之，我们还是先把堂本谦吾的事放一下，回到今夜的案子上来吧。那个'掘墓人'——那个要把'M'的成员全都杀死的家伙，到底是什么人呢？"

将目光投向窗外的剑崎，用并非开玩笑的口吻说道："我倒是愿意相信那个古老传说了。被杀的权藤死而复生，开始向不受法律制裁的家伙复仇——"

古寺仰起脸来，他似乎也觉得自己理解了凶手为什么要模仿那个古老传说了。

"不就是那么回事吗？"

"怎么回事？"

"堂本谦吾和'M'狼狈为奸，是不能盼望法律对他们加以惩罚的。所以凶手就——"

剑崎接过他的话头，替他说下去："就出面给被杀的权藤复仇了？"

"是的。"说着，古寺觉得英格兰的古老传说与这次的案子，开始呈现一种奇妙的关联性来了。体制性犯罪。为了维持执政者的权威而惨遭涂炭的无名市民。凶手之所以要模仿那个古老传说，莫非就是要宣示这是一出复仇剧？之所以要重复剧场型犯罪中常见的轰动效应，莫非就是为了揭露隐藏在事件背后的国会议员堂本谦吾与"M"之间的关系？

"如果凶手的动机是复仇，那么最后的目标应该就是堂本谦吾了。"

"可要是这样，这出复仇剧不就无法成功上演了吗？因为无法掌握堂本谦吾的行踪啊。"

"也是啊。"

剑崎皱起眉头来思考着什么。

古寺说道："不是说，'M'的成员总共有二百来人吗？"

"是啊。"

"恐怕'掘墓人'也在其中吧。"

"为什么这么说呢？"

"因为他消息灵通啊。为了获得那十一名内应的住址并了解堂本谦吾与'M'之间的关系，就非得潜入'M'组织不可啊。"

"这个推理要是成立的话，"剑崎神色严峻地说道，"到底什么才是正义呢？"

古寺面带疑惑地反问道："你是说，正义？"

"制止'掘墓人'作案，消灭不受法律制裁的杀人集团，到底哪一个才是正义呢？"

古寺也无法回答。

"不过，"剑崎说道，"这个复仇说也还是有欠妥之处的。被杀的权藤，是个有前科的兴奋剂中毒者。为了这么个人，会有人搞如此复杂的复仇吗？"

"你再回想一下野崎的口供。他不是说还有人给权藤提供生活费了吗？"

"还是不太可信啊。"自言自语似的说着，剑崎就发动了汽车，"不过，也只有这条路可走了。"

"我说，咱们什么时候与搜查本部联系？"

"等摸清了罪犯再说吧。"

东京拘留所的回复是：古寺和剑崎两位警官已在凌晨一点过后结束审讯了。

那两人在干什么呢？越智管理官感到有些忐忑不安。剑崎暂且不论，古寺可是过去多次合作过的老侦查员了。连他都失联了，两人是否遭遇了什么不测了呢？

就在这时，电话响了起来，越智心想或许是古寺，便立刻抓起了听筒。

"你好，我是科搜科的白户。"

虽说有些失望，越智还是冷静应对道："你们发现了什么吗？"

"是的。烧死春川早苗的作案手法清楚了。凶手是将布条缠在弩箭上，点上火后射出的。"

"这一点，在现场观察时已经提到了。"

"之后，凶手似乎又对着已经着火的受害人泼洒了可燃液体，估计是用泵一类的工具喷洒的吧。"

越智不免有些着急："有什么与凶手直接相关的线索吗？"

"虽说不是什么直接相关的线索，但我们在烧剩下的物品上检测出了乙醇。"

"这又怎么了？那是一种极难搞到的燃料吗？"

"那倒不是。乙醇燃烧时的火焰，肉眼是看不见的。"

越智反问道："你说什么？"

"这种燃料着火后，会升起无色的火焰。若在一旁看着，就好像没有发生燃烧。"

这就是"地狱业火"的真相吗？

越智产生了一种眼前的迷雾正在渐渐散去的感觉。在此之前，不知不觉间，自己就被笼罩在"掘墓人传说"的恐怖之中了。可现在，侦查工作终于朝着有合理解答的方向深入下去了。

"这种名叫乙醇的燃料，在十五世纪的欧洲也会有人使用吗？"

"那时候的人们是否会把它作为燃料使用，那我就不得而知了，但所谓乙醇也就是酒精，那可是人类在公元前就开始使用的东西。不过不是用来烧的，而是用来喝的。"

越智笑着说："明白了。谢谢！"

"接下来，我们会对乙醇中的杂质加以鉴定。说不定能据此判定获取的途径。"

"有劳了。"挂断电话后，越智摊开了东京二十三区的地图。

在过去的四起作案中，被认定为"掘墓人"带入现场的装备数量较多。沙袋、麻绳、皮条，还有机弩。这次又增加了乙醇和用来喷洒的泵。

不使用车辆是无法搬运的。看着地图上标注出来的作案现场，越智得出了只能判断为多人犯罪的结论。否则，就无法说明第一和第二个案子之间的时间间隔了。

"喂，越智。"

听到有个粗嗓门儿在喊他，越智抬起头来，见河村刑事部部长正站在他跟前呢。搜查本部长在这个时间现身，让越智吃了一惊。

"怎么了？"

"召集开会了。三十分钟后，在十四楼的会议室。"

"十四楼？"越智反问道。因为那儿是公安部所在的楼层。

河村意味深长地点了点头。

"还有一件事,我把去找三泽的侦查员叫回来了。"

"为什么?"

"因为,三泽的名字是作为'S工作'侦查员被登记在案的。"

越智觉得像是挨了当头一棒:"难道这案子与公安部有关?"

"具体情况就要开了会才知道。要看他们怎么说了。"

目瞪口呆的越智不由得想起了那两个失联的侦查员。莫非古寺和剑崎在审讯野崎浩平时听到了什么,担心整个事件被掩盖掉就自作主张地去查明真相了?

-6-

八神在唱歌。唱的是一首他从小就十分喜欢的歌曲。

"爱春天的人呀,内心纯洁。"

这首《四季歌》对行走在八十厘米宽的"平衡木"上的他来说,就是一首节拍恰到好处的进行曲。因为按照这个节拍,就能以踏实的步伐不断前行而不用担心踩空了。

这时,他已经在单轨电车的轨道上走了一个多小时。他那要紧部位的疼痛,已经恢复到能够正常走路的程度。过了天王洲岛站,转过一个弯道之后,轨道就变成直线了。而来到了这儿,单轨电车高架桥的高度也下降到五米左右。并且,轨道一直沿着东京湾的水渠上方延伸，即便摔下去也不会伤筋动骨的。

"爱夏天的人呀，内心坚强。"

轨道右侧是与之平行的首都高速羽田线，虽说眼下已是深夜，可依旧车水马龙，川流不息。那些开车的人只要抬起头来往上看，八神的身姿就会进入他们的视野。要是他们都把他当作轨道检修工，那自然是没问题的。

"爱秋天的人呀，内心深沉。"

他已经想好了一旦出事的逃生途径。支撑着两条轨道的桥桁就在下面约两米处。就算受到前后夹击，也可以先跳到那儿，然后再跳入水中。这样，就能毫发无损地逃下轨道了。

"爱冬天的人呀，内心宽广。"

八神在脑海里描绘着在地图上确认过的单轨电车路线，决定在三站之前的昭和岛下到地面上。从那儿到六乡综合医院只有五公里的路程。如果就这么顺利进行下去的话，目的地也就近在眼前了。

过了两个舒缓的弯道之后，大井赛马场站就出现在前方了。脚下的水渠已经消失，再次变回了混凝土路面。八神唱了五遍《四季歌》，进入了车站的站台。

全长五十米左右的大井赛马场站，由于屋檐伸出很长，所以显得格外昏暗。从八神所在位置的左侧望去，站台与轨道之间拉了一道防止人跌落的金属网，但另一侧，也即上下线两条轨道之间是什么也没有的。八神为了不踩空，走得十分小心，而他哼唱的《四季歌》的节拍，也从"行板"变成了"慢板"。

"爱春天的人呀——"

257

"内心纯洁。"

听到有人在和唱,八神不由得打了个激灵,并停下了脚步。

"就像紫罗兰一样,是我的朋友。"

这是个男高音。

八神则以男中音的声调问道:"谁?"

没人回答。他凝神朝前方望去,连个人影都没有。

"谁?"他又问了一遍,"是'黑鸭子'[1]吗?"

不料这次从背后传来了一个声音:"无处可逃了哟。"

八神回头看去,见设在站台边缘防止人掉落的挡板阴影里,站着三个男人。虽说黑暗中看不清他们的脸,可从模样上还是能看出,其中一人为"上班族"。

八神刚要往前跑去,却见前方也有三个男人:"斯嘎喇(学者)""自由职业者"和另一人。

随即,"上班族"和"斯嘎喇(学者)"仍留在站台上,而另外四人则跳上了轨道。不过他们与八神之间保持着一段距离,站立不动了。

"要是在这种地方抵抗的话,是会送命的哦。""上班族"说着,在站台上走了几步,来到了八神的旁侧,"我们没打算杀死你,你能乖乖地跟我们走吗?"

"为什么老缠着我?"

"跟我们走一趟,你就知道了。"

听到脚步声后,八神回头看去,见有两人不知什么时候已经离他

---

[1] 20世纪80年代的一个男声四重唱组合,演唱曲目以经典老歌为主。

很近了。与八神的眼神相遇后，他们站定了身躯。八神缓缓地移动视线，从轨道上朝地面看去。下面黑咕隆咚的什么也看不见，但有一点是可以肯定的：摔在混凝土路面上，必死无疑。

"已经有一个人从拱顶上摔下去了，是吧？"八神像是在唤醒十分久远的记忆似的说道，"你们也想重蹈覆辙吗？"

"要摔的话，这次肯定也是与你一起摔下去的。"站台上的"上班族"说道，"你已经别无选择了。要么跟我们走，要么摔死在地面上。"

从前方靠近的两个人，也被八神用眼神制止了。

"抱团跳崖，同归于尽吗？"八神笑道。

"告诉你一件事吧。""斯嘎喇（学者）"开口了，"你的小命已被猎奇杀人狂盯上了。就是那个'Gravedigger'。"

"啊？你说什么？"

"Gravedigger，就是'掘墓人'的意思。一个模仿英国古老传说的变态狂，他正想方设法地要干掉你呢。岛中圭二也是被他干掉的。"

八神望着这一伙人，心里在想，他们所说的，到底有多少是真实的呢？"掘墓人"这个杀人狂杀死了岛中圭二，这一点倒与自己的推测是一致的。问题是他还要杀死自己，这又是为什么呢？再说，眼前这些家伙又是些什么人呢？

"那么，你们的目的又是什么呢？"八神问"上班族"道。

"我们是为了保护你。因为你是无法请求警察保护的。"

"出于纯粹的志愿者精神吗？"

"是啊。"

"也希望我做出什么回报吧？"

"上班族"听了，只是笑了笑，并未回答。

就在八神纠结于这到底是怎么回事的时候，轨道上的那四个男人也在从前、后两个方向一点点地朝他逼近。

"走吧，和我们一起走吧。"

八神也觉得事到如今，只能顺从他们了。既然无路可逃，当然只能照他们说的去做了。于是他就伫立在轨道上，问道："行啊。可我现在该怎么做才好呢？"

"上班族"的脸上泛起了满意的笑容，他指着站台与轨道之间说道："那下面有防止跌落的金属网，或许有点儿吓人。不过还请你首先跳到那儿去。然后，我们会把你捞上来的。"

八神点了点头。现在转移到站台上去的话，对方就只有"上班族"和"斯嘎喇（学者）"两个人了，或许能找到机会亦未可知。

就在这时，前方传来了什么东西破空而来的声响。出于条件反射，八神缩起了脖子。他心想，该不是轨道上那家伙趁自己放松警惕而采取突然袭击了吧。

可八神再次仰起脸来的时候，却看到了一张万分痛苦的脸。他前面的两个男人之中的一个，胸口出现了一个银色的箭头，正摇晃着身体呢。黑暗之中，唯有那个男人的上半身清晰地浮现了出来，就跟打了聚光灯似的。不仅如此，才一会儿工夫，那个男人的整个脸上就燎起了水疱，看得八神张口结舌，呆若木鸡。

那个男人踉跄着揪住了"自由职业者"。"自由职业者""哇——"

地大叫了一声，拼命挣脱了他的双手，却因用力过猛，自己反倒摔到了金属网里。而那个痛苦不堪的家伙则上半身冒着青烟，从轨道与轨道之间的空隙中摔到了混凝土地面上。

随即，就从脚下很深的地方传来了人体撞击硬物的闷响。紧接着，第二波攻击又来了。一道银光从八神的眼前闪过，他看到有一支箭"铛"的一声扎在了站台的挡板上。由此他也知道对方用的是机弩一类的武器了。

站台上的"上班族"和"斯嘎喇（学者）"，这会儿已经躲藏到挡板后面。八神开始朝着已没了敌人的前方奔跑了起来。他一边跑，一边回头张望着，心想这到底发生了什么。终于他看到另一侧的站台上蹲着一个黑色的人影，手上端着机弩，弩上搭着利箭。那人身上披着像是斗篷之类的东西，使得他那带有弧形的身影，看起来像一块巨大的墓碑。

他就是"掘墓人"吗？

那人将机弩对准了八神。八神无处藏身，只能沿着狭窄的轨道继续往前跑。随着轻微的弓弦声，弩箭朝他这边飞来。但没有射中，弩箭从八神与后面追来的两人之间穿过去了。

八神所能看到的仅此而已。接着他将目光放回到前方，专心致志地奔跑了起来。比起后面的两人来，他早就适应了这种"平衡木"上的运动了。因此，只要不被飞来的弩箭射中，或许是能够逃脱的。可是身后的脚步声却一点儿没有远去。八神突然明白了：自己已经筋疲力尽了。照这样下去，迟早会被追上的。

这时，他脚下的轨道变成了舒缓的下坡道，与地面之间的高度差正在逐渐缩小，但要马上跳下去，还是太高了。前方出现了一条河，他考虑过是否要跳入河里，可看到这条河较窄，他又担心其深度不够，只得打消了这个念头。

从河的上方通过后，随即就面临了一个新的考验——弯道。现在已不可能悠悠然地匍匐着爬过去了。八神全速奔跑着进入了弯道的曲面。

然而，很快，他就吓得毛发倒竖。由于速度太快，他的身体跟受到了弯道的排斥似的，已然飞出了轨道之外。

就在这凌空而起的一瞬间，八神还在寻求活路。活路也很快出现在了他的眼前。那就是两条轨道之间的桥桁。落在两米之下的桥桁上的八神，止住了惯性导致的翻滚之后，立刻又爬上了对面的那根轨道。

跟在他身后的那两个人，为了转移到这条轨道上来，也跳下了桥桁。八神继续往前跑，但很快他就在自己的右手边发现了一条真正的"活路"。

轨道下方有个卡车中转站，成排的运输公司停车位前，进出着好几辆卡车。八神回头看去，见有辆带车篷的载重两吨的卡车正从后面赶上来。

能行！八神十分确定。卡车高约三米，从轨道到车顶约为两米。

八神算准了提前量，朝着不断靠近的卡车前方跳了下去。

他的双脚离开轨道的那一瞬间，出现在他的视野里的还只是混凝土路面，可就在他从空中落下的极短的时间内，深绿色的帆布就来到他的眼前了。那富有弹性的绿色帆布十分温柔地接住了从天而降的八神。车篷的支撑条撞在了他的肋骨上，但其冲击程度也仅仅是让他哼了一声而已。

八神回头看了看身后，见那两个家伙束手无策地站在轨道上，正对着他望洋兴叹呢。

"笨蛋！"——他想这么喊，但怕被卡车司机听到，只得作罢。就这么着，这辆载重两吨的卡车载着八神，丝毫也不减速地继续行驶着。

等那两个家伙的身影从他的视野消失后，为了不在拐弯时被甩出去，八神让肚子紧贴着帆布趴在车篷上，开始思考起刚才发生的反常事件来。

那个藏在站台阴影里的黑色人影，就是所谓的"掘墓人"吗？

要不要把这事告诉古寺大叔呢？不，还是先去了医院再说吧。追踪老子的那帮家伙，包括那个"掘墓人"在内，全都被抛在轨道上了，眼下正是与他们拉开距离的好机会。还有，既然都到了这儿了，想必也已经逃出警察的紧急布控网了吧。

八神趴在卡车的车篷上，从小背包里掏出了地图。卡车中转站，在大田区北部的和平岛上。如果在该区内一直南下，就到六乡综合医院了。

他突然笑了起来。或许是从极度紧张中解放出来的缘故吧，他笑得很欢，止都止不住。但是，笑过一阵子后，他又突然担心了起来。

这辆卡车，到底要开到哪里去呢？

直到开会的前一刻，越智管理官还在等待着电话。可是，尽管他再三给古寺的手机留言催促，却总是没有回音。

凌晨三点一过，就不能再等了，他带着相关资料走向通往高楼层的电梯。

此时，离"掘墓人"最后一次作案已经过去了五小时，但越智依然在担心其杀戮是否仍在进行。这个大都市中，有不为警方所得知的、新的牺牲者倒下了吗？是一个，还是多人？

一走进指定的会议室，他就看到刑事部、公安部的高层都已经在座了。而更让越智吃惊的是，警察厅警备局局长居然也出席了！他可是公安调查的最高负责人啊。这个会议的议题到底是什么呢？

等越智落座后，警视厅公安部就开口了："首先，请回答我们的问题。"

"是。"越智嘴上应承着，但内心颇为不解。因为他从未想到自己竟会是被提问方。

"是关于威胁到刑事部的'掘墓人'事件的。你们为什么怀疑堂本谦吾议员与之有牵连？"

越智没理解对方所说的话："您说什么？"

"我问的是执政党干事长堂本谦吾。听说刑事部的侦查员提到过这个名字了。"

作为公安部前辈的堂本谦吾，越智自然是知道的，可要说堂本跟这次的案子有关，他还是第一次听说。

"我没听说呀。"

"真的吗？"公安部部长的语气并非希望确认，分明是在表示怀疑，"我说的是侦查此案的两名预备班警员。"

毫无疑问，说的就是古寺和剑崎。可越智不由得歪了歪脑袋。因为他确实不知道这是怎么回事，莫非他们俩跟公安部的刑警有过接触了？

"毫无头绪吗？"公安部部长再次问道。

"我尚未掌握这方面信息。"越智不落把柄地谨慎回答道。

"那就将所有的侦查员集中起来加以——"

没等公安部部长把话说完，警备局局长就开口了。

"这事先不忙。眼下，保护堂本议员的安全才是首要任务。"

"您是说要保护他的人身安全？"

"有确凿的情报证明，'掘墓人'已将堂本干事长锁定为刺杀目标了。"

这一出乎意料的信息，令越智管理官震惊不已。难道这次的事件，是政治性恐怖事件吗？

"堂本谦吾现在在哪里？"

"不能公开。这是机密事宜。SAT已经出动了。"

所谓SAT，是指设置在警视厅警备部第一课的反恐特殊部队。

"有劳刑事部的，只是尽快逮捕'掘墓人'这一凶犯。这可是事关堂本议员的人身安全，甚至是事关国家安全的大事。"

"另有一班SAT已整装待命。"公安部部长接过话头来继续说道，"逮捕罪犯时如有必要，可令其出动。"

"明白。"越智说道。

一直在一旁听着他们对话的河村刑事部部长，也略带不快地发言了。或许可算是对这个唯公安部马首是瞻的会议的反抗吧。

"堂本议员已被锁定为刺杀对象的情报,可信度很高吗?"

"是的。"局长点了点头。

"情报是从哪儿获得的呢?"

"你以为我们会公开情报来源吗?"警备局局长颇为傲慢地说道。

河村的脸上,立刻布满了说不清是愤怒还是焦躁的表情,连太阳穴上的血管都暴了起来。他此刻的心情,越智是完全能够理解的。因为,一旦公安部介入了本案,就带有将一切都埋葬于黑暗之中的危险了。

-7-

带车篷的卡车行驶在环状七号线上。照这么下去的话,就要到东京北部去了。由于不愿意回到自己的出发地赤羽,所以八神想尽快下车。

然而,遇到的第一个红灯的附近是有警察署的——这是从地图上看到的。那就等下一个红灯吧。可他刚这么想,由于下一个路口是绿灯,卡车一下子就开了过去,来到了与中原街道有交叉路口的南千束。虽说还在大田区内,但这儿已靠近与品川区的交界了。也就是说,八神好不容易已接近六乡综合医院了,现在一下子又拉开了一倍的距离。

等到卡车在下一个红灯前停车后，八神就抓着车篷跳到了两侧都是六车道的中央隔离带中。正当他要进入反向车道时，身后却传来了一个声音。

"喂！说你呢。"

回头一看，见卡车司机从车窗里探出了头来。五十岁不到，满脸惊讶，两眼瞪得溜圆。

"你一直在车上吗？"

想必是跳车时，被他在反光镜里看到了吧。

"是啊。"八神笑道，"别告诉警察哦，拜托！"

"想搭便车就说一声呗。坐我边上多好啊，我正想跟人说说话呢。"

司机嘟嘟囔囔地抱怨着，看到绿灯亮起，立刻就开走了。

八神看着地图，走在人行道上。六乡综合医院在东南方五公里处。八神心想，这个距离的话，应该没问题了吧。于是他掏出手机，拨通了119。

呼叫音响过两遍后，立刻就有人接听了。

"这里是消防署。请问是火灾还是急救？"

"我难……难受。"八神说道，"救护车！快派救护车！"

对方依旧用平稳的声调问道："能说出您的名字和位置吗？"

"阿部一郎。"八神说了假名字，"南千束，环七和中原街道的交叉路口。"

"明白。马上过去。"接着，这个消防署队员为了尽量多了解一些病情，开始问起具体情况来了。

"请问您哪儿不舒服？"

"胸口。喘不过气来。难受。"

"呼吸困难吗？您之前有什么老毛病吗？"

"不行了。快点儿来吧！"

八神趁自己尚未露出马脚赶紧挂断了电话。

几分钟过后，他就听到警笛声了。八神慌忙在原地蹲下。不一会儿，旋转着的红光就照到了他的脚边。当他抬起头时，见救护车已经停在跟前了。

"是阿部先生吗？"从副驾位置上下来的急救队员问道。

八神急促地喘着气，点了好几次头。这时，另一名队员从车上卸下一架担架车，并将它拖到了八神的跟前。这两名急救队员以令人惊讶的熟练手法，动作麻利地让八神躺到了担架车上，并立刻推入了救护车内。

救护车开动前，八神开口了："去六乡综合医院。"

"六乡综合医院？"急救队员反问道，"附近就有可进行急救的医院呀。"

"不，六乡综合医院好。"八神用哀求的声调坚持道，"就当是我的遗言，你们就照做了吧。"

"这样的话，可真会成为遗言的哦。"

救护车鸣响警笛，开动了。

"六乡综合医院有我的主治医生啊。拜托了。"

"主治医生？叫什么名字？"

"冈田凉子医生。"

这时，八神听到副驾位置上有人在说"六乡综合医院"，看来他们已在跟六乡综合医院联系了。

"症状是怎样的？"急救队员问道，"以前也发生过这种事吗？"

"具体情况你们还是问冈田医生吧。"

"病名总该知道吧。"

"不知道。我对于医疗完全是外行。"

这时，坐在副驾位置上的队员说道："跟冈田医生联系上了。说是不记得有阿部一郎这么个病人。"

糟糕！等八神意识到这一点时，已经晚了。

"去都立雪谷医院。"副驾位置上的急救队员对司机说道。

这时，从放在车内的小背包内，传来了轻微的手机振动的声音。

"是我的电话。"躺在担架床上的八神说道，"把那个包给我。"

"你不要紧吗？"事到如今，急救队员的话音里也开始带有怀疑的意味了。

八神用沉痛的声调说道："肯定是我的家人啊。我要对三岁的女儿交代几句的。"

急救队员拉过小背包，从里面掏出了手机。

八神一接听，耳边就传来了冈田凉子的声音："你现在不会在救护车上吧？"

"是啊。"

你为什么不早一点儿意识到呢？八神十分懊恼。

"不管怎么样，我都要去你那儿的。"

269

"八神，你……你到底是怎么回事？"女医生的愤怒，似乎也快要到达爆发的临界点了，"你为什么要用假名字？还装病！"

"我这也是身不由己啊。"

"你现在往哪儿去？"

"都立雪谷医院。"

"让我来跟救护车上的人说吧。"

你来说真是最好不过了。八神刚要这么说，话到了喉咙口却突然噎住了。他感受到了一个出乎意料的、巨大的冲击。他猛烈地咳嗽起来，真正的痛苦令他不由自主地扭动起了身体。

"喂，喂，你怎么了？"

"不，没什么。"

"你能把手机给急救队员吗？"

"不用了。我自己会想办法的。"

"欸，为什么？"

"一定有办法的。"

"可是——"

"真的没事。我过会儿再给你打电话。"

说完，八神就挂断了电话。

"跟三岁的女儿交代过了吗？"急救队员问道。

"该说的都说了。"八神有些心不在焉地回答道。

到目前为止，每次打电话，冈田凉子都要问八神的所在位置。整个晚上，随时都知道八神在哪儿的人，除了这个女医生，再也没有第二个了。

毫无疑问，冈田凉子跟"上班族"他们是串通好了的。

救护车的车速放慢了。像是已经驶入医院了。

"啊，心好痛！"

八神用手捂着心脏位置。这次倒不是装病，而是真的心痛。

刺杀权藤事件的侦查资料，就在监察系的办公室里。

进入本厅后，剑崎就去把自己办公桌上的资料拿了出来。整个过程多少有些惴惴不安，因为他害怕遇上特别搜查本部的人。

回到机搜车上后，古寺笑道："体验了一回做小偷的感觉吧。"

"嗯。不过，至少还不会露马脚的哦。"

剑崎翻看着资料，从中找出了调查过权藤武司身世的刑警的信息：调布北署的佐藤。

电话拨通后，值班的刑警立刻接听了："喂，这里是刑事课。"

"我是本厅人事一课的剑崎。请问佐藤巡查长在吗？"

"他已经回家了。"

剑崎问了佐藤家里的电话，直接打了过去。

"喂，我是佐藤。"

电话那头传来了一个睡意蒙眬的声音。剑崎向他说明了正在重新调查兴奋剂中毒者被杀害事件的情况。

"受害人权藤的亲戚朋友之类的情况，当时是否有所掌握？"

"没有。"佐藤一边回忆当时的情形，一边说道，"权藤这家伙，就没有亲近的人。"

"但是有信息表明有人给他提供生活费的呀。"

"真的吗？"佐藤似乎感到十分意外，"这一点我们可不清楚。这家伙是有前科的，保护观察期结束后，就连保护司也与之失去联系了。所以他在交友方面的情况，我们是一点儿都没掌握。"

"是这样啊。明白了。这么晚打扰您，真是对不起了。"

剑崎挂断电话后，古寺问道："没有任何线索吗？"

"是啊。"

"能给我看一下吗？"说着，古寺就从侦查资料中拿起了权藤的大头照，"我还没见过他长什么样呢？"

剑崎也从一旁探过头来，重新打量起权藤的脸来。暗淡的浅黑色肌肤，消瘦的脸颊，眼神中看不到一点儿意志力与体力薄弱的迹象。剑崎心想：这家伙在人生的早期就失去了生活的目标，然后就随波逐流地在肮脏的环境里葬送了自己的一生。

"这家伙看来是甘于做配角的。"凝视着照片的古寺说道，"在自己的人生中也是如此啊。"

剑崎微微点了点头。一个疑问重又在心头浮了上来。"这世上，真有人会为了这么个家伙而复仇吗？"

古寺没有回答，却问道："权藤生前的住处呢？"

剑崎再次翻看侦查资料，找出了相关内容，同时发动了汽车，说道："丰岛区，立刻出发。"

机搜车开始以紧急行驶的速度朝北驶去。

满脸倦容的古寺靠在座椅靠背上，说道："不知道八神那家伙现在怎么样了。"

"是啊，谁知道呢。"剑崎也只能作如此应答。自从接到他从田町与滨松町车站之间打来的电话之后，八神的消息就绝迹了。"他会不会又潜藏在什么地方了呢？"

"只要不被'M'那些家伙抓住就好啊。"

"话又说回来，为什么'M'要将八神——"

说到一半，剑崎突然想到了一条妙计。

"古寺警官，我们还有个秘招儿没用呢。"

"什么秘招儿？"

"不知出于什么原因，'M'在追踪八神，而'掘墓人'又在追杀'M'。这就是说，只要将八神当诱饵，不就能将这一大串全都引出来了吗？"

沉吟半晌过后。古寺说道："这可是大胆的计划啊。"

"你觉得这个方案怎么样？"

"问题是八神是否相信我们。他说不定会以为引'M'上钩只是借口，我们真正的目的是逮捕他。"

剑崎在脑海里描绘出八神的形象来，然后不情愿地点了点头："是啊。"

"现在我们就先追查权藤这条线索吧。"

二十分钟后，机搜车就驶入了丰岛区。在定位系统的引导下，汽车行驶在上池袋那错综复杂的街道，终于在一条弄堂的尽头看到了挂着"村本庄"招牌的、陈旧的公寓楼。权藤在被杀之前，就是住在这幢公寓的一〇二号房间的。作为那家伙最后的栖身之所，这幢陈旧的木结构二层建筑倒也是相当般配。想必这被煤烟熏黑了的灰浆墙面，还保留着那个活在社会底层的兴奋剂中毒者卑微的悲欢信息吧。

下车时，剑崎确认道："这个时间确实不太合适，但我们也别无他法了，是吧？"

"是啊。"

两人走入公寓一层，敲了一〇一室的房门。

连续敲了三分钟左右，终于从里面传出了一个女人战战兢兢的声音。

"谁？都这么晚了——"

剑崎尽量用温和的语调说道："我们是警察。"

不料那女人的声音显得更为惊慌了："警察？"

"深夜造访，非常抱歉。我们想了解一些情况。"

门口的灯亮了，一个在睡衣上套了件连帽衫、三十岁出头的女人露出脸来。一头染成棕色的长发，在额头打着卷儿。她的手里还拿着三个刚刚取下的卷发器。

"我是警视厅的剑崎，这位是古寺警官。"

两位刑警都打开了警察证，给她看了照片。

"有什么事吗？"

那女人来回看着他们俩问道。

剑崎心想，看来这个女人身上还有些不可告人的秘密呢。

"直到去年六月为止一直住在您隔壁的权藤先生，您认识吗？"

"不认识。"那女人眨巴着眼睛回答道，"因为我是在去年年底才搬来的。"

"那么，住在最靠里的、一〇三室的，您认识吗？"

"那是个空关房[1]。"

为了掩饰内心的失望，剑崎露出了微笑："哦，是这样啊。抱歉，最后，您能告诉我们一下房东的联系方式吗？"

女人点了点头，她先回到房间里，随后就拿着一张纸条出来了："这是房东的姓名、住址和电话号码。"

"谢谢！多谢您的协助。"

见两位警察不再纠缠，这个女人终于露出了放心的笑容。

剑崎与古寺回到了机搜车上，在地图上找到了房东的住所——与现在他们所在的公寓，可谓近在咫尺。在与古寺一起走去的同时，剑崎用手机打电话把房东叫了起来。接电话的是个中年男人的声音。通话间，他们来到一所挂着"村本"名牌的、独门独户的房子前。

磨砂玻璃里面亮着灯，一个瘦瘦的中年男人露出了脸来。

剑崎首先对突然造访表示了歉意，然后说道："我们想了解一下曾经住在一〇二室的权藤武司的情况。"

村本点了点头，表示理解。

"权藤，就是被人杀死的那位吧？"

"是的。我们想了解一下他生前的情况。"

"哪方面的呢？"

"他有较为亲近的朋友吗？"

"这个嘛……我不太清楚啊。"

古寺在一旁问道："他在入住的时候有担保人吗？"

---

[1] 指置业者购买后既不居住，也不出租的房屋。

"有的。可是，等权藤出事后，我想跟他联系，却联系不上了。"

"联系不上是怎么回事？"

"我也不知道啊。不过，权藤这家伙不是又吸毒又偷盗什么的吗？"这个看起来办事认真的房东皱起了眉头，"也不知道他是否填写了一个不存在的人呢，还是保证人失踪了？"

考虑到权藤生前的境遇，似乎哪一种都有可能。估计可依赖的人，他身边连一个都没有吧。可要是这样，给他提供生活费的又是什么人呢？

"他房租支付情况怎么样？"古寺问道。

"这倒是出乎意料地准时，一次也没拖欠过。"

"有没有人代他支付房租呢？"

"我们是用银行转账的，所以并不知道具体的支付人是谁。"

剑崎望了古寺一眼。这位老资格的侦查员，也提不出更多的问题了。看来这次调查要扑空了。

"说到底，权藤是既没有亲戚，也没有朋友的，是吗？"

这次轮到村本提问了。

"是啊。"

"说到这儿……我倒还保留着一件权藤的私人物品呢。"

"什么物品？"古寺问道。

"请稍等。"房东脱了凉鞋回到家里后，跑进玄关旁的一个小房间——像是个储物间。再次出现时，他的手上就拿着一块用包袱布包裹着的像是镜框似的东西。

"就这个没交给收废品的。"房东打开了包袱布，"估计也是他的宝贝吧。他很郑重其事地摆放在了房间的角落里。"

剑崎与古寺并排站着，注视着镶嵌在镜框里的奖状。"感谢信？"

"权藤武司先生，"古寺快速朗读着那上面的文字，"您于今年一月十八日，在荒川区东日暮里七丁目的火灾现场，奋不顾身地抢救受灾者。这种保护宝贵人命的勇气值得赞扬。特此表示感谢。昭和五十年一月二十二日东京消防厅东日暮里消防署署长。"

"救人？"剑崎看着古寺疑惑地说道，"就他那么个家伙？"

"是啊。即便是他那样的人，居然也做过一件大善事啊。"房东说道。

这到底是怎么回事？剑崎不禁心中纳闷儿。一个瘾君子居然会救人性命。可随即他就联想到一件与之暗合且同样不无讽刺意味的事情。那就是八神那个坏蛋。他一方面干坏事，一方面又要去救濒死的病人，并且不顾自身的安危。

一直注视着感谢信的古寺，缓缓地抬起头来，望着剑崎说道："不知道他救的是什么人啊。"

八神的血压正常脉搏也没问题，用听诊器听胸、心音、呼吸音都无异常。

"所以说我已经好了呀！"

急救中心里并排摆放着八张处置台，八神躺在其中之一上，对医生说道。他此刻一心只想快点儿离开这里。因为，他已将医院名称告诉冈田凉子了。他担心眼下再这么磨蹭的话，或许"上班族"就已经带着手下把这个病房团团包围了。

"再怎么查也没用。因为我很健康嘛。"

医生气鼓鼓地瞪了这个蛮横无理的患者一眼后,用低沉的语调说道:"病名有了。"

"病名?"八神不禁担心了起来。要是在骨髓移植前发现自己有病,那不就全泡汤了吗?"我有病吗?"

"换气过度综合征。"

"这是什么玩意儿?"

"年轻女性患这种病的比较多。不过男性患者也是有的。想要了解具体情况的话,还得请您安静一些。"

"不必了。"八神坐了起来。再这么磨磨蹭蹭的话,老子的命就不是断送在什么疾病上了。

在开始穿刚才脱下的衣服时,年轻的医生将一个塑料袋递给了他。

"今后要是再出现同样的症状,就把这个袋子对在嘴上。对着那里边吹气,然后再吸气。"

"里边有豆沙面包吗?"

"豆沙面包?"

他们俩的对话就到此为止了。八神朝门口走去,这对医生与患者,就在双方都觉得莫名其妙的状态下分手了。

走到总台那儿,八神被告知,日后要带着"健康保健证"来付钱。最后,他从后门出了医院。这时已是凌晨四点。再过一个小时,头班电车就要开出了。来到了寂静无声的医院停车场后,八神扫视了一下四周，一个人影都没有。于是他就藏身于汽车后，掏出了手机。他考虑到，尽管要冒一点儿风险，但还是必须给古寺打个电话。

黑暗中，他看着液晶显示屏，调出了早已输入的号码，拨了出去。在接通的同时，他就报上了自己的名字："我是八神。"

古寺立刻就问道："哦，你没事吗？"

"脱离紧急布控区了。"

"也没被那些家伙抓住吗？"

"至少目前是吧。"

这时，电话里传来了爽朗的笑声："干得好啊！"

"被警察称赞可没什么可高兴的。我更想知道的是，你这会儿没在跟踪我的定位吧。"

"没有。"

"有好几件事要跟你说呢！首先，你们去查一下单轨电车的车站。大井赛马场的车站下面躺着个死人。"

"什么？"古寺的声调严厉了起来，"不会是你——"

"不是我杀的！是'掘墓人'杀的，被杀的是追我的那帮人中的一个。"

古寺像是吃了一惊："你也知道'掘墓人'了？"

"是代号为'斯嘎喇（学者）'的家伙告诉我的。他们就是在那会儿受到像是'掘墓人'的家伙的攻击的。"

"你看到了'掘墓人'了？"

"只看到一个人影，没看到他的脸。"

"是吗？"从古寺的话音中可听出他内心的失望。

"你们找到什么线索了吗？方便透露给我一点儿吗？"

古寺沉吟片刻，说道："也没什么不可以吧。"

于是在接下来的几分钟里，八神了解到了整个案件的全貌：从兴奋剂中毒者被刺杀事件开始，到"第三种永久尸体"的发现和被盗，"掘墓人"开始大肆杀戮，直至堂本谦吾建立的"牧师"组织，等等。

虽说这些信息就跟拼图游戏中的一块块小碎片似的，却又与八神一夜之间所遭遇的异常事件相吻合。由此可见，加入了"M"教的岛中就是出于绑架的目的而有意接近老子的吧。可是，听古寺全部讲完之后，八神觉得仍有两大疑问没有解决。

一个是"M"为什么非要追踪自己不可。另一个是——

"我们正在调查'掘墓人'的真实面目。"古寺说道，"或许再过一刻钟就能弄清楚了亦未可知。"

"哦？"八神不由得扬起了眉毛，"效率真高啊。"

"光靠警察还不行，还得拜托消防署帮忙。"

八神不明白对方是否在开玩笑，他的脑海里浮现出的是出现在单轨电车轨道上的惨状：被利箭穿身的男人的脸上盖满了燎泡，就跟被火燃烧着似的。

这时，八神才说出了打此电话真正要说的事来。

"我说，'牧师'里的那些家伙——"

"简称'M'。"

"嗯，'M'的成员之中，有一个名叫冈田凉子的医生吗？"

"好像没有。"古寺答道，却又显得不够自信，"正如我刚才所说的那样，我们知道名字的，也仅仅是在警察厅有登记的十一名内应。至于剩下的二百来人，我们也还没拿到名单呢。"

"就是说，这个可能性还是存在的，是吗？"

"是的。"

八神心想：看来在那个最后的目的地，还有一个陷阱在等着老子往里跳呢！

"你稍等一下，"古寺说道，"我的新搭档有话要跟你说呢。"

手机传递的间隙过后，八神的耳边就响起了一个年轻的男人的声音。这人说话的口吻是八神极为讨厌的那种教训人的腔调。

"我是警视厅的剑崎。有件事要拜托你啊。"

"什么事？"

"要请你去一个我们指定的场所。"

"你想做什么？"

"为了把'M'的人，还有'掘墓人'引出来。因为不知道为什么，他们总能知道你在哪儿，并找到你。"

八神皱起了眉头："要我做诱饵吗？万一我出事了怎么办？"

"我们会全力以赴，不让你出事的。"

"我不相信你。"

"八神，"剑崎开始了说服工作，"这样下去的话，很有可能让那个大型非法组织和残暴的杀人狂逍遥法外。难道你就不想为了社会安全而做出一点儿贡献吗？"

"我只想老死在床上。"八神一句话就将刑警的说教驳了回去，"别来烦我！"

"可是——"

"让古寺大叔听电话。"

手机里没有说话声了,但隐约还能听到剑崎的嘟囔声。

"我是古寺。怎么样,谈判破裂了?"

"是啊,纯属浪费时间。"八神不快地说道,"最后问一个问题:是不是所有铁路车站都派了便衣监视?"

"你要是答应重新谈判,我就告诉你。"

八神对古寺的话深感意外:"怎么着,连你也要我去做诱饵吗?"

"八神,你好好想想。你现在是作为连环杀人案的重要参考人而受到通缉的,相信你不是真凶的,其实只有我和剑崎两个人。高层是不会接受这种天方夜谭式的解释的。"

八神默不作声。他开始认真考虑起对方的话来。

"只要不逮住那些紧追你不放的家伙,尤其是那个'掘墓人',就无法证明你的清白。怎么样?这个交易还不坏吧。"

听到这儿,八神的脑海里灵光一闪,冒出了一个一举两得的妙计。

"明白了,我接受。不过,我有两个条件。"

"什么条件?"

"首先,把那些家伙引到什么地方由我来指定。"

"可以呀。"

"还有,告诉我从大田区的雪谷到六乡的安全路径。"

"你在那里啊?"古寺像是非常惊讶,"既然你已经在东京都南部了,那就容易了。头班车开动后,你坐电车就行了。"

八神一听就松了劲儿:"真的?"

"是啊。这次的紧急布控是大范围重点布控，但到了深夜，车站、码头之类的，就解除布控了。东京都南部的车站那就更安全了。不过，"古寺继续说道，"要是被巡逻的警察认了出来，你就完了。"

这种可能性倒是很大的。"出租车呢？"

"那是最安全的，前提是你要有钱啊。"

八神估摸了一下钱包里还剩下的钱，不到四千日元。把这些全花出去的话，说不定能坐到六乡。

"好咧。地点决定后我再打电话给你。"

"能把你的手机号码告诉我吗？"

八神犹豫了一会儿，但他还是决定相信古寺。将十一位的手机号报完后，只听古寺说道："知道了。你要加油！"

"你也是。"

八神挂断了电话，环视了一下四周。见宽广的停车场前面，有个可离开医院的出口。

现在离天亮大概还有两个半小时。走在黑暗中的八神，再次浑身充满了斗志。在太阳升起之前，一切都会见分晓的。不管发生什么事，老子也要活下去。不仅活下去，还要将自己的骨髓献给白血病患者。

笑到最后的人，肯定是老子！

-8-

与八神的通话结束时,机搜车也到了东日暮里消防署了。

事情开始有点儿眉目了。古寺怀着隐隐约约的期待下了警车。从驾驶座上下来的剑崎也显得身手矫健,丝毫没有疲惫之态。他抬头仰望着眼前这栋三层楼的消防署,一楼的门口与二楼的窗户都亮着灯。

"在这儿,就不用再顾忌什么了吧?"

"是啊。"古寺也露出了微笑,"这儿是二十四小时营业的嘛。"

建筑物左侧角落里有一扇镶嵌着玻璃的门,古寺朝那儿走去,可剑崎却两眼盯着关上了卷帘门的车库,一动也不动。

"怎么了?"

经古寺这么一问,剑崎像是才回过神来似的说:"要是救护车的话,就不会遭遇堵车了吧。"

"什么意思?"

"判断为多人犯罪的依据就是两次作案之间的时间太短。可要是罪犯使用警车或救护车的话,就来得及从上一个作案地点赶到下一个作案地点了吧。"

"你是说采用'紧急行驶'的话?"

古寺心想:有警察犯罪的可能吗?

打开车库旁的门,一走进去就是个接待处,隔着一个小窗户,可以看到里面的几个消防队员。从天花板上吊下来的一块小牌子上写着:通信室。

"打扰了。"

剑崎打了一声招呼后,立刻有一个身穿藏青色T恤的男子回过头来问道:"有什么事吗?"

"我们想了解一些情况。"

剑崎和古寺都出示了警察证。

"你们是警察?"

古寺又出示了从房东那儿借来的感谢信。

"我们想了解一下与该感谢信相关的事情。"

消防队员看了一会儿那上面的文字,说道:"还真是我们这儿发出的呢。"

"我们想详细了解一下那次火灾的情况。"

"这是二十六年前的事了,不知道记录还在不在了。不管怎么样,还是请你们先上二楼吧。"消防队员指着走廊深处的楼梯说道。

二楼像是个叫作"署队本部"的部门。古寺他们上楼一看,这是个没有隔断的大房间,排列着上百张桌子。然而,待在这里的消防队员却只有一个,看到有人进来后,原本看着笔记本电脑的人就抬起了头。

"这个时间前来打扰,真是非常抱歉。"古寺跟刚才一样,出示了警察证,并说明了来意。

"你好,我是本消防署的士长,叫芳贺。"这个三十岁出头的消防队员自我介绍道。但古寺搞不清他这个职称到底属于什么位阶。

"你们要了解的情况是属于消防系管辖的——"

"消防系?"

"嗯,这里就是消防系。"芳贺将视线投向本部靠里处日光灯关掉的地方。那个空无一人的地方,确实从天花板上吊下来一块写着"消防系"的小牌子。

"请稍等片刻。"

古寺点了点头,芳贺则朝走廊走去了。

在等他回来的这段时间里,古寺和剑崎不禁好奇地打量起平时难得一见的消防系的内部境况。

芳贺很快就回来了,还带了另一名消防队员一起来。

"我也是士长,我叫吉泽。"那人自我介绍道,"请到里边来吧。"

古寺与剑崎在两名消防队员的引导下来到了消防系。芳贺打开了天花板上的灯,吉泽则打开了一长排靠墙摆放的铁皮柜中的一个。

"昭和五十年。"吉泽嘟囔着用手指滑过一个个的文件夹,"是几月几日的?"

古寺低头看了一眼手里的"感谢信":"火灾是一月十八日发生的。感谢信是二十二日发出的。"

"哦,那就是这个了。"吉泽抽出了一个文件夹,翻看着里面的文件。

"是针对权藤武司的表彰,是吗?"

"是的。"剑崎走上前了一步。

"昭和五十年一月十八日晚上九时许,一幢二层楼建筑发生火灾,原因是厨房用火不慎。死亡两人。"

吉泽看着文件,简述了一下事情经过。

"权藤在外面路过时发现了火灾，在向消防署报警后，就进入了该住宅。"

古寺问道："他救了里面的人吗？"

"是啊，救出了一个在二楼的孩子。可是那孩子的双亲在送往医院的途中死去了。"

吉泽翻动着文件，继续说道："权藤似乎在那孩子的双亲死后，也照顾过那孩子。"

"能告诉我们那名被救的孩子的名字吗？"

吉泽从文件上抬起头来，看了一眼两名警察后说道："可以呀。权藤救出的孩子当时才五岁，名叫峰岸雅也。"

古寺不由得一愣："峰岸雅也？"

剑崎觉得古寺的反应有些异乎寻常，便问道："你认识吗？"

"骨髓移植的协调人，就是负责八神的那个。"

"啊！"剑崎也不由得大惊失色。

"可是，"古寺的脑海里浮起了峰岸那张高鼻深目的面孔，并极力在记忆中搜寻着，"他是有不在场证明的。昨晚六点半，我在世田谷的医院跟他见过面的。文京区出现第三个受害人，是那之后三十分钟。他怎么也来不及过去的——"

"紧急车辆！"剑崎拦住了他的话头，"政令批准的紧急车辆可不仅仅是破案用的警车和救护车啊。民间医疗机关的车辆应该也被允许'紧急行驶'的。运送骨髓的车辆或许也在其中。"

古寺回想起了他在医院停车场询问峰岸时的情形。峰岸从一开始就是站在停车场的空地上的，没有在他自己的车里等我。他像是害怕让我知道他所用的车辆。当时,会不会正好是他两次杀戮的间隙呢?

"其动机就是复仇。"剑崎说道,"这一连串的行凶,恐怕就是他因恩人被杀而采取的报复行为吧。"

出租车风驰电掣一般行驶在天亮之前的环状八号线上,这简直是令八神难以置信的速度。他从东京都的北部来到南部,其间遭遇了多少阻扰,费了多少心思,眼下居然能顺顺当当地以每小时八十公里的车速朝着六乡飞奔了。

钱也没有问题。到达八神所说的目的地——六乡土手车站时,还剩下三百日元呢。

终于来到六乡了。八神不禁感慨万千地仰望了一下眼前的这个私铁[1]的车站。尽管头班电车尚未出动,可车站里面已是灯火通明。

六乡综合医院,离此地还有十分钟的步行距离,位于与神奈川交界处,多摩川沿岸的绿化地带。八神回想起曾去过两次的道路,朝医院方向走去。

不仅仅是道路,就连路旁的风景也与他记忆中的一模一样。车站与医院的中间地带,有一个公寓房的建筑工地。

八神望了望这栋外墙涂装已经完成了的十五层的建筑物,又看了看路对面的广阔的绿化地带。他心想,要是爬上这栋楼,就能监视那

---

[1] 私铁即私人铁路,民营铁路。在日本,除了JR(日本铁路公司)运营以外的铁路系统均为私铁。

片绿地了吧。

铁板围墙中有卡车和供建筑工人进出的铁格子门。八神爬上围墙，跳入了建筑工地。

在黑暗中八神凝神观望了一会儿，发现了设置在公寓楼侧面墙上的太平梯。那儿虽然安了铁格子门，但没有上锁。八神蹑手蹑脚地一口气跑上了十层楼。他之所以没有跑上最高层，也没什么别的原因，只是因为太累了，跑不动了。

他打开了尚未装锁的门，进入了建筑物的内部。走廊上漆黑一片。他掏出了打火机，打着了火，看到了露着耐火板的墙面。他就这样一直走到了该楼层的正中央，找到一扇打开着的门，进了房间。

这是个三室一厅的大房间。从阳台上能看到多摩川沿岸的绿地。

到了这会儿，总算是完成了准备工作。就在这时，他听到了手机的振动声响。一看来电显示，是古寺打来的。

八神熄灭了打火机，接听了电话。

"来得正好啊，我这里已经是万事俱备了。"

"你现在在哪里？"

"到六乡了。我说一下具体位置，你听仔细了。六乡土手站与六乡综合医院之间，有一幢在建的公寓楼。我会把那些家伙引到楼前的绿地上。"

"就是说，你现在就在绿地上了？"

"只能说就在那附近。"

"行啊。我们现在马上就赶过去。应该用不了三十分钟吧。"

八神看了看手表。现在是凌晨四点三十分。古寺他们应该在凌晨五点钟到达。虽说离天亮还有一个半小时,但已经不能再磨蹭了。外面尽管还十分昏暗,但绿地上有灯,一来人马上就会被发现的。

"还有件事要告诉你一下。"古寺说道,"那个'掘墓人'的真面目搞清楚了。"

"是谁?"

"峰岸。"

猛然间八神简直不知道这个名字是谁的。过了一会儿,他的脑海里才浮现出那个诚挚的青年的模样来,继而不由自主地大叫了起来:"你说什么?!"

"冷静一点儿!你听好了!一切都源自那个兴奋剂中毒者的被杀事件。那个被杀的权藤,一生之中仅仅做过一次大好事——他曾冲入火灾现场,救出了一个孩子。"

八神禁不住反问了一句:"救了一个孩子?"

"是的。那个被救的孩子,就是峰岸。"

"就是说,如今长大成人的峰岸,正在给自己的救命恩人报仇?"

"是啊。估计他潜入了'M'组织,了解了事情的真相。"

八神闭上了眼睛。他真想把那个被杀的、叫作权藤的瘾君子从阴间拖出来,再拍拍他的肩膀:干得好啊!老兄。居然救了孩子一条命,还真有你的啊!

"可是,"古寺继续说道,"峰岸的复仇剧是不会成功上演的。"

"为什么?"八神焦躁地问道。

"那个建立了'M'的国会议员,就是那个堂本谦吾,只有公安部知道他的去向。峰岸要想杀死这个幕后黑手是不可能的。"

"浑蛋！"八神脱口而出道。

"总之，要尽快将峰岸控制起来，当然还有'M'的剩余人员。"

"给峰岸打过电话了吗？"

"他把手机的电源给关掉了。"

"明白了。你们快点儿来吧。'M'一来，估计峰岸也会出现的。"

"是啊。"

与刑警通话结束后，八神又给六乡综合医院打了电话。

"八神先生？"耳旁立刻就响起了冈田凉子那一如既往的可爱的声音，"你现在在哪儿？"

真不希望你问这个问题啊。八神心里这么想，但还是如实回答了："就在医院附近了，多摩川沿岸的绿地。"

女医生像是吃了一惊："步行就能走到了嘛！"

"是啊。不过，遇到点儿小麻烦，脱不开身啊。不要紧的。天亮时分，肯定能到医院的。"

"你是在绿地的什么位置？"冈田凉子执拗地问道。

"这……"八神停了一下，让对方觉得他是在环视四周，"看得见公寓的建筑工地。"

"哦，就在那一带，是吧？"女医生像是知道他的位置了，"可是，你为什么在那里呢？"

"一言难尽啊。"

"要我去接你吗？"

"不用，不用。你不要过来。"

这话脱口而出之后，八神发现自己内心深处对这个女医生还是有一分好感的。冈田凉子要是"M"的成员的话，也很可能会被"掘墓人"杀死的。

"你就在医院里等着就行了。"

"明白了。"

女医生用略带疑惑的口吻说着，挂断了电话。

现在，只要"M"的那些家伙出现在绿地上，那就证明女医生是跟他们一伙的了。

布下了罗网之后，八神从阳台上回到了室内。刚才与古寺的通话让他想起了一件事。潜入"M"的峰岸，为什么要做骨髓移植的协调人呢？还有，被杀死的"M"成员，为什么都是骨髓移植捐赠者呢？他觉得揭晓谜底的关键似乎就在这里。

八神跪坐在地板上，取下了小背包，从中取出了岛中的笔记本电脑。他打着了打火机，翻开了电脑显示屏。但显示屏是暗着的。他记得从御徒町的旅馆出来后，就没关过电源。是被撞坏了，还是电池没电了？

难道彻底打不开了吗？他胡乱按了一通键盘后，电脑发出了一阵轻微的哼哼声，随后，显示屏就亮了起来，出现了那张骨髓移植捐赠者的名单。

简直莫名其妙。不过，好像是被我猜对了。八神回想起那个外务省官员的做法，按住了键盘中央的那个凸起点，将"箭头"移到了画面上方。

将"箭头"放在写着"编辑"的地方后，他敲下键盘上最靠近自己的那个键,于是就出现了一个操作清单。接着他又从"检索"栏里调出了一个方框。由于他曾经用过文字处理机,所以输入文字还是没问题的。八神首先输入了自己的名字,然后按下了"执行"键。

自己的信息立刻从几万份名单里被检索了出来。八神凝视着这浮现在一片漆黑之中的显示屏。

A2 A26（10）B13 B35 DR8 DR15。

这就是八神的HLA血型。

接着,他又看着界面,在"检索"栏里输入了自己的HLA血型。因为他想看看与自己有着相同血型的人。按了"执行"键后,立刻就出现了一个名字。

立原亚美。

住址是神奈川县横滨市。八神接着又确认了好几遍HLA血型。

A2 A26（10）B13 B35 DR8 DR15。

没错。八神的骨髓所要救助的就是这个女人。可问题是,检索界面上还显示着一条提示:"是否执行下一个检索"。这应该就是破案的关键了吧。

八神移动"箭头",按下了"执行"键。

于是,在显示"检索结束"的同时,出现了第三个人名。

堂本谦吾。

八神检视着堂本的HLA血型。

A2 A26（10）B13 B35 DR8 DR15。

这下子就全明白了——为什么追踪自己的"M"成员不让自己受到致命伤。

堂本谦吾得了白血病。他需要八神的骨髓。

统领着"M"组织的"维扎德（魔术师）"，也就是三泽，他知道堂本谦吾患了白血病后想通过骨髓移植来救堂本一命，于是就让信徒们去调查HLA血型。肯定就是这么回事。这也就可以解释为什么被"掘墓人"杀死的那四人的共同点是他们都持有骨髓移植捐赠者登记卡了。可是，他们四人之中，没有一个人的HLA血型与堂本谦吾完全一致。这时，老子出现了。老子的HLA血型是与堂本谦吾完全一致的，问题是老子的骨髓已经决定要移植给另一名白血病患者了。那就是住在横滨市的立原亚美。因此，"M"的那些家伙就必须在这个移植手术之前，绑架老子并抽取老子的骨髓！

另一方面，估计峰岸是为了调查权藤刺杀事件的真相才潜入"M"组织的吧。他接受"M"的指令成了骨髓移植的协调人，搞到了捐赠者的名单，并在此过程中知道了他们要绑架老子的计划。

于是在昨天，"M"开始绑架老子，与此同时，峰岸也开始了针对"M"的复仇。

可是——

"峰岸的复仇剧是不会成功上演的。"

想起了古寺的这句话后，八神不由得脊背发凉。事态的发展并未能如峰岸所愿。因为他最后的仇敌——堂本谦吾销声匿迹了。事到如今，峰岸要完成复仇，所能采取的手段也就只有一个了。那就是，间接杀死堂本谦吾。也就是说，只要让有可能拯救堂本谦吾性命的八神从这个世界上彻底消失，他的复仇也就成功了。

八神觉得眼前一片黑暗，自己简直就像是站在通往地狱的入口。

"掘墓人"的终极目标,居然就是他。

"京林会馆"位于千代田区平河町的一栋商务楼里,植村芳男正在该会馆的办公室里值班。由于他是实力派国会议员的政策秘书,所以给他单独安排了一个有二十平方米大小的大办公室。

为了打发时间而做的住址整理,半小时前就完成了,眼下他正望着窗外那国会议事堂的黑影,陷入了沉思。议员先生万一有个三长两短,估计自己就能继承他的票田[1]了吧。他是在前任自杀后才掌管钱袋子的。因此他自己也知道,仅凭两年的经历就要挤入后继者的竞争行列,被讥讽为"异想天开"也是在所难免的。

事到如今,他觉得之前不应该仅仅针对堂本本人,就连他夫人也该多讨好一些的。对此,他现在有些后悔了。以前他曾上了打到办公室里来的诈骗电话的当,稀里糊涂地就给人骗了五十万日元,出了个大洋相。他担心从那会儿起,自己就失去议员妻子的信任了。

电话铃响了起来,植村立刻拿起了听筒。

"喂,你好。"

"是堂本先生的事务所吧?"

"是啊。"

"我是警视厅公安部的,"对方自我介绍道,"我们要将堂本先生转移到别的安全场所去。"

---

[1] 竞选时有望获得大量选票的地区。

植村尽量用担心的语调问道:"先生出……出什么事了吗?"

"没事。仅仅是安全对策而已。我们考虑到,一旦这里被人发现,警卫手段略显薄弱,仅此而已。"

"新的场所在哪里?"

"关于这事,先生说了,要秘书您来接他呢。"

"要我去接?"植村皱起了眉头,他心想,八成是警卫人员中有人把先生给惹毛了。

"方便的话,能让先生接听电话吗?"

"稍等。"

很快从电话那头就传来了一个熟悉的嗓音。

"是我,你马上过来。"

"出什么问题了吗?"

"你别管那么多,快过来。""堂本"显得焦躁不安,"我现在在哪个医院,没忘吧?"

"记着呢。"

"说给我听听。"

"大森南诊疗所,是吧?"

"行啊。开常用的那辆车来,注意别超速。"

"好的。您的身体——"

才问到一半,对方就把电话给挂断了。

八神获得了能让自己活下去的最后一个重要信息。

-9-

　　机搜车在首都高速一号线上往南疾驶。虽说眼下尚未天明，可大型卡车很多，机搜车开不快，这令坐在副驾位置上的古寺心急如焚。看来手握方向盘的剑崎也是迫不得已才将"紧急行驶"的车速降低的。

　　古寺看了一眼手表。他告诉八神到达的时间时，心里其实是放足了余量的，可现在看来，还非得在凌晨五点才能赶到他那里了。

　　"要不，就走下面的马路？"剑崎问道。

　　"悉听尊便。"

　　盯着GPS[1]显示屏的剑崎，突然抬起了头来，说道："古寺警官，我注意到了一个问题。"

　　"什么问题？"

　　"就是'M'探测到八神所在位置的方法。"

　　这确实是个尚未解决的问题。古寺也再次感觉到了这个问题的重要性。

　　"怎么说？"

　　"你能给他打个电话吗？"

　　手机振动了起来，发出微弱声响。正屏息凝神地监视着绿地动静的八神，确认过来电显示后，就从公寓的阳台上回到室内，接听了

1　Global Positioning System，全球定位系统的英文缩写。

电话。

"喂，喂。"手机里传出的声音并不是古寺的，"我是剑崎。"

就在八神考虑是否要将自己的新发现，即自己与堂本谦吾的HLA血型完全一致的事告诉他的时候，剑崎已经抢先开口了。

"有事要问你，请回答。"

"什么事？"

"你从岛中的房间里，除了笔记本电脑，还带出了别的什么东西没有？"

为什么要问这个呢？八神感到不解，不过他还是回答道："电脑的一些周边配件，还有他的手机。"

"你现在都带在身边吗？"

"是啊。"

"'M'很可能在追踪那部手机的信号。"

"你说什么？"

"那是一种卫星定位系统，就跟汽车上的导航系统是一样的。能以几米的误差锁定位置。你快把岛中的手机拿出来。"

八神慌忙打着打火机，在小背包中掏出了岛中的手机。

"手机拿出来了。"

"有一个确认的办法。"剑崎说道，"'M'是有组织行动的，成员之间都要掌握彼此的位置，岛中也是成员之一。"

"那又怎么样呢？"

"你带着'M'的装备，或许就等于在将自己的所在位置告诉他们。"

八神目瞪口呆。不过他很快就回想起来了，手机在隅田川里浸水后，"M"的跟踪确实中止过一阵子。

"你照我下面说的方法，将岛中的手机连接到笔记本电脑上去。"

随即，剑崎说明了周边配件的使用方法。八神遵照他所说的，把一根短线两端的插头分别插入手机和笔记本电脑后，就将两者连为一体了。

"然后，移动电脑上的光标。"

"光标？"

"就是'箭头'。把它移到界面左下方的一个小标记上。"

八神照做了。

"'箭头'每次移到那儿，都会显示出一个软件名，是不是？"

"是啊。"

"这里面有没有'PHS[1]'或'GPS'的字母？"

见一切都跟剑崎说的一样，八神不由得大吃一惊："有啊！是'GPS地图'。"

"点击那个标记，再按下键盘左边靠前的那个键。"

八神按下了那个键，结果显示了"正在拨号"的提示，随后界面就自己快速变动了起来，简直叫人眼花缭乱。

"怎么样了？"剑崎等得有些不耐烦了。

"稍等一下。"八神话音刚落，地图就铺满了整个显示屏，"地图出来了。"

---

1 Personal Handphone System，个人手持电话系统的英文缩写，中国普遍称为小灵通。

"果不其然啊。听好了,利用这个能把握敌人的位置。就是说,利用同样的方法,我们也能找到他们的所在位置。地图显示的是哪一片区域?"

八神感到毛骨悚然:"就是我现在所在的六乡。"

"什么?"

"刚才我讲的那片绿地的周边,被放得很大。"

"仔细看一下那上面有没有移动着的小点?有的话,那就是'M'的成员。"

果然,有六个不同颜色的小三角形,在画面中缓缓移动着。它们在绿地对面,隔着马路的一个狭长区域内聚集起来了。

"看来我得跟你说再见了。"八神低声说道,"那些家伙已经进入我所在的大楼了。"

"真的吗?"剑崎的声音也显得十分紧张。

"你们快点儿过来吧,我就在建造中的公寓大楼里。"

说完,八神就将电话挂断了。

四周一下子变得很静。八神凝神静听了一下,四周一片死寂,没有一点儿声音。

唉,都是自作聪明惹的祸啊,是怀疑冈田凉子而遭的报应啊。美女真是个奇怪的物种,你相信她也好,怀疑她也好,总会给你带来灾祸。事到如今,到底该怎么办才好呢?八神将视线移回到了电脑显示屏上。由于这地图是一张俯视图,所以看不出敌人到了这幢大楼的第几层了。不过,反过来考虑的话,敌人肯定也不知道八神在哪一层。

八神蹑手蹑脚地朝门口走去，于是，屏幕上的光点也同步移动了起来。

敌人来到背后了吗？八神回头看去。可是漆黑一片的房间里没有一点儿人气。当他再次将视线回到显示屏时，才发现刚才那个移动着的蓝色光点是表示自己的。他又看了一下别的颜色的光点，见其余的五个光点正从左右两个方向朝蓝色光点靠拢。

八神把脸探出门外窥探了一下走廊上的动静。黑咕隆咚的什么也看不见，至少没有看到寻找八神的手电筒的光。

八神来到了走廊。电脑屏幕上的多个光点从蓝色光点旁经过了。敌人不在十楼，正在别的楼层找我呢。八神确信这一点。

"猎物"就在眼前。弯着腰，看着笔记本电脑上的显示，一步步地朝走廊深处走去。

或许是听到衣服摩擦的窸窣之声了吧，"猎物"突然回过头来。夜视镜的视野中，出现了对方惊恐的面容，嘴巴张得大大的。

他给缠在箭头上的布条点上火，扣动机弩的扳机。弹出的弓弦就像弦乐器似的，奏出了一个美妙的低音。

利箭贯穿了"猎物"的脖子。夜视装置感知到了肉眼看不见的火焰所发出的红外线，"猎物"的整个脑袋都已被染成了白色。

听到了异样的惨叫声后，八神不由得停下了脚步。喊叫声中还含有冒水泡似的"噗噗"声。

听着楼下传来的声响，八神心想，像是有人被割开喉咙了，发出惨叫的家伙估计是被自己那从气管里喷出的血呛着了。

临死前的惨叫只持续了几秒钟就戛然而止。随即,整幢公寓楼又归于沉寂。

八神只觉得两腿发软。"掘墓人"也来了!

离开十楼的路已被封死了。电梯还不能开动,要想下到地面上去,就只能利用逃生的太平梯了。可是,只要电脑显示屏上的蓝色光点朝那边移动,敌人也会全都集中到太平梯那边吧。

办法只有一个!八神跑回房间里,脱下了夹克衫。然后,将连着电脑的岛中的手机拔了下来。这样虽说无法了解敌人的位置了,但也顾不上了。他将电源还开着的手机放入夹克衫的口袋里,再小心地将衣服卷好,以免手机损坏。然后,他奋力将其扔到了阳台外面。

电脑显示屏上的那个蓝色光点,以迅猛的速度飞出了屋外。

八神在一楼吗?他吃了一惊。难道八神躲过了搜索的眼睛,从窗户里跑出去了?

地图上的蓝色光点到了公寓楼外就停止不动了,像是八神又躲藏起来了。

"野兽"的头戴装置里传来了"上班族"的喊声。

"刚才的动静看到了吗?"

"看到了。"

"你到外面看下情况。不过要小心啊,'强盗'已经没有回应了。"

"明白。"

对着麦克风小声说着,"野兽"就从四楼的房间来到了漆黑一片的走廊上。他刚把额头上的夜视镜拉下来,眼前就出现了一个黑色的人影。那人的左臂上用带子绑着个小型的电脑。大概是同伴吧?他刚这么想,却又在黑暗中看到了一个泛着光泽的银色面甲。

他吃了一惊。可没等他退缩,脸上就挨了一拳。"野兽"翻倒在地,他想要呼叫同伴,可就在他吸气的时候,当头浇下的消毒液似的液体就灌进了他的嘴巴和鼻孔里。

"野兽"剧烈咳嗽着,抬头望着那人。这时,他的夜视镜中出现了耀眼的亮光。是火柴划着后的火光。他想爬着离开那儿,但已经来不及了。被抛在空中的火柴,立刻就引燃了已经汽化了的液体燃料,覆盖他整个视野的一大片火焰落到了他的身上。

炎热的地狱之中,"野兽"真的发出了野兽一般的咆哮。

惨叫声拖着尾音消失了。八神明白:第二个人被杀死了。剩下的,就是"M"成员的三人和"掘墓人"一人了。

八神打开了通往太平梯的门,屏息静气,窥探着楼下的动静。听不到脚步声。现在要是一口气跑下去的话,说不定是能逃脱的。

不过他又看了一眼手表,凌晨四点四十五分。如果再坚持十五分钟,古寺他们就应该赶到了。是等待援兵,还是强行突破呢?

八神做出了决断:与其坐以待毙,不如主动出击。

事到如今,已顾不上什么脚步声了,八神开始以最快的速度,沿着太平梯从十楼往下狂奔。

他每踏出一步，铁板所发出的沉重的脚步声就在整幢楼内回响起来。转入楼梯平台之际，就是他最害怕的时刻。因为他总觉得"掘墓人"会站在那儿。从九楼到八楼，再跑下七楼的时候，眼前的铁门突然被人猛地打开了。

不好！八神立刻停下了脚步。从屋里冲出来的人他觉得很面熟。是"自由职业者"。见前路已被堵住，八神就想往后退，可就在这时，"自由职业者"突然扑了过来——至少在八神看来是这样的。

"自由职业者"用双手抓住了他的肩膀，与此同时，一阵热浪扑到了他的脸上，令他不由自主地哼出了声来。

"自由职业者"的身体正在燃烧着。八神出于条件反射，猛地甩开了对方的胳膊，而对方则摇晃了几下，从楼梯上摔了下去，跌倒在楼梯平台上。"自由职业者"的胸口插着一支箭，发着淡光的上半身眼看着就被烧烂了。

"掘墓人"就在一旁的门后。就在八神意识到这一点的同时，下面又传来了多人奔跑着上楼梯的声响。

只能往楼上逃跑了。八神返身沿着他刚刚跑下来的太平梯又开始往上跑。包括"掘墓人"在内，对方只剩下三个人了。如果他们继续这样自相残杀，最后只剩下一人的话，老子的胜算还是很大的！

现在最大的问题只有一个，就是八神的双腿已经跑不动了。体力消耗已到极限了。背后的脚步声越来越近。照这样下去，没跑上屋顶就会被他们抓住的。

跑到了楼层标志为"12"的地方，八神就跑进了屋内。他想在哪个房间里躲一下。可是，当他去转动门把手时，却发现门被锁上了。在下面的脚步声的催逼下，他只得继续往上跑。他这时想到，大楼的内装修都是从上往下进行的。看来从十二楼往上，都已经装修结束了。

追踪而至的人像是与自己仅相隔半座楼梯了，八神跑上楼梯平台后就紧急停下了脚步。可已到了该楼层的脚步声却并没有停止，还在往上传来。

等来人一冒头，八神就飞起一脚，重重地踢在了来人的下巴上。"斯嘎喇（学者）"仰面朝天地摔了下去，后背着地摔倒在了第十三层。八神则继续往上跑。

这个举动像是多少赢得了一点儿时间。八神气喘吁吁地跑过了十五楼，终于来到最高的一层。他打开门进去一看，见那儿并非屋顶平台，而是个很小的储物间。在一大堆油漆罐和塑料布的后面，他看到另一扇通往屋顶平台的门。

这时，下面传来了两个人的脚步声，连喘气声也清晰可闻。八神猛一回头，见两个像是"M"成员的家伙，已经出现在下面的楼梯平台上了。

八神穿过建材堆放间想跑到屋顶平台上去，可那扇门却被锁上了。他回头看了一眼，见那两人的身影出现后居然也立刻停下了脚步。因为，另一个人的脚步声正从太平梯那儿传来，那人拾级而上，不慌不忙，脚步声坚定有力。

八神浑身僵硬了。

"掘墓人"正在步步逼近。他要在这儿杀死所有的人！

八神掏出了打火机，打着了火。或许是打火机里的汽油快用完了吧，照亮这建材堆房的光相当微弱。在此光亮中，有两个戴着夜视镜的"M"成员，直愣愣地站着。是"上班族"和"斯嘎喇（学者）"。

"死神来了。"八神小声说道，"怎么办？"

就在他这么问的时候，"掘墓人"的脚步声也在从楼下缓缓迫近。

"斯嘎喇（学者）"蹑手蹑脚地朝门口走去，为了探听楼下的动静而探出了身子。

"没脑子的家伙！"八神刚在心里这么骂着，就听到了利箭破空的声音，紧接着，"斯嘎喇（学者）"就一个跟斗摔倒在了地上。他的胸部插着一支箭，而箭的根部冒着烟。所幸的是，"斯嘎喇（学者）"像是被射中心脏当场死亡的，没见他痛苦地挣扎。他就那么一动也不动地被肉眼看不见的火焰所发出的淡淡的光包裹着，"火葬"了。

"M"成员中"硕果仅存"的"上班族"开始靠近八神。

"我们没打算杀死你。"他说道，"你我同心协力离开这儿，怎么样？"

八神没听他说话。因为，就在他背后有个黑影冒上来了。

八神立刻趴在了地上。"掘墓人"射出的火箭洞穿了"上班族"的手腕，将他的胳膊钉在了墙上。

"上班族"的嘴里发出了呻吟声。想必是他的衬衫袖子已经着火了吧，随着些许青烟冒起，他上衣的面料开始一块块都掉落下来。

这时，第二支箭又飞来了，这次射中的是"上班族"的大腿。

凄厉的惨叫再次响起，八神不由得在心中求告"掘墓人"：快把他杀死吧！

"救命！"

"上班族"声嘶力竭地喊着，但也只喊了这么一声而已。因为，第三支火箭已射入了他那张开的嘴里。胳膊、大腿还有脑袋都被钉在墙上的"上班族"，就么站着断了气。

这下子，"M"的十一名成员全被干掉了。

八神蹲在那里，等待着"掘墓人"现身。不一会儿，原本只能看到上半身的身影，随着走上楼梯的脚步声，渐渐地现出全身来了。他身穿显得相当沉重的黑色披风。只见他手部活动着，给机弩装上了新的利箭。八神想看清他的脸，但只在他风帽的阴影中看到了一张泛着淡光的银色面甲。

"掘墓人"缓缓地抬起了机弩，将其架在与眼睛齐平的高度。不过这动作又让人觉得他有些犹豫。因为他并没有像射杀"上班族"那样，不由分说地将利箭射向八神。

"你是峰岸吧？"八神问道。

"掘墓人"的动作停止了。

"你是在给恩人报仇，是吧？"

由于看不到对方的脸，所以无法窥探对方的反应，但是很明显，他那瞄着八神的利箭箭头，开始游移了起来。

"要是你想杀死堂本谦吾的话，就去大森南诊疗所吧。他在那儿呢。不过，那里应该是有武装警卫的。"

"掘墓人"一声不吭。

但是，八神觉得原本充满了整个空间的紧张氛围，一下子就消失了。也可以说，直到消失之后，才让人感到从杀戮者的全身所释放出来的杀气有多么可怕。

"不过，"八神继续说道，"你还是趁现在远走高飞更好啊。因为眼下警察还没有得知真相。你的复仇，我可以替你完成。'M'已经全军覆灭了，我的骨髓应该不会给堂本用了。"

眼前的黑影将瞄准八神的机弩放了下来。

"快去医院！"

八神听到了一个低低的声音。

他吃了一惊，因为根本没想到对方会出声。

"快去医院！"那人继续说道，"去救孩子的命！"

八神突然明白了："那个叫立原亚美的，是个孩子？"

"掘墓人"又不说话了。他凝视着刚被自己杀死的那两个人，显得有些垂头丧气。或许是由于光线的关系吧，他那张阴影中的钢铁面甲也似乎变成一张哭丧脸了。这个形状怪异的家伙就这么伫立了半响，随即便转身下楼去了。

听着逐渐远去的脚步声，八神一时间难以相信。他不由得问自己：这是真的吗？他站起身来，上下摸索着自己的身体，确认自己确实还活着。

为了救孩子的命，必须马上赶到医院去！但是，在此之前，还必须先干另外一件事！

八神掏出手机，拨打了古寺的号码。

"是八神吗？"电话一拨通，古寺立刻就问道，"我们到大田了，还有五分钟就到你那儿。"

"别过来！快停车！"

"怎么了？"

"别问那么多。快停车！"

警笛声从电话里消失了。

八神说道："你们快去大森南诊疗所！堂本谦吾在那里！峰岸也可能出现在那里！"

"真的吗？"古寺问道，"你没事吗？"

"我没事，毫发无损……不过，'M'的残党全被干掉了！你们快去大森吧！"

"好，我们马上赶去。"

手机里又传来了警笛声。

"最后，我还要告诉你们一个情况。堂本那家伙得了白血病，他的HLA血型与我的完全一致。"

古寺发出了惊呼，但八神拦住了他，说道："其他的你就自己考虑吧。我太累了，再见。"

八神挂断了电话，慢慢地走下了太平梯。尽管脚步踉跄，但毕竟胜利在望了。只要再走五分钟，就能到六乡综合医院了。

走出大楼后，八神又奋力抬起自己那沉重的身体，翻过了建筑工地的围墙，跳到了路面上。这时，东方的天空已经开始微微发白了。

立原亚美是个怎样的小女孩呢？八神心里嘀咕着，迈开了步伐。

309

-10-

一切都是异乎寻常的。即便是保护要员,为什么派了SP[1]还嫌不够,非得再加派SAT呢?为什么不将执政党干事长转移到更容易保护的大医院,而让他待在这个比街道诊所好不了多少的民间诊疗所里呢?还有,眼前的这个莫名其妙的政策秘书到底在说些什么?

警视厅警备部的安藤警部站在面向汽车道的医院大门前,扯着粗嗓门儿说道:"现在谁都不能进去!"

政策秘书植村瞪起了眼睛:"为什么?难道你不认识我吗?"

"当然认识了。"

"是先生叫我来的,说是要转移到别的医院去,让我接他的呀。"

"刚才确认过了,堂本先生一直在病房里睡觉。"

"这不可能。我接到他本人的电话了呀。请你再去跟先生确认一下。"

安藤警部摇了摇头:"你知道现在是几点钟吗,难道要我去把先生从睡梦中叫醒吗?"

这时,从鳞次栉比的商店街对面驶来了一辆客货两用车。车身侧面刷着"骨髓移植"的字样。安藤心想,估计是一辆与医疗相关的车吧。

从驾驶座上下来的一个年轻男子想要进入医院,被安藤拦住了。

---

[1] Security Police的简称。1975年日本在警视厅内设置的、专用于保护要员的便衣警察。

"请等一下。你是哪位?"

"是'骨髓移植网络'的。"对方答道。

"欸?"植村秘书从一旁插嘴问道,"捐赠者找到了吗?"

安藤警部发现还有自己概不知晓的事情,不免有些担心。

"怎么回事?"

"不,没什么。"植村含糊其词道。

"骨髓移植网络"的来人看着植村问道:"您是?"

"我叫植村。是堂本谦吾的政策秘书。"

"是这样啊。我到这里来就是为了您刚才所说的事情。"

植村瞥了一眼SP,压低声音问道:"骨髓已经……?"

对方点了点头。

植村转向安藤,以与刚才截然不同的、居高临下的姿态说道:"快让我们进去。这可是重大事件。"

没办法,安藤只得取下挂在腰上的对讲机,说道:"请稍等,我马上申请许可。"

对面的两人点了点头。

可就在这时,远处隐隐约约地传来了警笛声。安藤和植村的脑袋都转向了警笛声传来的方向。

"能赶得上就好啊。"坐在副驾位置上的古寺说道。

剑崎握着方向盘的同时,用左胳膊肘压了压肋下,确认了一下手枪的触感。

"古寺警官,你带枪了吗?"

"非常遗憾。"古寺说道。

"咱们马上就到医院了。"

"我说,堂本谦吾为什么要待在这个街道医院里呢?"

"结合绑架八神的事来考虑,那儿说不定是个与'M'息息相关的医院吧。"

"怪不得。"古寺点了点头,"这样才好悄悄地搞骨髓移植。"

剑崎放慢了车速,拐入了医院所在道路,见商业街的对面停着两辆车。

古寺说道:"事态发展到非拔枪不可的时候,枪口不要往上,要瞄着腿部射击。"

"明白。"剑崎回答之后,又说了一个一直盘踞在他心中的疑惑,"如果控制了峰岸,接下来该怎么办?"

古寺诧异地看着剑崎问道:"什么'该怎么办'?"

"要将他逮捕吗?"

虽说由于剑崎正在开车,看不清他脸上的表情,可古寺还是吃了一惊。

"发觉峰岸就是'掘墓人'的,只有我们俩和八神。搜查本部可一点儿也不知道啊。就这么将他送上死刑台,总有些提不起劲儿来啊。"

古寺微微地叹了一口气:"作为监察系的主任,你怎么能说这种话呢?"

"无法逮捕杀死兴奋剂中毒者的堂本谦吾和'M'的成员,却偏偏要逮捕峰岸,这样的法律太不公平了吧?"

"看情况吧。"古寺说道,"先控制了他再说,剩下的问题到时候再考虑吧。"

"明白。"

机搜车在大森南诊疗所的大门口停了下来。一下车,剑崎就发现医院门口躺着两个男人。

"古寺警官!"

古寺也跑了过来。剑崎用手指摸了摸那两人的颈动脉,发现他们仅仅是昏厥而已。

看到了"骨髓移植"的车辆后,古寺说道:"他就在这儿!"

这时,四周突然暗了下来。诊疗所原本亮着的灯一下子全都熄灭了。

经监视诊疗所正面的狙击手报告,警方得知恐怖分子已出现。

SAT的作战本部设置在二楼病房。正当指挥官速水警部等待蹲守在一楼的三名SP报告的时候,医院内所有的照明突然全都熄灭了。

速水原本是希望SP压制敌人的,可这会儿他突然想起夜视装置并不是他们的标准装备。搞不好的话,会被恐怖分子突破一楼的防线,冲上要员所在的二楼。

速水立刻通过无线话筒命令自己的十一名手下进入临战状态,他自己也打开了MP5冲锋枪的保险装置。透过夜视装置看了一下屋外的情况,见走廊两侧的病房门口,自己的手下正端着枪严阵以待。

即便如此,也还是很难防卫的。速水回头望了一眼躺在床上的堂本干事长。这个病房位于二楼的最里端。如果敌人露面,肯定首先出现在走廊尽头处的楼梯口或电梯口，离这儿大概十五米远。一旦交火，既能够不误伤同伴，又能同时展开攻击的，也只有身处第一线的两名队员。

速水再次用无线通信呼叫，想问一下守在一楼的SP现在是什么情况。但没有应答。取而代之的却是从楼下传来的零星枪声。

速水命令最靠前的、正监视着电梯的两名A组队员，立刻去一楼支援。

"明白。"听到如此回答的同时，他也看到头戴黑色头盔、身穿战斗服的两名队员端着冲锋枪，沿着走廊跑了过去。

指挥官自己则将目光投向了他所要保护的要员。执政党干事长正睁着双眼躺在病床上，但他什么也没问。这个曾经统领过警视厅公安部的秘密部队的人十分清楚，眼下只能将一切都交给SAT去处理。

速水将视线移回到走廊上，就在A组的两名成员开始下楼梯的同时，一旁的电梯亮起了上升的指示灯。

"B组，注意电梯。"

听到无线呼叫后，补上第一线的两名队员都将冲锋枪举到了眼睛的高度。

电梯的楼层显示变成了"2"。慢慢打开的电梯门里面，站着一个形状怪异的人影。只见他的全身都被一件厚厚的披风覆盖着。风帽的阴影下藏着一张什么样的脸，一点儿都看不见。

"放下武器！"B组的队员喊道。

电梯里的这个家伙居然握着一柄自动手枪——那可是警视厅警备部配备的制式武器，想必一楼的SP已经在黑暗中遭了毒手了吧。

"扔掉手枪！把手放在墙上！"B组队员再次怒吼道。

那人的手开始活动了。不过他并没有扔掉手枪，而是将枪口对准了排列在走廊两侧的SAT队员。

B组的两名队员同时开火。两秒钟的全自动射击，将数十发子弹泼洒了过去，那人的身体被这一阵弹雨冲到后方，电梯门缓缓关上，就跟吞没了这个人似的。

"B组，确认结果。"

接到速水警部的指令后，B组的两名队员以相互交替掩护的方式靠近了电梯。随即便一人将枪口指向电梯，一人按下了墙上的电梯按钮。

可就在电梯门再次打开的瞬间，从里面喷出了一股白烟，将端着枪的队员罩住了。

是灭火器！就在速水做出如此判断的同时，一名队员滚倒在地板上，拼命拂拭着防弹面罩上的灭火液体。另一名队员将冲锋枪指向了电梯内。然而，仅比他快那么一点点，电梯里的自动手枪开火了。虽然队员上半身有防弹背心保护着，可他的双腿是没有任何防护的，立刻就被射穿了。随着他手中冲锋枪朝着地板一通乱射，他的身体马上就瘫倒在地了。

走廊上的C组开火了。为了不误伤电梯旁的同伴，他们将射击模式切换成了半自动。然而，那家伙尽管遭受到了断断续续的枪弹射击，却并没有倒下，而是踢了一脚脚边的SAT队员的脑袋，夺过了他的冲锋枪。

速水浑身战栗着，为什么那家伙死不了呢？

这时，那家伙一手提着藏在电梯里的防弹盾牌，一手扣动扳机，朝走廊上六名SAT队员展开反击，并朝速水冲去。

C组的两名队员遭到扫射后朝病房内倒了下去。见此情形，D组的两名队员同时开了火。那人手里的由聚碳酸酯制成的透明防弹盾牌上顿时冒起了白烟，变了形的九毫米子弹"啪啦啪啦"直往地上掉。不过那人也只是稍稍放慢了一点儿脚步，朝眼前的两名敌人扫射过后，就只剩最后一道防线——E组了。

这时，刚才下楼去的A组的两名队员又跑回走廊上来了。他们很快就认清了目前的战况，把冲锋枪切换到单发模式，在那人的背后开始了精确射击。后背中弹后，那人一个趔趄扑倒在地。A、E两组的四名队员立刻冲了上去，夺走了他的防弹盾牌。

可就在此刻，枪声骤然响起。倒在地上的那人旋转着身子，以全自动的模式将一连串的子弹射向SAT队员的腿部。

全员中弹。队员们一个个血流如注，跌倒在地。

一片哀号声中，只有"掘墓人"从满是鲜血的走廊上缓缓站起身来。

速水目瞪口呆。他觉得用"地狱使者"来形容眼前的这个恐怖分子真是最恰当不过了。这位SAT的指挥官将枪口对准了他，扣动了扳机。

三发子弹全都命中那人的胸部，可他并未倒下。那人想要回击，但他的枪里已经没有子弹了。速水再次以半自动模式将弹雨发射到他身上，可依旧无效。到了这时，速水才知道，那人异乎寻常的装束也并非仅是虚张声势。他那件从头盖到脚的黑色斗篷，想必是用凯夫拉或超高强聚乙烯之类的防弹纤维织就的吧。

速水将枪口对准那人藏在风帽阴影里的脸部，在近距离给予了自动射击。

随着一阵清脆的金属撞击声，那人的脸上火花四溅。原来他还戴着金属面罩呢。冲锋枪所射出的手枪子弹是无法将其击穿的。速水又瞄着对方的眼睛，猛烈扫射，可仅仅几秒钟，弹仓就空了。这时，那人举起了自动手枪，击中了速水的右腕和右腿。

SAT的指挥官扶着门框倒了下去，而那人的双腿即刻从速水的身边迈过。

黑色的人影朝着堂本谦吾躺着的病床，径直地走去。

"上！"

藏身于楼梯口的古寺低声说道。

剑崎双手紧握手枪，跑上了医院二楼的走廊。通道上，中弹倒地的SAT队员们正痛苦地挣扎着。从他们中间穿过后，剑崎就冲入了堂本谦吾所在的那个病房。

"峰岸！"

剑崎用枪指着对方高喊时，"掘墓人"就站在病床旁。

"掘墓人"左手用手枪指着堂本谦吾，右手则紧握着一支前端缠了布条的利箭。病房内满是酒精味，堂本谦吾正处在被"行刑"的前一刻。

"住手！"

比剑崎晚一步赶到的古寺喊道。

"掘墓人"朝他们转过了脸来。银色面甲上弹痕纵横,数不胜数,诉说着此前的枪战有多么惨烈。

"扔下武器!"

剑崎喊道,可对方并未服从,反倒用左手握着的手枪朝右手握着的利箭前端开了一枪。从枪口喷出的火星,像是立刻将金属利箭变成了一个火把,肉眼看不到的火焰微微照亮了整个病房。

剑崎瞄准对方的腿部扣动了扳机,但子弹被那显得十分沉重的斗篷下摆挡住了。"掘墓人"并未倒下,他举起右手,要将燃烧着的火箭插到堂本谦吾的身上。

这时,从剑崎的背后响起了枪声,是古寺开的枪。从左轮手枪中发射出的弹丸,击碎了"掘墓人"的右手手指。火箭也被弹到了窗边,窗帘眼看着就被烧没了。

"掘墓人"按住受伤的右手,朝掉在墙下的火箭走去。然而,就在下一个瞬间,他脸上的银色面甲如同爆炸一般地飞溅开来。与此同时,他的后脑勺上喷出了血雾,脖子后仰着,后背着地摔倒在了地板上。

剑崎倒吸了一口凉气,两眼紧盯着窗玻璃上的弹痕。原来是埋伏在街对面屋顶上的SAT的狙击手将敌人一枪毙命了。他看向地板上,想确认一下峰岸的面庞,但见死者的脸部早已被以超声速飞来的马格纳姆子弹破坏得面目全非了。

"怎么会这样?"古寺将刚刚发射过的手枪指向地板,茫然嘟囔道,"是我开的枪。"

"别放在心上,那家伙死有余辜。"

黑暗中响起了一个不无嘲讽的声音。剑崎抬起了头来,见肩膀微微发颤的堂本谦吾，正仰视着两位便衣警察。

"去拿个灭火器来吧。"堂本说道。

可剑崎却纹丝未动，俯视着这个丧尽天良的要员。

-11-

"嗨！宝贝！你好吗？"

八神故意嗲声嗲气地喊道，可电话那头的冈田凉子却不吃他这一套。

"睡眠不足，难受着呢，没心思跟你瞎闹。"女医生用强忍着哈欠的声音回应道，"你还是说说你现在在哪儿吧。"

"距离医院大门步行三十秒钟的地方。"

"啊？真的？"

此刻，八神正透过六乡综合医院正门旁的树篱笆的空隙朝外张望呢。宽阔的停车场上只停着五辆车。引起他注意的是离水银灯最远的一辆小轿车。因为他看到，驾驶座上有个人影。

"我到门口去接你。"女医生用激动的声调说道，"因为门锁着呢。"

"等等！停车场上停着的都是什么人的车？"

"当然是些跟医院相关的人了。"

"只有一辆车上有人。我看了一会儿了，那车一点儿都没有要离开的意思。"

"那又怎么了?"女医生有些不耐烦了,"真是人不可貌相,想不到你还挺神经质的嘛。"

跟我说话的人为什么都这么动不动就生气呢?

"冈田医生,你用电子邮件吗?"

"用啊。"

"电子邮件,能发送声音吗?"

"想发送的话也行啊。你到底要说什么?"

"你有能录音的设备吗?"

"我有去学会开会时常用的IC[1]数码录音机。"

"好。你别挂电话,我这就进医院。"

"喂!别挂电话?什么意思?"

"想要移植成功,就照我说的做吧。"

八神将手机从耳旁拿开后,就从正门走入了停车场。

前方三十米左右就是医院的大门,里面的灯没有亮。八神走得很慢。停在他右手边的那辆小轿车里也没什么动静。

也许是我多虑了,八神心想。"M"的十一名成员全给干掉了,应该没人再挡着老子了吧。

当他走到停车场中间的时候,就跟特地为欢迎他似的,大门里面的灯亮了起来。透过嵌在门上的玻璃可以看到在T恤衫外罩了一件白大褂的冈田凉子。

---

1 Integrated Circuit,集成电路的英文缩写。

这个小个子的女医生看到八神后，脸上就露出了舒心的笑容，像是心里的石头终于落地了。这一天真无邪的表情也让八神的内心完全得到了治愈。

冈田凉子用她那两条细胳膊拉开了沉重的大门。就在八神想说句什么俏皮话走进医院的时候，女医生的脸上突然蒙上了一片阴霾。

从八神的背后，传来了汽车门开关的声响。

八神回过头去，见一个男人正在缓缓地走近自己。他面色苍白，鼻梁上戴着一副圆框眼镜。这个看起来十分柔弱的男人，八神从未见过。

刹那间，八神本想立刻跑进医院，但他还是站着没动身。因为他觉得，绝不能把女医生也卷进事件之中。现在首先要做的，是弄清眼前这家伙的真面目。

"不好意思，"这个身穿西装的男人说着，给八神看了警察证，"我是警视厅的。"

这个警察证是真的。以前古寺也给我看过吗？八神心里嘀咕着，开口问道："姓名？"

"不能告诉你。"说着，这男人就要来揪八神的胳膊。

"开什么玩笑？"八神扒拉开对方伸过来的手，"告诉我你的名字和部门。"

"现在，我以妨害公务罪逮捕你。"

"你说什么？"

那人拔出了手枪。这时，八神才终于意识到，自己竟然忘了最后还剩下一个敌人。

"你就是'维扎德（魔术师）'吧？"

那人微微地抬了一下眼皮。

"通心粉和牛仔裤的亲戚？邪教教祖？本名叫三泽，是不是？"

这名公安部的刑警显示出了一丝慌张——但也仅仅是一闪而过。三泽用手枪指着八神开始搜他的身，很快就找出了手铐钥匙。

八神极力掩盖住内心的遗憾，说道："凶器什么的，我可没有哦。"

"好像是吧。"三泽看了看小背包内，用左手取出了手铐，铐在了八神的两个手腕上，"来吧。"

刑警绕到八神的背后，催促他快走。八神回头望了一眼，见女医生正目瞪口呆地目送他离去。

就剩下最后十米了。八神感到万分遗憾，明明都已经近距离看到她那张因见到自己而欣喜若狂的笑脸了……

三泽将八神带到汽车旁，让他坐在后面的座位上。这是一辆便衣警车。坐入驾驶位后，三泽就锁死了门窗，所以八神是无法从里面打开后车门的。

汽车开动了。八神透过汽车后窗再次回望了一下医院，见惊魂未定的女医生满脸凄然。八神不由得咂舌：看来命中注定，我们俩是走不到一起去了。

天光尚未大亮，大森南诊疗所就一片喧嚣，简直如同战场一般。医院前的路面上停满了警车，嗅到了凶案气味的各路媒体以及看热闹的人群也蜂拥而至。

医院内，身负重伤的SP和SAT队员们都在紧急处置室做了止血处理，随后，他们就被运送到能做枪弹取出手术的大医院去了。

剑崎在一楼的大堂里坐着，几乎处于精神恍惚的状态。古寺也在长椅的另一头坐着，两眼呆呆地看着地面。

二楼的病房，这会儿应该正进行着峰岸的尸检，以及其他技术鉴定工作。

"掘墓人"就在即将完成复仇的前一刻，被一颗以三倍声速飞来的子弹击爆了脑袋。而"掘墓人"想要干掉的堂本谦吾却毫发无损地活了下来。

眼下，这位当权者已经躲过了媒体的眼睛，在公设秘书[1]的陪同下从后门跑掉了。在场的全体警察都被下了封口令，不准对外泄露该事件的任何信息。

剑崎完全履行了自己作为一名警察的义务，但这会儿他却为此而后悔了。他心想：自己要是对"掘墓人"的复仇剧袖手旁观就好了。至少要比眼下这个仅让堂本谦吾苟活下来的结果要正确得多吧！

古寺是怎么想的呢？剑崎看了一眼古寺的侧脸，见这位资深机搜队员只是将视线落在地面上，身子一动也不动。剑崎能感觉到他内心的挣扎。因为，当时古寺如果不朝"掘墓人"开枪的话，那出复仇剧就能成功上演了。

"剑崎主任！"

听到有人喊自己的名字，剑崎抬起了头来，见越智管理官正站在自己的面前。

---

[1] 由国家承担费用，配备给国会议员的秘书。

"你现在一定很累吧？但是，能否请你说明一下情况呢？"越智用平稳的语调说道，"从你们去了东京拘留所到目前为止的这段时间里，到底出了什么事？"

剑崎默默地把脸转向了古寺。

"管理官。"古寺说着，抬起了他那硕大的身躯，朝他们俩走来。许是因疲劳过度而冷汗直冒吧，他用手绢不住地擦着脖子。

"我们擅自行动，真是非常抱歉。也没什么好解释的。只是我最后还有一个请求，让我跟剑崎主任单独交谈三分钟，就三分钟。"

"为了什么呢？"

"不是为了失职而串口供。"古寺说道，"是为了逮住坏蛋，逮住人面兽心的、真正的坏蛋。"

越智皱了皱眉头，说道："好吧，就三分钟。"

古寺催促着剑崎一起来到了走廊，两人寻找着没人的地方，最后走入了门诊的候诊室。

"和盘托出吧。"古寺说道，"把与堂本谦吾有关的事情全都说出来。"

"可是，证据呢？"剑崎发觉自己的口气太过尖刻，便换了一种口吻说道，"现在即便说出来，也是无法立案的呀。"

"你们监察系能予以调查吗？从三泽这条线一直查到堂本身上——"

"我们能查的都是小鱼小虾。一旦公安部真要隐瞒的话，我们是无法抵抗的。"

古寺咂了一下舌："这样的话，那就只剩下一个办法了。向公安部的负责人、警察厅的警备局局长和盘托出。只能寄希望于他们的自我净化功能了。就算不能立案,也能让他们去摧毁堂本谦吾与'M'的战线吧。"

"无法让他们受到法律的制裁啊。"剑崎愤愤不平地说道,"并且,这一点儿也不影响堂本谦吾的政治生涯。"

这时,随着一声"打扰了",越智管理官的身影就出现在了门口。剑崎和古寺打了个激灵,并对视了一眼:刚才的话被他听到了吗?

"你们俩的谈话内容,我等会儿再仔细听。"越智说道,"现在接到了一个紧急联络。"

"什么事?"剑崎问道。

"你们监察系,有个叫西川的警员吗?"

"是我的属下。"

"就在刚才,在千代田区的公园里发现了他的尸体。"

剑崎和古寺全都惊呆了。

"脖子被利刃割开,是他杀。"

剑崎知道杀害西川的凶手是谁。因为西川跟他分手时说要去见三泽。

"'维扎德(魔术师)'还活着。"剑崎不顾越智管理官在场,对古寺说道。

古寺点了点头:"八神那小子,不知怎么样了。"

"这到底是怎么回事?可以告诉我了吗?"越智管理官说着,走入了候诊室。

"我会把一切都告诉你。"古寺说道,"不过,现在要马上把公安部的负责人请来。"

载着八神的便衣警车并未拉响警笛,沿着主干道一路狂奔。看样子不是去当地警署的。

"去哪儿?"八神问道,"去邪教的礼拜堂吗?"

"维扎德(魔术师)"没有回答。

"你能告诉我吗?"八神像是闲聊似的问道,"你是怎么忽悠'M'的那些家伙的呢?"

三泽抽动半边脸颊,笑了一笑。

"把释迦牟尼和耶稣基督的话重新编排一下说给他们听呗。"

"这就行了?"

"这就行了。再有,就是靠本人的领袖魅力了吧。"

"别吹了。"八神对这个冒充宗教家的骗子说道,"对信徒来说,伟大的是释迦牟尼和耶稣基督,不是你。"

"我可不是在吹哦。""维扎德(魔术师)"用可称为爽朗的语调说道,"事实上,搞定那帮家伙太容易了。他们的脑袋里有的只是些无用的知识和深深的不安。只需灌他们一些听着顺耳的好话,一下子就能把他们驯服了。"

八神听着十分不得劲儿:"你像是把别人都不放在眼里,是吧?"

"做领袖的人,全都如此。"三泽武断地说道,"说到底,是那些被操控的人不好。杀死瘾君子的时候,连我也大吃一惊呢。因为那些个相貌平平的家伙,在殴打权藤时全都兴高采烈着呢。最出人意料的是,最后给跪地求饶的权藤以致命一刀的,竟是那个在商社上班的姑娘。这些家伙可真是无法用自己的脑袋来判断是非的人，注定走上穷途末路啊。"

这时，便衣警车放慢了车速，把车停在蒲田车站前的一家酒店前。

从驾驶位上下来后，三泽打开了后面的车门，并将右手插在上衣口袋里，像是握着枪呢。

"别打什么歪主意，"控制住八神后，三泽就用左手把手铐的钥匙扔给了他，"自己打开。跟我来！"

"跟男人进酒店开房，老子今晚已经是第二回了。"八神说着，解开了手铐。

三泽握着枪转到了八神的背后，又杵着他的肩膀一起走进了酒店。

毫无停留地穿过酒店大堂之后，他们乘坐电梯上了最高层。走廊两旁客房房门的间距很大，看来，这里都是高级套房。

走到位于中央位置的一个房门前，三泽站定身躯，敲了敲房门。门开后露出了一张戴眼镜的男人面孔，将两人引入房内后，他就自己离开了房间。

"人带来了。"三泽说着，让八神在一张位于房间正中央的椅子上坐了下来。

眼前的大床上，躺着一个长有毒蛙脸的男人。是堂本谦吾。

他的左胳膊正打着点滴。见到八神后，脸上像是堆出了一点儿微笑，但他那脏兮兮的眼睛周边却连一丝笑意都没有。

"你知道自己所犯的罪吗？"厚颜无耻的堂本谦吾用电视里常见的、像是在恐吓对方的大嗓门儿说道，"听说你大闹了东京的好多地方嘛。"

"开场白就免了吧。"八神加快了谈话的进度,"我们还是做个交易吧。"

"交易,什么交易?"

八神瞟了一眼待在一旁的三泽。进入房间后,三泽像是无所顾忌一般,拔出手枪对准八神。

"我可以拿些东西出来吗?"八神问道。

三泽扳起了扳机,说道:"行啊,不过动作要慢。"

八神卸下了背在背上的小背包,从中取出了笔记本电脑。

"这是岛中的电脑,保留着'维扎德(魔术师)'的指令呢。还有骨髓移植捐赠者的名单。"

"你想说什么?"堂本就跟听到了一个不好笑的笑话似的,扫兴地说道。

"用这个,换我离开这儿。"

堂本发出了笑声——只是声音像在笑而已,并无一点儿真正的笑意。

"这可不行,绝对不行!"

三泽走过来,从八神手中取走了笔记本电脑。

"那玩意儿,一会儿处理掉。"

听到政治家的命令后,现役警官三泽立刻应了一声:"是!"

"你还挺天真的嘛。"堂本转向八神,像是十分意外地说道,"你好像根本没搞清楚自己所处的境地啊。老实说,如今你只有对我唯命是从,才能保住一条小命。"

"这话是什么意思？"

"给我提供骨髓呀。"堂本说道。

"老子的骨髓可不能给你。因为，早已经有约在先了。"

"那现在你必须违约了。你如果不听我的，我马上就可以逮捕你。杀人、违反道路交通法、绑架、监禁、恐吓，你已经罪行累累了。难道你想在牢里度过一生吗？"

"老子可没杀人！"

"你把'学生'从拱顶上推下去了，是不是？"

"哦，就是那个"坏学生"啊！我那属于'正当防卫'！"

"我们可不这么认为。并且，我们还能制造出目击者呢……"

"就跟杀死权藤那次似的？"

"你很拎得清嘛。"

八神稍稍考虑了一会儿，问道："我把骨髓给你，你们就肯放过我了？"

"是的。"堂本干净利落地说道，"再说，你这么做，还是为国家作贡献呢。我是谁，我是民选的国会议员。难道你不觉得比起救一个市井小民来，救我更有意义吗？"

"你要是站在相反的立场上，就会说出相反的话来了吧。会说'既然是国会议员，就该为市井小民献出生命'了吧。"

三泽在一旁抡起手枪，在八神的脸颊上揍了一枪把，打得八神眼前金星直冒。

"浑蛋！"堂本对着"维扎德（魔术师）"高声骂道，"别弄伤这家伙！"

"对不起。"三泽毕恭毕敬地说着,退回了原先的位置。

"大家都挺关心我的身体健康啊。"说着,八神朝地毯上吐了一口带血的痰,"真是让我感动得热泪盈眶啊。"

"怎么样?这事对你也不坏吧。"

"我原先一直纳闷儿来着,这下子总算是弄明白了。"八神望着房间里的这两个男人说道,"你们起初命令'M'的人绑架我,想抽我的骨髓,可是那帮家伙却都被人杀死了,没法用强迫的手段了。于是就跟我做起了这桩交易,是不是?"

"是的,这是最不费劲的办法。我可以告诉你,我有熟悉的医生在别的房间里等着呢。事情到了这一步,即便你反抗,也还是可以强行移植的。"

听了他这话后,"维扎德(魔术师)"将枪口对准了八神的太阳穴。

"我知道你讨厌我。"堂本表示理解,"但是,权力场上,光靠漂亮话是混不下去的。不满身污泥,甘犯万死之罪,是爬不上去的。"

"亏你说得出这种话。"八神怒斥政治家道,"既然你甘愿万死,那就去死吧。"

"你说什么?"堂本陡然变色道,"事到如今,难道你还想反抗吗?"

"真是不可救药啊。"八神故意用心灰意懒的口吻说着,低头看着脚边的小背包。面朝着堂本谦吾敞开着的小背包,应该正发挥着拾音话筒的功能。八神从包中取出了手机,说道:"喂,都听到了吗？"

堂本谦吾的表情立刻就变了，三泽则困惑不解地左看一眼自己的主人，右看一眼八神。

"喂，喂！"八神呼叫后，手机里传出了冈田凉子的回音："听到了。"

"录音了吗？"

"录下来了。真是极具冲击力的对话啊。"

"你继续录音。"八神说着，将手机举向堂本谦吾，"刚才我们的对话全都被录音了。我要是有个三长两短，这个录音立刻就会捅给媒体的。"

堂本不作声了。无法无天的他，竟害怕起一部小小的手机来了。

"逮捕我也一样。想要把我投进大牢？我会带着你们一起进去的。"

这时，三泽从一旁扑了过来，想要夺取手机。八神这会儿已经无所畏惧了。因为他知道对方是不敢开枪的。八神拨开了对方伸过来的胳膊后，迎面就给了他一拳，并趁他蹲下时，又在他鼻子上猛踢了一脚。

"维扎德（魔术师）"鼻血喷涌，仰面朝天地倒在了地板上。对此，八神感到十分满意。他觉得这会儿就是他一生中最痛快的时刻。

或许是属下的狼狈相令他恼羞成怒了吧，议员低声说道："日本的媒体我都控制得住。报纸也好，电视也罢。"

"那么杂志呢？"八神反击道，"还有海外的媒体呢？日本的政治丑闻在美国被曝光，这种事早就有过了吧。如今网络已经把全世界都连在一起了。"

堂本将双眼眯缝了起来,就跟两把剃刀似的。脸上横肉勒起,咬牙声清晰可闻。

"喂,三泽,你是个现役警官吧,也说两句怎么样?"

八神将手机转向了三泽。三泽坐在地板上一个劲儿地往后退,跟一个被十字架逼退的吸血鬼似的。

胜负已定。八神露出了笑容,背上小背包,后退着缓缓靠近房门。

"老子是个彻头彻尾的坏蛋。"临出门时八神又扔下了一句,"可别小看了市井无名坏蛋。"

跑出酒店后,八神跳上了一辆出租车,让冈田凉子挂断了电话。然后他急忙拨通了古寺的电话号码。必须给堂本谦吾以致命一击,否则他们从通话记录查到了女医生后,"维扎德(魔术师)"恐怕就要去深夜造访了吧。

呼叫音响过三次后,手机中传来了古寺那听着就叫人心里踏实的声音。"是八神吗?我是古寺。"

"事情紧急,你先听我说。我已经掌握了堂本谦吾是这一系列阴谋的总后台的证据了。"

"你说什么?"大叫了一声之后,又传来古寺跟旁人说话的声音,"警备局局长,请稍等。"然后他又对着电话问道:"怎么说?"

"该怎么给你或剑崎发送邮件?"

"你会用电脑吗?"

"不会,我让别人发送。"

"那你只要告诉那人我们的邮箱地址就可以了。你现在能记录吗？"

"啊，行啊。"八神朝副驾位置探出身子，抓了一支圆珠笔，"请讲。"

古寺报了自己与剑崎的邮箱地址，八神则将这些莫名其妙的字母写在了左手手背上："要发送的是音频，稍等。"

"明白。"

八神挂断了电话，重新打给了冈田凉子，告诉她那两个邮箱地址，并要求马上发送。

"别挂，稍等一下。"冈田说道。

八神把手机贴在耳朵上，等冈田凉子发送电子邮件。车窗外，是黎明时的平民区风景。八神看了一眼手表，还有几分钟就到早上六点了。漫漫长夜，终于要过去了。

"我给两边都发送邮件了。"女医生的回音来了，"你还要我做什么？"

"我看到医院了。"透过前窗玻璃，八神看到了六乡综合医院，"你到门口来接我吧。"

"好的。"女医生欢快地说道，"说了你一夜的坏话，对不起哦。"

"该道歉的是我啊。迟到了这么长时间，真是不好意思。真没想到东京都有这么大啊。"

"好吧。这次真的是一分钟后就到了，是吧？"

"是啊，正好迟到了十二个小时。"

通话结束了。

八神在车窗玻璃上照着自己的脸，理了理凌乱的头发。同时他也觉得，自己的笑脸也未必不可一看。

出租车驶入了医院的院内。正门里面出现了冈田凉子那白衣飘飘的身姿。

这才是激动人心的大结局啊！八神幻想着下车抛开疲劳，与女医生迎面拥抱的场景。如果连这点儿报酬都没有，那男人还拼个什么劲儿呢？

出租车停在医院的正门前。

冈田凉子跑了出来，那样子简直就是个欢迎八神的胜利女神。

嗨！有戏！热血沸腾的八神刚要下车，却被司机叫住了。"客人，请付一下车钱！"

八神不得不先向前来迎接的胜利女神借钱。

"只要五百日元就行了——"

终 章

剑崎真是精疲力竭了。如此疲惫不堪，是他三十多年的人生中从未有过的。

给警察厅警备局局长的口头汇报一直持续到天亮。最初觉得难以置信的局长，最终也因八神发来的音频邮件而脸色为之一变。

这个音频文件被刻录到CD光盘上之后，剑崎和古寺就受到了严格的命令：必须删除自己电脑里的邮件。尽管表示同意，可剑崎实际上并不打算删除。他明白，在整个事件处理结束之前，这玩意儿是可以"辟邪"的。因为，一旦公安部决定把这个事件捂下去，结果极有可能是他和古寺两个人遭受处分。

上午八点过后，剑崎跟古寺分手后就去了千代田区的所辖警署，在那儿的太平间，与西川的遗属一起确认了西川的遗体。死者所获得的最后的荣誉是，特别晋升两级。就这样，这位剑崎曾经的属下，以与剑崎相同的警部补的警阶，踏上了远赴另一个世界的旅行。

西川的妻子和上小学的儿子，抱着西川——曾经的丈夫和父亲——的遗体，哭得跟泪人似的。望着他们俩的后背，剑崎心想：我能替他们报仇雪恨吗？

然后，他回到了本厅，开始写书面报告。由于浑身疲惫已极，报告写得很慢。而在此期间，负责侦查"掘墓人"事件的专从搜查员们，正在调查已经死了的嫌疑人峰岸雅也的个人情况。

峰岸五岁时家里发生了火灾，而他被权藤武司救出。但由于这次火灾导致他父母双亡，所以他是在祖母身边长大成人的。刻苦攻读的峰岸在大学毕业后，开始以自由记者的身份给月刊杂志写些政治、经济方面的稿件。并从所赚到的稿费中分出一部分给救命恩人权藤充当生活费。

最后，就仅剩下一个未解之谜了。那就是，作为"第三种永久尸体"而被发现的权藤的尸体的真正下落。能够设想的可能性有两个：一个可能是由于虚假的目击证言与尸检不符，"M"为了消灭证据而将其偷走了；另一个可能则是峰岸为了模仿英格兰的古老传说而将其偷走了。

然而，真相到底是哪个，恐怕永远是个谜了吧。因为，被盗出的尸体想必即刻就被销毁了，而案件相关的人员也已全部死亡了。

傍晚时分，剑崎终于写完了报告，他也终于从长时间的工作中解放出来。此时，越智管理官打来私人电话，说是上面已经决定由公安部来主导"掘墓人"事件的侦破了。

"就是说，一切都将葬送在黑暗之中了？"剑崎问道。

"这种可能性很大啊。"越智答道，"不过，你跟古寺的处分已经避免了。还有，上面决定也不逮捕八神了。"

恐怕是由于这三人的手里有堂本谦吾的录音吧。

对剑崎来说，还有一种可能性尚可期待。那就是：堂本谦吾的自生自灭。

"那位国会议员的病，准确地说，到底是什么呢？"

"像是叫作'慢性骨髓性白血病'。原本是可以去医院治疗的，可他身边的人都没发觉。"说到这儿，越智又放低了声音继续说道，"还有，关于那个骨髓移植——"

"八神跑了，他当然就没希望了吧。"

"并非如此啊。他们还准备了第二候补捐赠者呢，虽说HLA血型并不完全一致。"

事到如今——

剑崎像是哄骗着自己那模模糊糊的脑袋似的，开着便衣警车朝东京南部驶去。越智告诉他，堂本谦吾已经回到大森南诊疗所了。剑崎的肋下，挂着一把手枪，里面还有五发子弹。

剑崎自己也知道，眼下自己的判断力已经相当迟钝了。可是，心底还是有一股莫名的冲动，驱使着他奔向那个执政党的干事长。

便衣警车进入了大森地界。通过杂乱无章的街道，靠近诊疗所时，剑崎注意到了迎面驶来的一辆汽车。

虽说两车交会只在刹那之间，看不太清楚，可剑崎还是觉得开那车的人长着一张娃娃脸，似乎就是自己的下属小坂。莫非公安部出身的小坂在做什么取证调查吗？

不一会儿，便衣警车就来到了目的地。

这所遭受"掘墓人"袭击十三小时之后的诊疗所，挂着"今日休诊"的牌子，从外面一点儿都看不出那场惨绝人寰的战斗的痕迹。

停车后，剑崎诧异地发现医院周边没了SP的身影。医院的大门也没有上锁。想必是警备局觉得危机已过，所以解除了对堂本谦吾的保护吧。对剑崎来说，这可是个绝好良机啊。通过空无一人的总台，他经由楼梯上了二楼。

走廊上弹痕累累。抬头一看，见最里面的病房亮着灯。堂本谦吾就在那里。

剑崎朝那间病房走去。接下来将会发生什么，连他自己都不知道。我就想听听他的道歉，剑崎心想。即便用枪威逼着他，也要这个当权者跪在我的面前。

可就在这时，从病房里跑出来一个护士。剑崎停下了脚步。到这时，他才注意到那间病房里像是出了什么事。

护士看到剑崎后也站定了身躯，像是吃了一惊。随即，她马上就问道："您是警察吗？"

稍稍犹豫片刻之后，剑崎答道："是的。"

"啊，来得正好。我们正要报警呢。堂本去世了。"

"欸？"剑崎不禁目瞪口呆，"你说什么？"

"就在刚才，已经确认了死亡。下午六点十二分。"

天谴啊！剑崎心想。莫非堂本谦吾的病情在半天之内就急转直下了？但护士的话却否定了他的猜想。

"死因是急性心力衰竭。"

"等等。不是因为白血病吗？"

"不是的，像是心脏病突然发作了。当然，详细情况要等做了病理解剖才知道。"

剑崎浑身僵硬了，因为他想起了古寺说过的话。在二十世纪七十年代发生的最大疑案中，有四名相关者都死于急性心力衰竭——

剑崎回头朝外面望去。刚才交会而过的车中，恐怕就是前公安部警员小坂吧。并且，由警察厅警备局负责的医院警卫居然形同虚设，简直就跟欢迎外人侵入似的。

"今天有人来拜访过堂本干事长吗？"

听剑崎这么一问，护士的脸上露出了一丝惶恐。

"有的，是吧？"

护士点了点头。

"是个什么样的人？是不是一个给人以孩子感觉的、长着娃娃脸的男人？"

不知为何，听他这么一说，护士的脸上就露出了放心的神情。

"也是一位警察吧，他是一小时之前来的。"

毫无疑问，就在堂本谦吾病情突变之前不久，小坂来过了。剑崎望着护士的脸。她刚才为什么要惶恐？莫非她也觉得堂本谦吾是被谋杀的？

"那人有什么异常举动吗？"

"没有，他只进入了病房一小会儿，没什么异常举动。"

剑崎终于明白了护士的言外之意："除了他还有别人来过？"

"是的。"说着，护士就将视线落在地上，绷紧了脸。

"我曾看到走廊尽头站着一个中年男人。因为是不允许探视的，所以我觉得有些奇怪，就去护士站确认了一下。可护士站说没放任何人进去。"

"就是说,就在大家不知不觉间,那人就站在病房门口了?"

"是的。可是,等我从护士站回来时,那人却不见了。他是什么时候来的,来干什么,谁都不知道。"

"那个中年男人,年龄大约有多大?"

"五十来岁吧。"

说到这里,护士的脸色"唰——"的一下就苍白了。

"那人的脸色很不好。说得难听一点儿,简直就像个死人。"

"死人?"

"是的。由于工作的关系,我们平时会看到一些去世的人,那人给我的感觉也是这样的。"

剑崎感觉自己的全身都被看不见的寒冰裹住了。难道是——?他像是想到了什么,可后脊梁的寒气却依然如故。剑崎将手伸入上衣口袋,掏出了警察证,里面夹了一张从犯罪履历上复印下来的照片。

"是这个人吗?"

看到照片后,护士吓得肩膀一哆嗦,点了点头。

这是权藤武司的照片。

六乡综合医院给八神安排了专用病房,这可是他有生以来最舒适的居室了。

昨天早晨入院的八神,狼吞虎咽地吃完了冈田凉子特别安排的三人份的病人餐后,就钻入了清洁干爽的被窝,美美地睡了一大觉。

睁开眼睛时已是夜里了。端来饭菜的护士笑着说:"睡得好就说明体力好啊。"

听说冈田医生已经回家了，八神不免大失所望，于是就又蒙头大睡了起来。就在不断重复着吃饭、睡觉的过程中，他迎来了移植手术当天的早晨。

八神醒来时觉得神清气爽，感觉自己的体力完全恢复了。手术预定在上午十点钟，也就是说，要实现他有生以来的首次善行，还要等三个半小时呢。

吃过早饭后，为了消磨时间，八神打开了电视，见各台的新闻都在报道执政党干事长死亡的快讯。八神大惊，不免全神贯注地盯着电视画面。然而，除了死因为急性心力衰竭，都未报道更为详细的信息。

峰岸怎么样了？八神心想。他针对堂本谦吾的复仇，成功了吗？

就在综艺节目快要结束的时候，敲门声响了起来。

八神回过神来，朝门口看去，见大个子机搜队员悠然走进了他的单人病房。

"哦，好久不见。"

两个男人互相盯着对方的脸看了好一会儿。

随即，八神说道："大叔，你真的老了。"

"啊，如今是资深之人了。你也老大不小了嘛。"古寺笑着，将一个水果篮放在了床头柜上，算是探望之礼吧，"这些东西，你也吃点儿吧。"

"我可不是病人啊。"

"我代表警察，为对你的种种怀疑而道歉。放心吧，你不会被逮捕了。"

八神露出了满意的笑容:"现在可不是探视时间,亏你进得来啊。"

"给他们亮过警察证了嘛。"说着,古寺从窗边拉了一把钢管椅过来,坐在床边。

"堂本死了,你知道吗?"

八神点了点头:"刚刚从电视里看到了,是峰岸干的吗?"

古寺不作声了。

"不对吗?"

"不对。峰岸在此之前已经死了。"

"是吗?"八神不免有些沮丧。虽说这也完全是意料之中的,可还是感到无比凄凉。可是,既然如此,那堂本就应该是病死的了。

"堂本的死因,正如媒体报道的那样,是因心脏停止跳动而死。也就是说,不是他杀,是自然死亡。还有,"古寺放低了声音继续说道,"今天早晨才知道,那个公安部的三泽,也这么死掉了。"

八神不由得瞪大了眼睛:"那个'维扎德(魔术师)'吗?"

"与堂本谦吾一样,也是急性心力衰竭。"

"那家伙的心脏可是强壮得都快长毛了。"八神十分诧异地说道,"这里面有什么花样吗?"

"这就不知道了。"古寺像是有些焦躁不安,"公安部防卫森严,想调查也无从下手啊。"

"是天谴吧。"八神说道,"不管怎么说,反正是那些家伙全都下地狱了,是吧?"

"是啊。就结果而言，'掘墓人'的目的也达到了。所谓的'死而复生者的复仇'。"古寺视线游移着继续说道，"或许他们因自己的罪孽而深感恐惧，都是在颤抖中死去的吧。"

"你是说那些厚颜无耻的家伙？"

八神把自己的事情放在一边，对此付之一笑，但古寺那严肃的表情却丝毫未变。

"我说，你相信上帝、魔鬼之类的说法吗？"

"不信。"八神摇了摇脑袋，"那些不都是人造出来的吗？"

"哦？"古寺像是颇为意外地看着八神。

"为了要祈祷保佑某人，于是就创造了上帝；为了要诅咒某人，于是就创造了魔鬼。难道不是这样的吗？"

"我说，你可不能去搞什么'发现自我'之类的讲座。否则，一骗就是一大片啊。"

八神笑道："有没有上帝，只有上帝知道。"

古寺也发出了笑声，重新坐直了身躯后，他环视了一下这个病房。

"话说回来，我可真没想到你会做骨髓移植捐赠者啊。"

"不要说你了，连我自己都吃惊啊。"

"你有钱花吗？"

"身无分文了。"

古寺从裤子的后边口袋里掏出钱夹，给了八神三万日元。

"拿着，总有各种开销的吧。"

"这好吗，你的工资也不高吧？"

"马上就能拿到退职金了。"

八神吃了一惊,将伸出的手又缩了回来。

"是我朝峰岸开的枪,所以我也要做个了断的。"

"你真是敢做敢当啊。"

"我身上的可取之处也就这一点了。"

八神从古寺的手中,仅抽了一张一万日元的钞票。

"剩下的都捐掉好了,捐给骨髓移植之类的也行。"

"明白。"说着,古寺将剩下的两张钞票又放回了钱夹。

这个大叔像是真要去捐掉了,八神心想。

这时,随着一声清脆的"早上好",护士和冈田凉子走进了病房。

八神朝女医生抛了个媚眼,但好像没什么效果。

"像是挺开心的嘛。"说着,女医生就走到了床边,"聊得差不多了吧。"

"是啊。"

见八神点了点头,古寺就站起了身来:"那我就告辞了,好好干吧。"

"你也是。"

古寺露出了笑脸,走出了病房。

"八神先生,"护士说道,"请你去另一个房间换手术服装吧。然后,要打软化腰部肌肉的针。"

"疼吗?"

"男子汉大丈夫,还怕疼?"女医生不无嘲讽地说道,"那之后，一切都会在你麻醉睡着后完成的。"

八神下了床，问道："可以先上个厕所吗？"

"请便，我们在病房外等着。"

剩下他一人后，八神就走进了床边的浴室。

他望着镜子里自己那张坏蛋脸，心里却想着即将被自己救助的女孩，她是个上幼儿园的小女孩呢，还是个小学生？是个爱笑的女孩，还是老哭鼻子的？她有很多朋友吗？

遐想了一会儿之后，他就发现，这些其实都是无所谓的。只要那孩子深得父母的宠爱就行。

八神扶着洗脸台盆跪了下来，然后将额头搁在胳膊上开始祈祷。因为他觉得不祈祷不行。

上帝啊，请您老人家救救那个孩子吧。保佑我们移植成功。请您不要带走没干过任何坏事的、纯洁无辜的小生命。

在八神那从未有过任何回报的人生中，他的内心首次充满了希望。

这个坏蛋向仅属于自己的上帝，自己用善意创造出来的上帝，满怀虔诚地祈祷着。

读客®
悬疑文库

认准读客读悬疑,本本都是大师级。

专注出版中、英、美、日、意、法等世界各国各流派的顶尖悬疑作品。

为读者精挑细选,只出版两种作品:
经过时间洗礼,经典中的经典;口碑爆表、有望成为经典的当代名作。

跟着读客悬疑文库,在大师级的悬疑作品中,
经历惊险反转的脑力激荡,一窥人性的善恶吧。

打开淘宝,扫码进入读客旗舰店,
下一本悬疑更惊奇!